庆祝中华全国总工会成立100周年
天 津 市 职 工 作 家 创 作 文 丛

一条大河波浪宽

王学志 著

YITIAO DAHE BOLANGKUAN

中国工人出版社

图书在版编目（CIP）数据

一条大河波浪宽 / 王学志著.—北京：中国工人出版社，2024.4
ISBN 978-7-5008-8428-6

Ⅰ.①一… Ⅱ.①王… Ⅲ.①长篇小说–中国–当代 Ⅳ.①I247.5

中国国家版本馆CIP数据核字（2024）第049281号

一条大河波浪宽

出 版 人	董　宽
责任编辑	李滢洁
责任校对	张　彦
责任印制	栾征宇
出版发行	中国工人出版社
地　　址	北京市东城区鼓楼外大街45号　邮编：100120
网　　址	http://www.wp-china.com
电　　话	（010）62005043（总编室）
	（010）62005039（印制管理中心）
发行热线	（010）82029051　62383056
经　　销	各地书店
印　　刷	北京市密东印刷有限公司
开　　本	880毫米×1230毫米　1/32
印　　张	9.125
字　　数	188千字
版　　次	2024年4月第1版　2024年4月第1次印刷
定　　价	36.00元

长风破浪会有时

蒋子龙

甲辰年初夏——“五一”劳动节来临之际，津沽大地绽放出一束别样的文学景观：十位作家，一套丛书，十部作品。作家居然成一个班的建制“闪亮登场”，让人有些惊奇和振奋，甚至感到有些突然。曾几何时，社会一度在关注天津青年作家队伍的现状，如今看谁还敢说“天津文学后继乏人”？！

说突然，其实并不突然。在过往的岁月里，他们都公开发表过多篇小说、散文、诗歌等作品，有的还出版过长篇小说，只是多以“散兵游勇”的姿态游离于文学界。久而久之，他们当中或许有人会成为名家，或许有人会与文坛渐行渐远，这也充分说明了机遇和平台的重要性。这十位作家来自不同的行业，他们共同的身份是所在单位的工会会员。这批俗称语境中的“业余作者”，之所以能和他们的作品一起在天津文坛集体出场，得益于天津市总工会的“职工作家培育工程”。回想起早年间，我所在的厂工会是职工的文艺之家，文、音、体、美、舞全面开花，富有吸引力、感召力和亲和力。离开工厂多年，我无论如何都想不到，天津市总工会竟办成这样一件给文学界鼓气提神、为职工生活锦上添花的大好事。

职工是社会的重要见证者和参与者，也是通过劳动创造生活的实践者。主办方天津市总工会告诉我，启动于去年春天的“职工作家培育工程”，参加条件之一是“在职职工”。在我看来，“在职职工”的视野里有真东西，生活中有真体验，情怀中有真良心，笔尖上有真表达，这就从根本上杜绝了鸡零狗碎的胡编乱造——看似写的是现实生活，却没有现实感，触及不到现实的敏感神经和痛点。纵观过往的文学大家，大都是“在职职工”。钱钟书对“纯文人”甚不以为然，他在《论文人》中就直言:“古人所谓‘词章家’、‘无用文人’、‘一为文人，便无足观’的就是。至于不事虚文，精通实学的社会科学与自然科学等专家，尽管也洋洋洒洒发表着大文章，断不屑以无用文人自居。”在物质社会、同质时代，差异就是优势，职业本身就使他们具备天然的差异性。因此，“在职职工”更容易培养和保持自己的势能。而写作，是不能失去势能的。

克莉斯蒂有句名言:“作家是缺少自信的人，永远需要鼓励。”从某种意义上讲，天津市总工会提供的“培育”更像一种鼓励。这种“鼓励”可谓形式多样、内容丰富，其中包括联系名家交流创作体会、提供修改建议等。这不仅是对“业余作者”

的鼓励，也是对文学创作“造血”机能的培育。岂止是“业余作者”，即使是名家，也需要这种鼓励。陈忠实写完《白鹿原》，先拿给一位并非声名赫赫的评论家朋友看，得到朋友的认可和鼓励后，才敢寄给出版社。同样的道理，十位作家与工会这个“知音”不期而遇，从而有了十部作品的高山流水。

这十位作家中有机关干部、产业工人、教师、公安干警、社区工作者等，他们带来七部长篇小说和三部5万字以上的中篇小说。其中的《坚不可摧》在我看来是长篇架构，只是没有完全展开，交代多于描写。这些作品无一不是从他们熟悉的生活元素中提炼出来的，题材多样、内容丰富，带有明显的天津地域色彩，创作理念也各有千秋。他们有沉实的生活底蕴，再配上足够的想象力，小说就有了魅力。

文学不能失去社会性，这十部书有着结实的人物形象和故事，写出了现实生活的骨感。《追光》中的女主人公刘少英，原是家里的墙上贴满奖状的模范人物，是村里最早致富的领头人，为支持村里办炼铁厂让全村人致富，不惜拿出全部家当。为此丈夫离开了家，而唯一的儿子死于事故。因儿子宅基地上无房，无法拆迁分房，村里干部和开发商与她多次协商无果，她成了“钉子户”和“上访专业户”。幸好后来为给山里送电，负责解决这一问题的男主人公陈进，年轻时曾是刘少英的崇拜者，诚直和厚、古道热肠，在他的调解下，刘少英主动迁走了儿子的坟墓，为“追光”工程让路。晚年，她孤身一人顽强而不倨傲地生活在山脚下，守护着儿子的孤坟。整部小说风骨硬朗、气象清扬，并不回避社会现实中的丑恶与矛盾，却令人动容，并感到温暖。

文学界似乎或明或暗、或断或续地一直在争论写“光明面”和“阴暗面”的问题。文学的力量不取决于写不写这“两面”，而是怎样写、以什么样的心态写。倘是怀着阴暗的心理歌颂“光明”，那就是对“光明”的嘲讽，效果适得其反。而《追光》的作者诤直有胆识，文不负心，持经世情怀，纵是揭露了种种社会矛盾和丑恶，却能真正打动人，反不会令人有晦暗之感。诺贝尔文学奖获得者、德国作家格拉斯曾言“文学正在从公众生活中撤退”，这才是文学被边缘化和失去感染力的原因。现实主义的基本逻辑是真实，深刻必蕴于诚实之中。现实主义的真实有超越虚构和说谎的力量。

中篇小说《坚不可摧》就具备这样的品格，两个优秀的警察，不得不躲在医院卫生间里彻夜分析案情，商量破案办法。为什么？因为他们的顶头上司公安局长是凶杀案的幕后主使。小说气格峥嵘，提供了一个很好的故事，触及了现实的痛处。直面现实，才能超越现实，富有建设性。这样的作品有益于世道人心，给人一种精神鼓舞。

长篇小说《肺活贴》也如此，主人公吴刚的亲人罹患绝症，又被现行医疗环境逼到绝境，竟发愤自己制药……从一个个剖面，层层剥开掣肘职场、阻碍顺畅呼吸的病灶，绘制一幅幅青春奋斗风貌。这样的小说才是读者乃至社会的“肺活贴”。作者把自己的灵魂注入作品之中，用真诚使文字有了一种巨大的感染力量。真诚是创作的命根子，写作不是精神逃避，有真性情才有好文字。在虚假文字泛滥、作家的虚构能力减弱的当下文坛，这十部作品尤其显得难能可贵，有一种回归创作本真的强心意义。

长篇小说《“姐夫”驾到》文思灵幻，生面别开。单是主人公获得了“姐夫”这样一个称谓，便带着亲昵、诙谐等诸多涵义。一个合资企业的代理工会主席，像“姐夫”一般千方百计、足智多谋地为职工谋求合法权益，关心职工的进步和发展，最终竟将企业的外方老板也教化成半个“姐夫”。小说气象融合可亲，用嬉戏笔法消解了企业内部的紧张矛盾，语言俊丽、文采盎然。

《一条大河波浪宽》中的“大学生村官”闫行的一段话，让我觉得这部小说的境界，高于眼下同类题材的许多作品：“我不想唱高调，对我来说，我就是找了一份普普通通的工作，自己做得开心的同时，也能让身边的大家伙儿开心，这就是我工作的价值。”这部书提出了一个了不起的观念：大学生当“村官”应该“职业化”，而不是“运动化”。就如同企业界有“职业经理人”一样，有契约、有标准、有职责，双向选择，这样的“村官”更便于融入农村。所以闫行刚进村的时候是“小闫”或“小行”，渐渐变为“真行”或“大行”，后来成为“老行”！

成熟的文学原不受题材的局限，《车间主任》《新生代》等作品，描写了现代企业生产经营、管理与发展的各种情状，看似是所谓的“工业题材”，实际是表现现代人的“职业性”，或者说现代职业生涯中的人性。在计划经济的年代，工厂车间的主要职能是生产、出产品，人际关系简单，谁的技术好，谁就会受到上级和工友的尊重。“公私合营”后企业的性质只有一种“国营”，理论上工人是国家的主人。仅这十部书中涉及的企业，就有国有、独资、合资、股份制、全民所有制……人际关系变得极其复杂和微妙，本该以生产为主的车间，人际关系成了“第一生产力”……

过去写工厂生活有个很大的困难，不写生产过程，故事无法展开，人物塑造和矛盾的铺陈都离不开“生产”这个元素，但一写生产过程，作品就显得枯燥乏味，被贬为“车间文学”。而《车间主任》等作品完全没有受这些因素困扰，其表现的是工业生产环境下的职业人生，有其特殊性，也有共性。“工业题材”是个约定俗成的概念，工业剧烈地改变了社会，改变了生活，小说是冲着被工业化改变了的社会生活以及“工业人生”去的，工业生产只是工业人性的背景。工业社会里没有容易的人，也没有容易的人生，小说有察世之智，朴诚沉挚。这是《车间主任》《新生代》乃至《肺活贴》等作品对“工业题材”的开拓和新贡献。

《暖春》题材新颖，在此之前，我还没有读到过像模像样的反映“社工”生活的小说。小说中的居委会，已经完全不是从前由一个“老大姐”，俗称“街道大妈”主持工作的居民委员会了。网络社会，网中人在微信上亲，见了面淡，住在同一栋楼，可能很久都见不上一面。而小说《暖春》，却气度温婉，文字有清趣。

《大湖长歌》显然是取材于东丽湖的开发，因为东丽区的赤土村很有名，小说保留了这个村名。东丽区曾经是天津的一块文学高地，20世纪九十年代崛起的几位专写长篇小说的东丽作家，均已年过花甲。在天津市总工会推荐的十位作家中，看到李旸的名字，令人高兴。

以前东郊区有大片的田地覆盖着黑乎乎的污水，人们钓鱼不敢去东郊。先有东丽湖的开发，后有空港的建成，不仅是一个区改天换地，天津东部半个城市的面貌都大为改观。李旸倘是把格局打开，不局限于一个区、一个湖、一座神龟亭，驰骋想象，把东部天上地下、湖里岸边、神龟金条等串在一起，纵放宕出、浑然成章，或许小说有另一番气象。作家就应对现实深切关注，同时保持易于思考和发挥想象的适度距离。

我居住的小区靠近西外环，十多年前每有西风，便会闻到一种烧胶皮的臭味。无风时也有这种臭味，天空的西边还汹涌着浓密的黑烟……岂料那竟是小说《青铜雕像》的生活原型。社会开放，被贫穷挤压太久的农民，一有了发财致富的自由，便无师自通地寻找各种“赚钱的门路”，然后不顾一切地走下去。其中一条门路是到城里收购废铜烂铝，回家稍作处理，加价卖出。

其中的代表人物李清泉，最初乘长途公交车，奔波一天再乘车回家时，要经过一个检查站。像战争年代穿过封锁线一样，他把装着金属破烂的编织袋东藏西掖，还经常被没收。后来他骑“铁驴”自行车，驮着一二百斤甚至更重的破铜烂铁绕过检查站……书中有个细节具有经典元素，收破烂走街串巷，是十分劳累和辛苦的。一天中午，主人公李清泉实在又累又饿，坐靠在一个变压器小屋的墙根下，从怀里掏出干饽饽和一块咸菜，吃着吃着竟睡着了。迷迷糊糊感到有个热乎乎的东西在嘴边蠕动，用手一拨拉，摸到一团毛烘烘的东西，睁眼一看，是一条流浪狗，正用舌头舔他嘴边的饽饽渣……

他很生气，自己不仅被人欺负，连狗也欺负他，当即把流浪狗赶跑。随后他却想到，这条狗也是饿坏了，才来舔他的嘴，其实自己比流浪狗也强不了多少，早知道就剩点饽饽给它。我想给作者再补充几句：以后这条狗就跟着李清泉到处走街串巷收破烂，成了他的好伙伴，这让他觉得轻松愉快了很多。后来他越做越大，渐渐发展到一个集装箱一个集装箱地大规模处理废旧电缆、电线和各种金属垃圾，最终创建了没有污染的“再生资源公司”。直到他去世后，那条狗还整天守护着他的“青铜雕像”。小说可以有闲笔，增加情趣和意蕴。

《青铜雕像》格调沉郁，文思饱满有力，读罢难抑苍凉之慨。李清泉这个人物不同于以前文学作品中的诸多农民企业家形象，有着完全不同的心性和智慧。从买卖废铜起家，最后为他立了一尊“青铜雕像”。

天津市总工会邀我为这套“十人书”作序。读罢书稿，神思感奋，似能与作者心源相接。于是不避妄言多失，写下读后心得。聊以应命。

作者系中国作家协会原副主席、
天津市作家协会原主席
2024年4月

目　录

第一章

1

2011年6月一个平平常常的日子，又到了一年的大学毕业季。过了夏至，天津就开始真正热起来了。节气，在天津就是如此分明。往常在这个时间段，校园里是没什么人走动的，但今天人头攒动，燥热的不只有天气，还有人心。

Z大校园里几个毕业生模样的男女同学，三三两两地推着拉杆箱从办公楼前走过。远处，几个姑娘穿着宽袍大袖的黑色学士服，正在一个背着双肩包、拿着单反相机的男孩的镜头前摆着各种创意姿势，想要留住大学时光里最后的，也是最具仪式感的倩影。

“学士服”们从闫行身边轻轻飘过，“我们再去图书馆拍几张”其中一个女孩招呼着。闫行无暇顾及这些倩影，他甚至都没有心情穿上自己的学士服去图书馆、去主楼、去和宿管大爷这些陪伴了自己四年的人和物照上几张相。作为班长，帮全班同学按照大小号发完学士服，闫行就径自走出了办公楼，“让他们照相去吧。”

在这个夏至已至的季节里，伴随着离愁别绪，还有对于未来以及工作的惆怅，多种滋味混合在一起，在夏季气压很低、燥热难耐的校园里铺散开来。农家子弟闫行的工作还没着落，三方协议还没交呢！报纸上、广播里、电视机前，每年到了这个时候，都在播放最难就业季的新闻，今年的新闻里又在“最难就业季”前面加上了一个定语——“史上”，没错，史上最难就业季！

闫行无心欣赏校园的风景。班里的同学，有的去了国家疾控中心，有的考上了国家公务员，有的在天津三甲医院找到了工作，有的干起了医药代表，有的考了研究生……闫行呢？是，他也去北京面试了一家企业，而且是很有实力的大型私企，午休吃饭都会放《东方红》的大型重型机械企业。记得在面试那天，闫行就是就着“东方红，太阳升，中国出了个毛泽东，他为人民谋幸福，呼儿嗨哟”的曲调，在这家企业的员工食堂吃了一份西红柿盖饭。但闫行终究还是没下定决心给他们三方协议，至于为啥没去，那是后话了。

几对情侣在树荫下享受着毕业分别前最后的欢愉时光，他们互相依偎着，有的抱在一起，有的深情接吻。闫行没有听见路过的熟人和他打招呼的声音，他有心事，甚至全挂在脸上了。他径直走过校园，大步流星地走进宿舍。“哎，今天这段路，怎么这么长啊！”

很多事情都是推着走的。就在去年，闫行还没有这种体会。在他帮着蒋梦溪收拾东西、打包，找快递公司寄行李的时候，都还没有这种体会。他只记得当时蒋梦溪穿着一条碎花粉色长裙，露出雪白的脖颈和若隐若现的纤纤玉腿。当时闫行深情地看着蒋梦溪的一张小圆脸，南方姑娘蒋梦溪从里往外透着一股水灵气儿，透着蜜桃般的甜香。闫行盯着蒋梦溪的鼻尖，听她说即将出国留学的各种美好憧憬。她的鼻尖肉肉的、挺挺的，一闪一闪在阳光下显得格外晶莹。蒋梦溪告诉闫行，她托福考了117分，闫行“嗯”了一声，把她的一件行李打包好。蒋梦溪接着说：“我在洛杉矶，和你这边有15个小时的时差。”闫行“哦”了一下，心里却都暗暗记好。闫行喜欢蒋梦溪自信满满的讲话方式，喜欢看着蒋梦溪为了理想奋斗时的表情。是啊，在这点上蒋梦溪很“美国”，所以她应该出国留学。还有一点闫行不愿意却也必须承认，虽然蒋梦溪没有对象，虽然闫行和蒋梦溪最为亲密要好，虽然蒋梦溪只比闫行大四个月，但与闫行对蒋梦溪的深深爱意和全情投入的喜欢不同的是，蒋梦溪只把闫行当成一个还不错的学弟。

回忆戛然而止，闫行坐在宿舍里轻轻地叹了口气。此刻宿舍里的哥几个都穿着学士服照相去了，宿舍很冷清。是啊，比照去年蒋梦溪的毕业季，闫行和她的种种美好回忆，仅仅时隔一年，闫行自己的毕业季就显得“局促”很多了。很多事情都是推着走的，照完了毕业照，就该离校了。很多人都已经走了，用学校大横幅上的话讲“欢送Z大学子奔赴全国各地”，闫行自己的“全国各地”在哪儿呢？去北京，干销售，卖重型机械，销售挖掘机？闫行摇摇头，他了解自己，知道自己几斤几两，能够通过简历初筛、一面、终面，他都觉得是一个不小的奇迹，现在回想起来，还是要感谢自己爱读书吧，对人力资源经理问出了那个能让他留下来的问题。

“闫行是个要强的孩子”，这句话是闫行他妈妈说的。从小到大，他都是梗着脖子、挺着腰杆，凡事都奔着最好做，不惜气力。毕竟能够从高考大省山东蹚过千军万马考到天津这个学校，也是不容易的。记得刚上高一那年的校运会，闫行参加1500米跑步比赛，由于平时的练习比较少，成绩不是很好，跑了倒数几名，越过终点的那一刻，计时的体育老师按下秒表的同时，说了一句不太中听的话：“就你这样，还参加校运会？”闫行记住了体育老师的那句话、那张脸，以及那说话时候的神态。“是啊，我是不行，那咱明年再见。”闫行默默在心里做了个决定。于是，之后的一年时间里，每天都能在操场上看到一个跑步的身影，大步流星、目光坚定，呼吸调整成两吸一呼的跑步节奏。闫行自己给自己定了个标准，每天围着操场跑25圈，1万米。无论是夏天三伏，还是冬天三九，甚至是大年三十，只要操场不关门、天上不下刀子，闫行就是一个字——跑。

“努力就有希望、奋斗定会成功”，这句话是闫行他妈妈说给闫行的。闫行现在还记得，母亲特意在“定会”这两个字上加重了语气。高二那年的校运会闫行大放异彩，男子800米、

1500米，他都拿了第一。但让他感到些许遗憾的是，那位掐秒表的老师由于生病没有现场见证闫行的成功。更遗憾的是，闫行跑了4分46秒，没有打破学校男子1500米尘封了快20年的记录——4分17秒。“漫长的”4分46秒凝结了闫行一年来的努力和付出，他品尝到了奋斗后成功的甜头，但也给自己进行了总结——“努力不如天生”。闫行拼尽全力用一年的时间证明了自己能行，也证明了自己没有跑步的天分。男子1500米的世界纪录是3分26秒00，闫行觉得自己还差得很远。于是，在经历了高一校运会的低谷和高二校运会的高光之后，闫行结束了自己的跑步生涯。

2

“这是最后的斗争，团结起来到明天，英特纳雄耐尔就一定要实现！”一阵激昂的手机铃音响了起来，自从当了班长，闫行就把手机铃音从“嘟嘟嘟”的死板铃音变成了斗志昂扬的《国际歌》，还必须是唐朝那版的，才够味儿、够激昂。

“从来就没有什么救世主，也不靠神仙皇帝！要创造人类的幸福，全靠我们自己！”铃声还在响着，闫行喜欢这段词，他需要给自己激昂一下，所以等这段词唱完了，他才接通电话。

电话那边传来牟鹏飞的声音：“行哥，忙什么呢，有空出来聊聊呗！现在十点多，正好咱俩中午在我们学校一块儿吃个饭。”

牟鹏飞不用什么外部的激昂，他自己从内往外永远那么激昂。

“鹏飞啊，咱们可有段时间没见啦，你这整天都捣鼓啥呢？哦，好，那我一会儿骑车去你们学校找你。哦，对了，中午同学们还要去还学士服，我还要去盯着点。”

牟鹏飞操着一口重庆乡音：“惊抓抓儿，你这最后一班岗晚到一会儿，下午再让大家还学士服吧，同学们也想穿着学士服多照几张相呢。”

牟鹏飞家境殷实，暂时不用忧虑用一份被“三规”（规定时间、规定地点、做规定的事）束缚的工作来养家糊口，对他来讲，工作仅仅是一个爱好而已，现在大可以趁着青春年少，用肆意的梦想来填充自己未来几年的时光。当谈论梦想时，牟鹏飞可以天马行空、肆意妄为，但闫行却不可以，他的牵绊太多，谈论的梦想首先是从肚子而不是从大脑出发。毕竟，他还有助学贷款要还。

天津六月的天气就是这样，温度和湿度双线飙升，只要中午前后在街上待上一小会儿，不管你愿不愿意，免费的“汗蒸”是要体验的。

牟鹏飞是闫行最好的朋友，如果朋友的定义是敞开心扉、互诉衷肠的话，那么他俩就是对这个定义最好的诠释。牟鹏飞是重庆人，天津N大学社会学系的大四学生，比闫行小了快两岁，属于上学早的那类人。

重庆小伙儿牟鹏飞皮肤黝黑，身形不高，他俩并不在一个学校，更不是老乡，现在却成了最好的朋友。他们的相识，说来也巧。去年C大举办“挑战杯”课外学术科技作品竞赛，他俩的参赛项目同属于人文社科类，而且展台是挨着的，可能这就是所谓的缘分，属于两个男人间的缘分。

闫行不知道，牟鹏飞的这通电话以及接下来的一段谈话将会改变自己未来两年，甚至成为改变自己人生走向的一个转折点。

顶着晒人的大太阳骑车，虽然距离不远，闫行还是骑了一身汗。到食堂门口的时候，闫行看见牟鹏飞已经在等了。“呵！鹏飞就是这么的准时。”闫行把自行车放好，两人一前一后地走进学校食堂。

牟鹏飞显然对吃饭不感兴趣，两个人买了饭，端着餐盘坐在靠边的桌子上。不等闫行屁股坐稳，牟鹏飞就开了口。

“行哥，你看昨天的报纸了吗？”

“巧了，今天上午刚在图书馆看了昨天的几份报纸，有什么新闻？”闫行边吃边答道。

“行哥，难道你就没啥发现，没啥特别留意的事吗？”牟鹏飞把“特别留意”加重了语气，双手举起同时向外翻转着。

“哦，是啊，那啥，中缝里的征婚启事我倒是每次看报都替你留意来着，可是基本都是些离异啊、中年丧偶什么的，也不适合你呀！”闫行假正经地开着玩笑。

牟鹏飞双手一摊，做了个无奈的手势，接着说：“说正事啊，天津市今年又招大学生村官啦，昨天出的公告，选聘高校毕业生到村任职。”

闫行说：“是啊，我也看到了这个消息。”

牟鹏飞眼睛一亮继续问：“行哥，你工作找得咋样了，定了吗？要不咱俩一块儿考个村官吧，兄弟齐心迈进‘村官界’。事先声明啊，我是准备考村官了，我考村官的目的就是想继续我的田野调查课题计划，成为中国下一个费孝通、陆学艺，成为当代中国的社会学家！虽然写不出个《乡土中国》，但我倒是打算写个《村官观察：乡村实践》什么的，书名我都想好了。”

闫行摇了摇头，望着神采奕奕的牟鹏飞，看了看食堂逐渐增多的人流，伴着鼎沸的人声：“鹏飞啊，你想的‘前程’还真挺远大，我就不给你泼冷水了。至于我，前些天我在北京找了个销售的工作，卖重型机械，待遇什么的还算可以。”

牟鹏飞扒了口饭：“毕业北上广，前途倍儿宽广啊！”“倍儿”的儿化音拐弯中带着悠扬，语气里透着外地人学说天津话的幽默。“不过，行哥，你想过你自己适合做销售吗，卖挖掘机？就你那一本正经、循规蹈矩、老成稳重的性格？就你那憨厚耿直的天性？就你那不会应酬的一张笨嘴？”

闫行叹了口气：“说实话，也没想太多，咱现在找工作不就是为了糊口嘛，很现实的。再说，销售不也要诚心实意吗，用我的真心换你的笑容。”

牟鹏飞笑了笑，做了一个“别打岔”的手势，继续说：“行哥，我知道你为父母和家庭考虑，想要尽快多挣钱，尽快让父母过上好日子。但我觉得你是真的不太适合做销售，留天津考村官确实是你目前的最优解。天津的村官是两年任期，要知道别的地方一干就要三年。期满后可以参加面向村官的定向考录公务员，相对来说，这概率就会大一些。更重要的是我有感觉，有了农村这个平台，你能更好地发挥价值、实现理想。那啥，袁隆平不就说过‘与大地贴得更近，看天空才会更远’嘛，你说对不对！”

闫行想了想：“价值，我这人也有价值吗？考公务员，我已经被打击得可以了。鹏飞，对于从农村出来的我来说，再回到农村干，可能我们村里人会觉得这孩子没啥出息，白读了这几年书，父母脸面上更不会太好看。不过实话实说，我觉得你的方案切实可行，值得一试，毕竟我们的很多想法都是基于农村的。当然，前提是我们能够考上。”

牟鹏飞摊了摊手：“老实诚恳的农村好青年闫行同志，没想到你这么好面子，哦，对对对，是替父母好面子。那你考上村官今后再干出点成绩来，这不就齐活儿了嘛。咱兄弟俩就并肩作战，考同一个区县的大学生村官！”

闫行问：“哪个区？”

牟鹏飞信心满满地答道：“西沽区！以前我和老师做社会调研课题的时候，就选了西沽区的几个村做调研点。”

闫行说：“你这么喜欢做课题，又是这么有主见的一个人，为啥没考个研究生呢？”

牟鹏飞喝了口汤，说：“我这人也不太迷信学历，更重要的是，上学什么时候都能上，但是像大学生村官这样，在一生中有相对完整的一段时间，每天深入农村，了解当下的中国，了解当前农民百姓的所思所感所困所惑，以相对独立的视角观察社会，我想，咱这辈子也就这么一次机会了。”闫行再次从牟鹏飞的眼睛里读出了激昂，重庆火锅那种火辣辣的激昂。

闫行曾经也和牟鹏飞一样，眼神中充满激昂。他的规划早在大三就定下来了——考公务员，考大机关的公务员，考国家部委的公务员。同学、老师、父母，包括闫行自己都觉得自己是干公务员的料。当然了，闫行并没有什么“公考热”“考碗族”的想法，虽然这几年“公考很热”，但闫行考公务员的唯一原因就是觉得自己适合干这行。闫行是有理想、有抱负的，他需要一个能够施展理想和抱负的平台，大一时全票当选班长，四年拿了三次优秀学生干部（只能拿三年）。记得大三和蒋梦溪一起在图书馆自习的时候，看着蒋梦溪晶莹的鼻尖，闫行对她敞开了心扉：“等我28岁当上处长，我就娶你。”当时蒋梦溪笑出了声，露出了洁白的牙齿。闫行犹记得蒋梦溪的笑容甜丝丝的，很醉人。

但闫行实现“处长梦”的万里长征第一步——考公务员，走得竟是那么磕磕绊绊。大四以来，闫行接连参加了国考、选调生、天津公务员、事业编考试，但是无一例外，均以失败告终。总结起来，闫行认为自己的抱负理想和雄心壮志输给了各种各样的公考培训班。

这段关于未来的话语深深触动闫行的是牟鹏飞那句“就这么一次机会了”。

3

那是在教室里看书的一个燥热的上午，闫行接到了投递简历后的一个回复电话。电话那边传来了一个礼貌的男声，是一家北京的机械销售公司通知他这周四参加销售岗位的面试。

紧张、期待、平和，三种看似矛盾的情绪交织在一起。闫行有了第一次城际之旅，不到半个小时就到了祖国的首都——北京。他无暇欣赏北京的风景，一下火车就马不停蹄地倒了三次地铁，在地铁昌平线的尽头找到了这家机械销售公司位于北京的基地。

在门卫处登记过身份之后，闫行在门口拨通了人力资源张专员的电话。“张老师您好，我是闫行，您通知我今天上午十点半来面试，我就从天津过来了。”闫行已经习惯于叫同学之外的人为老师，哪怕现在可能已经不太合适了。张专员说：“哦，好，这才9点，你来得挺早嘛，先来办公区吧，我去前台等你。”闫行说：“谢谢您啊，麻烦您啦！”

走过一段长长的林荫路，映入眼帘的是一排气派的办公楼。闫行走进办公楼，来到了前台。“你是闫行吧？”“是，请问您是张老师吧，张老师您好！”因为身上的学生气，闫行很好认，而且这里每个人都是统一的西裤、衬衫、领带、胸卡，这些他一样也没有。他只穿了一件白衬衫，那还是以前参加运动会，学校升旗队发的，现在派上了用场。

“上午是人力资源经理面试，如果通过了，下午就是营销副总面试。其他人还没来，我先带你去办公区的休息区歇会儿吧。”张专员对闫行说着，脸上挂着礼貌的微笑。

穿过办公区时，闫行看见大家忙碌地工作，接打电话、敲击键盘，心里暗想：“这就是所谓的办公室白领啊？妈妈肯定会说‘你看这儿多好了，体面又干净，夏天晒不着，冬天有暖气，这不比面朝黄土背朝天好上一万倍哩！’”

上午人力资源经理的面试，闫行紧张到不记得自己回答了什么，只记得全部面试者和人力经理坐在一个圆形会议室里聊天。几年后，阅历丰富了的闫行才知道这种面试方法叫作“群殴”式面试。从形象及商务礼仪、个人价值观与企业文化的匹配度、专业能力、管理能力、事业心等维度，对候选人进行评估。

面试最后，当经理最后问大伙儿有什么问题要问的时候，大家接连问了有关工作地点、工资福利、能不能解决北京户口等问题，闫行却很学生气地问：“我能看看你们公司的内刊或报纸吗?”谢天谢地，或许是闫行爱学习的好习惯让他坚持到了下午的面试。

情况已经很明朗了，参加面试的人从上午的16个变成了下午的5个。闫行他们五个挨过了忐忑的午休后，被一位漂亮的女秘书带到了三楼营销副总的办公室，在那里副总会对闫行他们做出最后的“审判”。营销副总微胖，看着不到50岁，面色红润，一看就是那种保养得很好的人，头发梳理得根根分明，手里翻着五个人的简历，看着上午人力资源经理的面试意见。沉寂了一段时间后，他终于开口了，操着一口湖南腔普通话：“我们这里啊，实行末位淘汰制，每半年进行一次大区销售人员排名，排名最后的五个淘汰，正好现在刚进行完考核排名，有五个空缺岗位，你们可以补进来。销售这行讲究的是业绩，面不面试我看倒不是重点，就像赛马，好马劣马总要出来跑一跑嘛。”就这样，副总大笔一挥，在面试意见上写了大大的两个字。闫行离得比较远，没看清写的是什么，不过隐约有了猜测。

一天时间进行了两次面试，感谢营销副总的赛马论让闫行终于拿到了人生中第一份“正式”工作的offer，但他没有马上交出三方协议，只是承诺拿到毕业证后就来这里报到。因为冥冥中闫行感觉到，也许他还会有别的机会，但这机会是什么，现在他不知道，直到有了和牟鹏飞的那次聊天。

夜深了，闫行躺在床上，眼睛盯着那台循规蹈矩间或让人暖风扑面的电风扇，盘算着未来，目光有些呆滞，前途有些模糊，但有一点是清晰的，闫行知道，他的北京之行算是白去了。

牟鹏飞拿着两大摞复习资料走进教室，来到了闫行的书桌前。毕业季教室里面没有人，可牟鹏飞还是把嘴凑到闫行耳边，压低声音，神秘兮兮地说：“行哥，你猜我搞到啥了？”不等闫行回答，牟鹏飞自顾自地说上了：“我已经搜集了关于大学生村官几乎所有的资料，是的，所有资料。包括什么历年的考试题啊，村官的政策啊，今后村官的培养发展去向啊，我甚至已经与几名在任的和已经离任的大学生村官取得了联系。”

闫行撇了撇嘴，机械地问道：“你是咋和大学生村官取得的联系啊？”

牟鹏飞淡然地笑了笑，摆了摆手，一脸轻松地说：“每年的村官录取都会有公示，先搜出公示名单，再通过‘人人网’把人找出来，就加好友聊天呗！至于是搭讪、套近乎、瞎白话，随你。”

闫行双手伸出大拇指，连连赞叹道：“高，实在是高啊！不愧是辅修过情报学的人啊！大学四年你没搞对象，真是白瞎了你这能力。”

闫行拿着这几个月复习公务员考试的资料，去学校复印店给牟鹏飞复印了一份。走出复印店，他心里惦挂着蒋梦溪，掏出手机，在QQ上给蒋梦溪留言。

闫行在留言里写道：“小溪，我不打算去北京了，暂时也不考虑回老家，我准备留天津考个大学生村官。”

很快，蒋同学就回复了：“好啊，无论你干什么我都会支持你的，加油啊！”

“那啥，你以后会来天津吗？”闫行心里踟蹰，充满了对蒋梦溪的不舍。

“你是不是每做一个决定就要考虑未来五年、十年后的问题呢，现在是什么社会了，我们唯一能够确定的就是我们生活在一个不确定的世界里。无论如何，我都会支持你的。好好干，加油！”蒋梦溪回复道。

望着校园，望着操场，望着来来往往的青葱脸庞，闫行理了理头发，握紧了手中的复习资料，苦笑了一下，又摇了摇头。蒋梦溪通过自己的努力，发展得很好，已经出国深造，而自己的工作还没有确定。他对蒋梦溪的爱持续了三年，如今却感觉两人之间的差距越来越大，闫行心中懊恼不已。

4

一个月后，闫行拿着大学生村官政审表去校党办盖章。敲开办公室的大门，他双手将表递给了老师。

老师正坐在电脑旁，用键盘敲击着什么，一只手接过了闫行的政审表，看了看内容，略微点了点头，起身从抽屉里拿出公章，“啪”的一声，盖了上去，并在意见栏里面写上了“同意”两个字。校党办的老师把政审表还给闫行时对他说：“同学，毕业去基层当大学生村官，加油，为母校争光啊！”

闫行礼貌地回以微笑，没说什么。他走出办公室，轻轻地关上大门，却听到里面的老师小声地对话。

“毕业去干村官，咱学校毕业生不多吧，你以前办过没？”

另一个声音回答：“没有，他是第一个。”

闫行看了看村官政审表上鲜红的学校印章，小心地对折叠好，放在包里。

一年前，北京，美国驻华大使馆。

一个阳光明媚的早晨，蒋梦溪穿着职业装，很是漂亮地端坐在美国签证官的对面。桌子上放着她准备的各种材料，以及大学四年来努力学习的各种“凭证”，毕业证书、成绩单、托福成绩、GRE成绩，等等。

签证官用英语提着各种问题，这边蒋梦溪回以微笑，用很好听的英语发音，标准、流利、自信地回答着问题。

一枚大大的印章盖在了蒋梦溪的护照上。护照上，蒋梦溪照片里面的微笑，很甜。

闫行沿着学校的主路慢慢地走了一圈，走过熟悉的图书馆、熟悉的操场和教学楼。走出校门时，看到别人都在校门口拍照留念，闫行笑了笑，看着学校的铭牌，他在心里默默地叫着自己的名字：“闫行，当大学生村官，你一定要好好干！”

闫行掏出了手机，拨通了北京机械销售公司招聘专员的电话：“张老师您好，我是天津的闫行。不好意思啊，我毕业后去不了您那儿了。”

电话那边，张专员顿了顿：“哦，你是天津的闫行啊，我看看啊。”电话那头传来了翻阅资料的声音，“喂，闫行啊，我们没有签三方协议，你也就不存在交违约金的问题。销售这行本来流动性就大，压力也大。你是不是找到更好的工作了？”

闫行答道：“哦，我在天津考了个大学生村官，毕业准备去农村。”

电话那边传来了一声“啊？！”之后是短暂的停顿。

中国人讲究吃，大家伙儿热热闹闹地吃一顿必须喝醉的“散伙饭”是毕业季的高潮。作为班长，闫行此刻正在认认真真地为大家操办“散伙饭”。为啥不能文雅一点，叫个什么“离别宴”呢？对于一帮此后就将天各一方的穷学生来说，“散伙饭”可能更加符合当前的意境。

“散伙饭”那天，闫行预想到某些同学可能会喝多，可他没有想到的是自己会喝醉。班主任刘老师主动向他敬酒：“闫行，感谢你这四年为咱班做的贡献，谢谢你，老师祝你一切顺利。”老师的肯定与祝福，让闫行心里热乎乎的。闫行嘴笨，牵连着的就是话少，没别的，此刻就是一个动作加一个字——碰杯和“干”。

那天，闫行喝了很多酒，人生中第一次喝多，并且接连经历了从第一次喝多到第一次喝醉，是的，22岁的他第一次喝醉。酩酊之际，他心里却异常清醒地反复地默诵着苏轼的那首《南乡子》，“何日功成名遂了，还乡，醉笑陪公三万场。不用诉离觞……”

等不起的是时间，熬不住的是年华。人生的1500米赛跑从离开校门的那一刻才开始。前途、命运、爱情、事业、父母的荣光、乡亲的期望……一切美好的想往和难以预料的未来，对于闫行来说，都变成了眼前的压力。

压力，一个多么沉重的词，把人压得透不过气、睡不着觉。也许，闫行需要一颗平常心，毕竟人生的漫漫长路，不是1500

米赛跑，流下一斤汗、跑坏四双鞋就能改变的。

但喝醉的闫行清醒地给自己下了决心，从今天起，大学生村官就是他闫行另一条需要冲刺的1500米赛道。

第二章

1

夏天的关键词一是热，二是蝉鸣。不知道西沽区的蝉鸣，会不会有一股沙窝萝卜味儿。闫行没吃过沙窝萝卜，对于其中的美妙，诸如皮薄翠绿、口感细腻、水分充足、甜辣可口、味如水果等还只停留在想象阶段，没有理论联系到实际呢。而这就是闫行对西沽区的所有认知。

这会儿，闫行正和牟鹏飞一起坐在赶往西沽区的公交车上。他们此行的目的地是西沽区政府，去参加大学生村官岗前培训。

他俩坐在靠窗的位子上，平日本来话就不多的闫行此刻正看着窗外发呆，牟鹏飞一向是精力充沛闲不住。他胸前甚至挎了一个单反相机，给此行添上了浓重的旅游观光色彩。“观光”总让人兴奋，但公交车内空间逼仄，牟鹏飞的摄影欲无法满足，于是自顾自地打开了话匣子。

“行哥，这是干吗啦，一点不兴奋呢？不会又玩深沉了吧！”牟鹏飞用手指捅了闫行一下。

“没有，我说鹏飞同学，你在我身上就不能用点好词儿！还玩深沉？”

“哦，我明白了，想来是我们闫行同学这工作上的事情暂时解决了，感情上的事情又涌向了心头。这叫什么来着，对了，才下眉头，又上心头！”

“我说你一个大老爷们儿，整天跟这儿闲拉淡扯的有意思吗？”闫行有点生气。

牟鹏飞把手举过头顶做了个投降的手势，说：“行哥，咱俩多少年的朋友了，你这张脸比天气预报都准，这不什么都写在脸上了嘛。”

闫行叹了口气：“你说得对，有些事情也只是想想而已了。”

牟鹏飞拍了拍闫行的肩膀：“人家蒋梦溪是一飞冲天飞到了美利坚，你呢，是直插入地一头钻进了庄稼地。作为兄弟，我教你的大学生村官岗前培训第一课就是正视自己，面对现实。”

一只花喜鹊落在远处的树枝上，“喳喳”地叫着。闫行勉强笑了笑：“在我们还有理想的年华里，却不得不更多地面对现实。”闫行顿了顿，看了看他和牟鹏飞的脚，接着说，“等培训完，咱俩去趟市场吧，既然考了村官，下到了农村，我想买上两双解放鞋，准备在村里干活的时候穿。”

“看来你还真把自己当成‘新知青’了啊！”

此刻，那只路边的花喜鹊见公交车开了过来，扑棱扑棱翅膀，飞走了。

牟鹏飞一向爱说爱笑，这会儿他正嚷着即将在自己身上发生的“重要时刻”——有生之年第一次光明正大地走进政府大楼。闫行没接话，心里说：“难道你以前偷偷摸摸进去过？”

牟鹏飞的“重要时刻”被西沽区政府的保安给拦了下来。

闫行忙上前搭话：“您好，我俩是咱西沽区新考上的大学生村官，今天去咱会议楼参加大学生村官岗前培训。”言语间，闫行已经开始用“咱”了。

保安没说话，做了个放行的手势。

“行哥，你不用解释这么多，你看你，浓眉大眼，溜光水灵的，人家保安拿眼这么一搭，就知道你不是来上访的。”牟鹏飞蹙着眉，想要用还不多的皱纹把挡在眼前的头发挪一挪，由于皱纹不多没有成功。

牟鹏飞干脆放下行李，用手使劲儿理了理前额上遮住眼睛的几缕散发。从闫行和牟鹏飞年轻的脸上能清晰地看到两个字——青春。

闫行他俩因为路远，来得不算早，走进会议楼时，已经有十几个青年人带着行李在那儿了。闫行和牟鹏飞坐了下来，见大家都把行李放在桌子上，俩人就也把行李放在了桌子上。屁股刚沾上凳子，“自来熟”的牟鹏飞就打开了话匣子。

“你好，我叫牟鹏飞，重庆人，天津N大毕业，学社会学的。”牟鹏飞热情地向邻近的一位梳着马尾辫，皮肤白皙，身材微胖的女生打着招呼。

“哦，你好啊，我叫高婷，天津A学院毕业，学园林专业的。”邻近的女生礼貌地回答。看来会聊天还真是一项技能呢，闫行坐在旁边会心一笑。

“哎哟，这专业好，正好适合干我们大学生村官这行！看来以后要向你多请教啊。”以后的日子里，牟鹏飞总是把“大学生村官”习惯地称作“我们这行”。

这时，进来了一个人，三十来岁，身材不高，精神饱满，身型微胖，连带着不断后退的发际线，一路微笑着走进会议室，手上还拿着一沓纸。闫行认识，这位就是区委组织部组织科副科长朱建设。因为在面试和政审的时候已经打过多次交道，彼此相熟，今后他会具体负责这批大学生村官的日常管理工作。朱建设给人的感觉很“政府”、很“公务员”，沉稳、热情又带着些许威严。

“大家好啊，我叫朱建设，咱们大伙儿已经见过很多次了。我这儿有咱这次大学生村官岗前培训的具体行程，现在分发给大家，一会儿等人都到齐了，咱们就出发去培训。”

“我啊比大家也大不了几岁，大家以后叫我朱哥就成，要不就叫朱老师也行。我呀，就相当于你们大学时的辅导员，行程上印了我的手机号码，大家有什么事就直接给我打电话，什么时间都可以。”朱建设大声地对大家说。闫行离得比较近，顺手接过了朱老师手上的行程表，挨个分发给大家。

不一会儿，28位大学生村官陆续到齐了。朱建设点过了人名，召集大家带好个人物品，统一乘车去培训地点。

这帮青年人，手里拎着行李，有说有笑地依次上了早已停在那里的大巴车上。

朱建设最后一个上车，待大家坐定了，说：“大学生村官岗前培训的行程安排充实而紧凑，一共三天的培训时间，前两天上下午各是理论课学习，晚上收看教育宣传片和优秀大学生村官事迹采访录像。第三天上午安排参观，下午是交流与讨论，最后一项就是宣布具体的大学生村官分配方案。同学们，这就是咱这三天的基本行程。”

说完，朱建设给大家分发了住宿房卡。朱建设忙前忙后得像个导游，加上挎着相机的牟鹏飞，戴着遮阳帽和太阳镜的男女同学，还有一干人等的大包小裹，这次培训多出了几分轻松的色彩。

闫行看了看行程上的住宿安排，他和一个叫王雨农的男生分配到了一个房间。

“等车到了，大家先把个人物品放到自己的房间。”说着朱建设看了看表，“等十点半咱们再在大厅集合。”“导游”朱建设耐心地讲解着行程。

大巴车一路远离繁华的中心城区，快到运河边，车子打了个转向，开进了一个依河而建的宾馆。

闫行没有带很多东西，他只背了一个书包。每个房间两个人一把钥匙，分钥匙的时候是闫行拿的，怕同住的男生等，所以他快步上楼去房间开门。

闫行打开房间，把书包放在了床上。不一会儿，进来了一个瘦瘦高高，长相清秀的男生。闫行马上打招呼：“你好，我叫闫行，你是王雨农吧？”

“你好，你好，我叫王雨农。”那个人回答得很礼貌，但礼貌是礼貌，闫行还是听出了几分说不清的优越感。

王雨农长得很英俊，身材高挑，皮肤白皙，一看就是个城里孩子，头发理得精致，一撮刘海特意盖住了眼睛，他总会不时地甩一甩，向周围人展示着帅气。

不过更加吸引闫行的是他的名字，因为他的名字里带着个“农”字，而且在“农”字前面又加上了农民最需要的“雨”，像细雨一样滋润着农田，闫行觉得这个名字起得真好，富有诗意且内涵丰富。当然这一切的一切也只是闫行的臆断之辞，说不定人家父母起名字根本不是这个意思呢？不过，这个名字激起了闫行和身边这位男生聊天的兴趣。

“雨农，你带的行李也不多啊？”闫行微笑地问道。

“我家就是本地人，又只是这么几天，再说我一个大老爷们儿，也不用带很多东西。”王雨农把洗漱用品放到了卫生间。

“哦，也对。那你为什么选择当村官啊？”闫行几乎想问除了自己和牟鹏飞之外的另外26位村官每个人这个问题，他能想到的答案不外乎是朋友“怂恿下”的主动选择，或是基于当前日益严峻的就业形势的“无奈之举”，抑或是两者综合起来的殊途同归，再或者是抱着建设“三农”的心态立志要在农村做出一番事业的雄心壮志。不过，从王雨农的口中，闫行却得到了出乎意料的一个答案——因为爱情。

“因为我女朋友去考村官，所以我就陪她一起考了，就这样咱俩住到了一个房间。”王雨农轻描淡写地告诉闫行。

如果是牟鹏飞，肯定会直截了当或者旁敲侧击地追问出这位帅哥的女朋友叫什么名字，在不在这28人的队伍中，具体是哪一个，以满足自己八卦娱乐的心。不过，闫行不是牟鹏飞，他更关心的是身边的这个帅哥会不会坚持把两年村官干下来。因为从他的神情里闫行推测王雨农的行为似乎是缺乏规划下的一时兴起，这也就让他缺少了长期性和坚持下来的保证。“得其大者可以兼其小”，闫行总是思考一些更长远的问题，所以他是闫行。

哎，还是先别替别人盘算了，此刻闫行也不知道自己能不能把这两年的村官工作坚持下来，他甚至都不敢问自己这个问题，因为理性告诉他，这个问题缺少参照系，已知条件太少，未知条件却又那么的多。但至少母亲一如既往的鼓励，蒋梦溪短信里的支持，还有他自己走出校门时的心情，都明确了同样的三个字——“好好干”。

闫行的话很少，三两句后和王雨农就没有什么话题了，两个人便各自忙各自的事情。

就在这沉默的当口，屋子里忽地闪进来一个人。

“哥们儿们，收拾东西啦，嘿嘿，我叫张立发，我住515啊，就你们斜对门，我书包里带了两副牌，晚上你俩上我屋斗地主去，咱要上几把。对了，刚我都打听好了，三楼还能租麻将桌，要是能凑够手，咱晚上就‘修长城’去。”

看着闫行和王雨农的反应不是很积极，张立发表示惊讶：“不爱玩牌?”

俩人摇了摇头。

“不会玩牌?”张立发继续问。

俩人点了点头。

张立发表情夸张：“现在还有哪个上过大学的人不会斗上几把地主，你们俩不会没毕业吧，拿到学位证了吗？过英语四级了吗?”

见俩人没什么反应，张立发慢慢摇头，看来这间屋子已经让他失去了兴趣，他要到其他屋子寻找“牌友”去。

培训还是要开展的，要不真成旅游了。

会议室里一条红底白字的大横幅挂在主席台的后上方，上面写着“西沽区大学生村官示范培训班开班典礼”。

大家依次坐好，主席台上，西沽区区委组织部杨部长正在讲话。

杨部长说：“希望大家真正地扎根农村，热爱农村，为农民服务，为农村出力，将大学生的知识优势与勤勉务实的实干作风相结合，为美丽和谐幸福的新西沽而奋斗!”

闫行拿出笔记本，在崭新的笔试本的扉页上记下“将知识与实干相结合，为美丽和谐幸福的新西沽而奋斗”！闫行自己盘算着，如果把自己两年的大学生村官生活比喻成一部长篇小说，那么笔记本上的这句话已经可以是题记了。

中午吃饭，十个人一桌，大家随便坐。闫行、牟鹏飞、王雨农、张立发、高婷等十位村官坐到了一起。闫行注意到王雨农从开班仪式起就和一个女生坐到了一起，想必这就是他的女朋友了。

牟鹏飞比较开朗，刚刚坐定，就开始发言了："大家好，在组织部官方安排自我介绍之前，咱们几个有缘坐到了一桌，咱就先来个饭前自我介绍吧。"

响应的人还是有的。于是大家依次进行了自我介绍，无外乎姓名、毕业院校和所学专业，等等。王雨农的女朋友叫乔丽颖，两个人是大学同学，王雨农学的经济，乔丽颖学的市场营销。

刚去闫行他们屋约牌局的张立发学的是数学，此刻，张村官正向在座的各位展示其非凡的数学计算能力："各位即将到任的'村头儿'们，知道咱一个月工资多少钱吗？"

乔丽颖笑了笑，笑张立发口中"村头儿"们这个新称谓。

"公告上不是说明白了嘛，第一年一个月2000块，第二年一个月2200块。"高婷边吃边回答。

"哦？看来你还挺满意啊。我算了算，扣除五险一金之后，到手的钱也就1640块，这年头儿就是早起一睁眼出门摊套煎饼馃子加俩鸡蛋还要5块呢，这点钱够干嘛的啊！"张立发夹了个丸子摇头叹气。

一个月后，闫行的工资本上的实发工资数是1640元，与张立发测算的不差分毫。人生的第一份工资，冒着热气、真金白银的1640元。按照张立发给出的"当日牌价"，这些钱能摊上

328套加俩鸡蛋的煎饼馃子。闫行对钱没概念，但有人已经开始嫌钱少了。

“嫌钱少，那你还来考村官？要知道，咱进面试一比三的录取比例，还有笔试、结构化面试、政审，咱能坐在这里已经很不错了，还有那么多人没考上呢！”高婷伸出了三个手指反问着正在吃丸子的张立发。

“哎，这不一直没找着合适的工作吗，现在不也是走一步看一步，骑驴找马嘛！要是有合适的工作，我立马走人！反正什么时候走都可以，又没有什么违约金，就是到了村里，也要想办法搞点小买卖，赚点小外快。这年头，全民都创业去了。”张立发小声地对大家说，眼神里充满着真诚和坚定。

闫行一直没插话，他知道张立发的想法代表了相当一部分人的心声。如果有更好的发展机会，村官岗位和所在的农村想必自然会被最先放弃。想到这些，这28位即将到任的“村头儿”，还会对农村的广阔天地有所期待吗？进一步讲，在广阔的天地里，大有作为的可能性还有多少呢？

培训，更确切地说就是上课。上课嘛，大家都很熟悉，毕竟上了十多年了。你上你的，听不听就是我的了。闫行主动坐在了第一排，摊着笔记本，认真做着笔记。对不了解而又渴望学习的知识，认真做好笔记，这是闫行十几年来养成的学习习惯。紧凑的课程持续了两天，当然紧不紧凑也是因人而异，对于某些人来说，坐在最后一排吹着空调睡大觉也是一个不错的选择。

第三天下午的交流和讨论，组织部请来了西沽区第一批大学生村官中的优秀代表王涛。王涛坐在主席台上，与朱建设的气质不同，没有很“政府”、很“公务员”，理着平头、黑框眼镜，侃侃而谈。上身的条纹半袖衬衫，给他的交流带来了几分“正统”的意味。他坐在台上，说话嗓门很大，双手上的动作更大，不开话筒都能自带音效的环绕立体声。以后的日子里，闫行才明白，说话大嗓门是一项村官必须掌握的基本技能。

这会儿，王涛的分享已经从自己当村官时的情况和经历谈到了自己总结的经验。

“我希望大家在正式进入大学生村官的角色时，把握好六个一，即端正一个态度、明确一个目标、看一摞书、独立完成一项任务、交一群朋友、实现一个圆满结果。最后祝愿大家生活愉快，工作顺利。”

闫行认真记录着王涛的忠告。此刻，他欣赏，更确切地说是钦佩王涛的谈吐与气度，农村工作的两年磨炼让眼前的这位优秀村官变得更加成熟稳重。

朱建设副科长起身向大家说：“咱们经历了两天的理论学习，今天上午又进行了实地参观，下午请来王涛给大家做了交流演讲，想必大家对大学生村官有了进一步的了解与认识，下面，咱们28位新村官就依次发言，说说这次培训的感想和今后的工作展望吧。”

大家依次发言，有的感谢组织部的精心安排，有的对即将开始的村官工作表了决心，有的希望组织上能够给大学生村官们压压担子……轮到闫行发言，他先是起身向大家鞠了一躬，接着说道：“首先，很高兴能够认识大家。经过三天岗前培训，我对于大学生村官工作有了更加深入的了解，也更加憧憬即将开始的大学生村官生涯。相逢是首歌，此刻，我想起了这样的一首歌，它并不是一首流行歌曲，却历久弥新，经典传承，它就是电影《上甘岭》的主题歌《我的祖国》。我想到了这样几句歌词，‘姑娘好像花儿一样，小伙儿心胸多宽广。为了开辟新天地，唤醒了沉睡的高山，让那河流改变了模样’。我很幸运，因为我们在座的各位同样年轻的姑娘、小伙儿可以为了祖国的繁荣富强贡献自己的一份力量，成为一名年轻的大学生村官，让农村这片新天地里‘到处都有青春的力量’。最后，祝愿我们西沽区的新农村建设，我们农村事业的发展，我们大学生村官这支队伍，就像那一条大河一样，波浪宽广！”

那一条大河能否波浪宽广，我们暂时还不得而知。但如果闫行能够预见未来的村官生涯是伴随锁子叔的“冬瓜论”、四爷爷的“金元宝”、高永镇的捅刀子、黄文登的烟屁股度过的，想必他一定会倒吸一口凉气。咂摸个中滋味，那一条大河里真是内容丰富啊！

大学生村官岗前培训的最后一项就是宣布具体的分配方案。朱建设公布了大家的分配结果。比朱建设嗓音提得更高的是即将到任的各位“村头儿”的心。说破大天，无论如何，这也是分配啊，决定未来两年命运的分配。闫行被分配到西沽区辛集镇辛庄村，一个传统的农业村，牟鹏飞被分到了西沽区李街镇凌店村，一个位于城乡接合部经济条件很好的“明星”村。就这样，经过一个周末的短暂休整，闫行他们正式开启了自己的大学生村官生涯，用张立发的话讲，“各位‘村头儿’，下周一咱们就各就各位走马上任了。”可是，闫行知道，牟鹏飞知道，王雨农和大家都知道，大学生村官不是“官儿”。但此刻的闫行已经迫不及待地想要去辛庄村，这个他将要留下两年青春岁月的地方去看看了。

2

八月骄阳最想征服的不是婆娑的树叶，不是聒噪的蝉鸣，也不是纹丝未动的垂杨柳，而是一辆疾驰的自行车。

骑35公里自行车去辛庄看看，是闫行周五晚上躺在床上睡觉前的临时决定，与1640元的工资无关，这更像是一种仪式。

就像足球比赛，对于闫行来说，此刻，他已经上场了，他要跑起来，他要让自己兴奋起来，他要全情地投入比赛中。没错，这就是闫行的仪式——骑车去辛庄，不管多远。

周六的早晨阳光明媚，辛集镇道路两旁整齐的杨树遮挡了一些暑气，树上的连片蝉鸣提醒着行人，夏天在这里才刚刚开始。远处，闫行骑着自行车，就好像一架小型飞机，轻快、敏捷，即将在辛庄的大地上着陆。

舒眉展眼地看着一路上的风景人物，仿佛时间在这个炎夏的早晨失去了意义。四年的大学时光被闫行安排得紧凑而忙碌，他自己也早已习惯了忙碌，忙和闲都是一种人生态度。终于在这个鸟语蝉鸣的七月又要开始新的“忙碌”了，此刻的闫行打心底里高兴。一路从市区骑到了西沽区，又一口气穿过杨柳青镇，此刻，闫行已经踏上了辛集镇的土地。

“阿姨，请问辛庄村村委会怎么走？”闫行停下车向路边树荫里一位卖冰棍的阿姨询问。

“哦，你说辛庄大队，就顺着这条路一直往前走，等过了一个十字路口，再一直往前走，过了小桥，右手边那个白色的挺破的二层小楼就是了。”阿姨热情地给闫行指着路。

顺着阿姨的指向，闫行继续赶路，路并不复杂，很快他就找到了辛庄大队。映入眼帘的是一幢略显破旧的二层白色小楼，楼前还有一个小院，几个大爷正在院子里的杨树下乘凉聊天。门口挂着两块牌子——中国共产党西沽区辛集镇辛庄村支部委员会、辛集镇辛庄村村民委员会。

闫行推着自行车，进了小院，把车放在一边，走到了大杨树下，“大爷们好！”闫行在村里自来熟，很大方，用西沽话来说就是不怯。

“好好好，你是干嘛的，小伙子？我们可不买保险！”一个大爷对闫行说。看来大爷们把闫行当成卖保险的了。

“大爷们好，我叫闫行，是咱辛庄村新来的大学生村官，下周一正式来咱村上班。这不，周六我也没啥事，就提前骑车过来看看。”

“啊，大学生村官？是干嘛的，是个嘛新鲜事物？不会是区里下来的工作组吧！”一个吸着烟的大爷调侃着，顺便弹了弹烟灰。

另一位大爷接过话茬儿，咬字很重，让人联想起大队喇叭里传来的声音：“我说你个老李头儿，你跟这劲儿劲儿地瞎白话嘛呢？你这儿天天也不看上几份报纸、听上几段广播的，‘大学生村官’就是国家让大学生到咱村里当官。”

“那咱老高往哪摆啊，都干了这么多年了？”李大爷反问道。

“老高属猴的，都快70岁的人了，国家这是有考虑的，让这个小不点儿先来咱这预备预备，等过几年熟悉了就接老高的班。”

“得了得了，你这个白话蛋别在这儿编芭造模（天津方言，编瞎话儿）了，还‘国家这是有考虑的’，国家这么老大个官还考虑一个小村长的事儿，国家他老人家也不嫌累呢！”

“要说老高这活儿还真不好干，接班也必须找个能顶戗的，别找个二五眼不着调，半截娄（天津方言，中途）还得换人。”

大爷们你一言我一语，围绕“大学生村官”到底是个嘛的话题聊了起来，闫行在旁边根本插不上嘴。他的到来像一颗小石子投进了平静的夏日池塘，泛起了阵阵涟漪。

这时候，从门口传达室出来一位大爷，60多岁的样子，头发花白，挺瘦挺高，背有点驼，身子往前倾，手里拎着个水壶：“我说你们这是干嘛啦，我这刚去屋里打了壶开水，就这会儿工夫，咋还整出个要接老高的班呢！你们几个老糟蛋，一会儿也不消停，五脊六兽的别在这儿胡天儿。”

坐在树底下的李大爷掐灭了烟头，站起身子说：“这下好了，小伙子，你算找到组织了。”又指了指拎水壶的大爷，“这就是咱辛庄村大队的‘最高行政长官’，辛庄大队‘保安总司令’兼看门大爷，四爷爷。”

四爷爷走到树下，放下水壶：“行了，老李头儿，别在这儿瞎扯淡了啊，喝你的水去吧。”转过头对闫行说道：“小伙子，你这是……”

闫行马上入乡随俗：“四爷爷，您好，我叫闫行，是咱辛庄村新来的大学生村官，下周一正式上班。我今天没啥事，提前来看看，给您添麻烦啦！”他已经开始习惯说“咱”了。

四爷爷从屋里给闫行拿了个小板凳：“小伙子，坐坐坐，这可是好事，大好事啊，一大早就听小锁子说了，说公社要给咱大队配个大学生村官，给咱老高当助理。以前啊，就是会计树红给咱村写写画画，可就她那点儿墨水，不在二五眼以上，也不在二五眼以下，正好全在这二五眼上。你来就好了。这可是好事，好事啊。”四爷爷转头对大伙儿说：“你们几个老家伙可别瞎咧咧啊，这可是咱村新来的秀才咧！”

闫行有点不好意思，连忙摆着手道：“四爷爷，那咱们书记、村长没在吗？”

“哦，你说书记、村长啊，咱们村老高一个人书记、村长一肩挑，这不上午去公社开会了。树红是村里的会计兼管计划生育，去忙计划生育的事了。小锁子，就是治保主任刘金锁，下村了。前两天几个外地搞传销的在咱村闹事，锁子和警察去看看。”四爷爷顺手给闫行倒了杯水。

闫行接着问：“那咱村委会其他人呢？”

四爷爷笑了：“咱辛庄大队啊，算上你这个新来的大秀才，就五个人。”四爷爷伸出左手比画了一个五，“我负责看家守堆儿，总督后阵。咱村的规模算是西沽区中等的，二百来户八百多口人，要是忙起来，那可不得了啊。”

“啊，咱村挺大的，村委会为啥就这么几个人？”闫行诧异地问道。

“哎，咱村啊，没嘛副业和三产，所以大队基本没什么奖金和分红，在大队干又没有那嘛？你看看，就在嘴边上，对对对，那嘛，编制！公社就给开那么点儿钱，年轻人就是去厂子里打工都比窝在这儿挣得多，要不是图个守家在地，天天和这帮老头儿聊聊天扯扯淡的，我早不跟这儿熬鳔（天津方言，不达目的不罢休，文中指熬时间）了。”说着四爷爷扭过身子瞅了瞅坐在树下的几个大爷，突然发现了什么，冲着刚抽完烟的老李嚷了起来：“老李头儿，赶紧麻溜的，把你那抽完的烟屁股给我放到指定位置。要不，我还得扫。”

前一句是命令，后一句是现实。行使完管理权后，四爷爷又回到了和闫行聊天的情绪中。

“对了，说到哪儿了？”

“熬鳔？”闫行说。

四爷爷似乎厘清了话头儿，先是叹了口气：“哎，说到熬鳔，我还有个22岁的大孙子没结婚呢，我不得想办法给他奔点钱嘛！现在村里结婚都比着呢，光给女方彩礼就要十好几万，现在这婚都快结不起了。”想到这摆在眼前的十好几万，四爷爷脸上前几秒钟行使管理权时的“威严”已经完全消失了。

“别的村也是咱村这情况吗，四爷爷？”闫行追问着。

“你看西头儿那个赵庄村，靠着公路线，村里集资建了几个厂房，又加上开发卖地的，现在就光靠着收租金年底就能弄不少钱，放银行里吃利息。人家村主任现在都开上四个圈的那个什么迪的汽车了，可咱老高现在还是两个轮子往前蹬呢！没办法，谁让人家祖宗积德，生的地方好呢？他们村也就二百多人，小村人少所以分钱多。你看看他们村委会十好几个人来回转悠，没办法，现在啊有的人没活干，有的活没人干，说一千道一万，没钱谁也玩不转。我们老高整天也愁着呢。”四爷爷说到这些，就打开了话匣子。

“四爷爷，您看我现在也闲着，村里现在有啥事让我干啊。”闫行望着老人，一脸真诚。

“嗯嗯，小伙子，你说我这一个穷看门的糟老头子有嘛活让你干啊，要不你替我看门？再说了，你也不是我的兵啊，你是老高的助理，他会给你安排的。你呀要是没事儿，就去咱村里转转。咱村可大了，景致也还行，田间地头啊有得转悠着哩。要不等一会儿老高回来，让他带你去村里的小饭馆吃个饭，点上几个硬菜。”四爷爷微笑着对闫行说。

闫行连连摆手说：“不不不，四爷爷，您们的好意我心领了，但我这还没给咱村干啥活，怎么能先吃饭呢？谢谢您，谢谢咱高书记。那我就去咱村转转，咱周一见，各位大爷，再见！”

闫行推着自行车走出了村委会大院。

大爷们望着小伙子推着自行车，越走越远。

闫行推着自行车慢悠悠地行走在辛庄村的乡间公路上，欣赏着两旁绿油油的大棚与农田。村路上没有人，很安静，除了蝉鸣鸟叫，没有其他声音，和城市里的喧嚣形成了鲜明的对比。

闫行把车停在道旁，看着远处漫无目的地发了会儿呆。一样的农田，一样的大棚，一样的田间地头，一样的热情淳朴，为啥当初自己没考虑回老家呢？也许，山东老家也在招大学生村官呢？哎，还是不去了。一想到父母辛辛苦苦地培养了一个大学生，四年吭哧吭哧地上下来，又风风火火地回到老家的田间地头，父母肯定是不能理解的，连带着全村其他人也不能理解，说不定还会让村里一些“读书无用”的论调有所抬头。“你看看人家李明，和你是光屁股长起来的，和你是小学同学、初中同学吧？初中毕业你上了高中，人家去了青岛的韩国电子厂上班，你是一路又上了高中和大学，我们是头拱地地用人民币又供了你七年，人家李明是给家里挣了七年的人民币！现在人家已经是厂里的小组长了。你说啥，你要回村里，当什么大学生村官？啥，大学生村官也是‘官儿’？醒醒吧，你别拿豆包跟我这儿硬充干粮了。”

这时，闫行的手机响了，激昂的《国际歌》打断了他的思绪，屏幕上是一个陌生的座机号码。“喂，您好，我是闫行，您是哪位?”

“闫行同学，你好，我是辛集镇党办的小齐，以后咱们会经常打交道的。现在通知你，下周一上午九点来咱辛集镇政府703会议室，咱辛集镇张辉书记给新来的大学生村官开个会，顺便与任职村的书记村长见个面，记着带上自己的工作合同。”听筒里传来了热情的女声。

“哦，是啊，谢谢齐姐，我会准时到的。”闫行说。

“对了，闫行，你家是外地的，张书记特意嘱咐说你那儿要是行李多，镇里可以派车提前去接你。别客气，来了咱辛集，就是一家人。书记让你以后就住在镇里的集体宿舍，一天三顿可以在咱镇里食堂吃饭。”齐姐说道。

闫行心里热乎乎的，说：“谢谢书记关心，我已经在咱辛集了，周六没事，我就提前过来看看。我这个大小伙子，也没啥行李，有手有脚的，我自己能解决。”

3

周一上午八点半，闫行拎着两个包，下了公交车。路上车不多，没有城市里周一上班早高峰拥堵的烦恼。闫行来到辛集镇政府门口，一个挺气派的九层办公楼，门口没有保安，闫行走过立着旗杆、国旗飘扬的前广场，径直进了办公大楼。

出了电梯，找到703会议室，门是开着的。闫行敲了敲门，走进会议室，看见一个年轻的女士正在桌旁写着什么。闫行轻轻地把两个包放在了门外："您好，我是闫行，是九点钟在这儿开会的咱镇新来的大学生村官。"

"哦，你是闫行啊，咱们通过电话，我叫齐丽丽，比你也大不了几岁，以后你就叫我齐姐吧。"女士放下笔对着闫行点头示意。

这时候，从门外走进了一个中年男子，穿着一件洗得已经泛白了的衬衫，眼神炯炯，但眉宇间透着疲惫，发梢间钻出了很多白丝。"是闫行同学吧，你来得还挺早，正好我有几句话要单独和你说说！"话语间中气十足，干板剁字。

"闫行，这就是咱们张辉书记。"齐姐站起身来给闫行介绍。

"张书记，您好！"闫行恭敬地向张书记问候道。

"好好，闫行，先到我办公室去，我和你聊聊。"张书记拍了拍闫行的肩膀笑着说。

闫行跟着张书记去了他的办公室。办公室不算大，布置得很简单。墙上挂着的西沽区和辛集镇两张地图格外醒目。闫行扫了一眼地图，只见地图上拿红笔圈圈点点地标了很多记号。

"闫行啊，坐坐坐。"张辉招呼闫行坐下。

"咱们辛集镇，你们是第四批大学生村官，这批一共来了四个人。说实话，我们农村的发展需要你们这些有想法又肯实干的青年人，前两天给你们作报告的王涛就是从咱辛集走出去的优秀大学生村官。上级有要求，要把你们大学生村官放在经济基础较好、班子稳定、村民关系和谐的村子里，你知道自己要去哪个村了吗？”

闫行点点头，回答道：“辛庄村，我们村官岗前培训的时候通知了，而且前天周六的时候我没啥事，就提前去村里转了一圈，和村里的大爷们聊了聊天。”

张辉爽朗地笑了：“我没看走眼，你小子啊！看来辛庄的情况你也了解了一些吧？”不等闫行回答，张辉站起身继续说：“辛庄是个大村，二百多户，八百多名村民，但村委会就这么几个人，村级经济条件和基础在咱们辛集镇18个村里那要算倒数了。”张辉有点激动，“村书记高树泽是位老书记了，我来辛集镇工作时，高书记就已经在辛庄干了很多年了。这一晃我都在辛集镇干了快20年了，高书记今年也已经69岁了。简单说，辛庄村面临着经济发展落后和村班子后继乏人的情况。”

闫行认真听着，目光紧盯着张辉。

张辉继续讲：“老实讲，高书记在20世纪90年代的时候把集体经济搞得也是风生水起，辛庄集团那是咱全西沽区第一个村里成立的集团企业，但市场经济就是这样，同质化竞争激烈，核心技术又跟不上，资金链断裂，加上缺乏管理和技术人才，科学管理跟不上、技术革新速度慢，大浪淘沙，辛庄集团2000年被迫倒闭了。高书记说对不起大伙儿，就卖了村里奖励给他的汽车，直到现在一直骑自行车上下班，辛庄村就成了现在这个样子，饿不死也撑不着的。”

最后，张辉把话题转向了闫行：“闫行，我看了你的简历，你上学的时候做了四年的班长，又是三年的优秀学生干部，本来这次镇里没打算给辛庄村安排大学生村官，因为辛庄条件现在来说比较差，但我看了你的简历，我觉得你行，于是就把你分配给了辛庄村。我希望你能去辛庄给老书记腾腾轻，争取配合镇里给辛庄村带来些改变。当然，你可别有压力，可以预见你会比别人要多吃一些苦，多经一些事，多挑一些担子，不过我总觉得，年轻时多吃一些苦是好事。小伙子，我说这些是要让你提前做个思想准备，有什么问题和困难，你就直接给我打手机。年轻人要耐得住寂寞，顶得住诱惑，更要坐得住冷板凳。”

听了张辉书记的一番话，闫行对辛庄的初印象从蝉鸣鸟叫、田野山花、四爷爷的坐水壶上升到了一个新的层次，也清晰了不少。“事非经过不知难”，闫行认真地点了点头，眼神里透着被领导信任的开心与坚定。“谢谢书记，我争取好好干！”闫行没有多说，只是斩钉截铁地说了这十个字。

张辉点了点头：“好了闫行，我看你能行，加油干。时间差不多了，咱去703会议室吧。”闫行跟着张辉起身向门外走去。

703会议室坐满了人。闫行看了看，会议桌一边坐着的三个青年分别是乔丽颖、高婷和张立发，大学生村官培训的时候已经很熟悉了。会议桌另一边坐着的想必就是村长或者村书记了。

闫行坐在了张立发旁边。

张辉首先开口：“选聘大学生到村任职，是国家的一项政策，既是为了锻炼大学生，更重要的是协助咱新农村的发展建设。”说到这儿，张辉的目光转向了村长和村支书，“所以大家一定要培养好大学生村官，及时给他们压担子、派工作，在生活上更要像对待自己的孩子一样照顾好这些年轻人。”

齐姐再次宣读了到村任职的分配情况，闫行分到了辛庄村，乔丽颖分到了王村，高婷分到了张店村，张立发分到了赵庄村。接下来，齐姐收取了四名大学生村官到村任职的聘用合同书。

张辉依次介绍了四个村的村长和书记，说：“今天咱们开了个见面会，下面，咱们四个村的书记或村长带着自己的新‘助理’，各回各村，各说各话。”

闫行起身迎向了高书记，这还是闫行第一次见到高树泽。高书记头发花白，一张方方正正的国字脸，身体不胖却很魁梧，完全没有快70岁的老态龙钟。他说话声音洪亮，眼里有光。给闫行印象最深的是他那双浓浓的眉毛，细端详，正有往寿眉发展的趋势。

“小行，你行李放哪儿啦？咱爷俩一块儿拎着。”高树泽操着一口西沽普通话对闫行说着。

“高书记，张书记让我住镇上，我把行李放宿舍就行。我就光拿着个笔记本，咱爷俩先回村工作。”闫行喜欢高树泽称呼他为“爷俩”，他也喜欢这么称呼高树泽，“爷俩”俩字一下子就拉近了距离，两个人都叫得很自然。

从七楼的大落地窗往外看，整齐排列的槐树给停车场上铺了一层槐花，车顶、前挡风上也有很多飘落的花瓣。汽车小得像一个个长盒子，看不清车标，无法分辨价值，但闫行有个判断，好车大部分都是黑色的。放眼望去，一个个的长盒子大部分是黑色的。高树泽的长盒子在哪儿呢？嗯，高树泽以前有过四个圈的长盒子，但现在他没有了，他卖了。如今，他把自己的交通工具停在了政府大门的出口处，自行车车棚里。因此，高树泽也就顺便得了一个昵称——自行车书记，更为西沽的说法叫“铁驴书记”。“铁驴”既指高树泽的交通工具，也是人们对其性格的一种高度概括。对了，“铁驴”并不是贬义。

此刻，高树泽和闫行俩人正一前一后地往外走。

“听老四说你礼拜六去咱村了？”说着，高书记已经走出了镇政府的大楼。“我周六没啥事，就提前去咱村看看。”闫行看见张立发跟着一个身材圆胖、大腹便便的车轴汉子上了楼前的一辆奥迪车，奥迪车关车门的声音砰砰作响。只见奥迪车倒过车来，后排座位上的电动车窗打开，探出一个脑袋，正是车轴汉子。“高书记，我捎您回村啊？”

“不用啦，不用啦，我们爷俩骑车溜达溜达挺好，也不远。”高树泽大手挥了挥。这时候又有几辆车发动了，依次驶出了镇政府。

车轴汉子关上车窗，摇了摇头：“没办法，这‘铁驴书记’就这德行。”

于是，在“铁驴书记”高树泽的带领下，闫行的自行车第二次踏上了辛庄村的土地。之后的日子里，闫行的自行车要每天在这条路上往返数次。

回到辛庄村，村委会里没有人，只有四爷爷在看家，顺便看电视打发时间。

看是闫行，四爷爷关了电视机、迎了出来："村官来了哈，今天正式上班了？"

闫行连连点头："是，四爷爷。"

高树泽带闫行上了二楼，走进了他的办公室。

高树泽让闫行和他一个办公室，第一天上午也没什么事做，高树泽让闫行先了解了解村里的基本情况。中午，闫行骑车去镇上吃了午饭，也没有留在宿舍里休息，就又骑着车回村了。

4

闫行吃完午饭，回到村委会，放好自行车，看见四爷爷正在树下忙着什么。走近一看，四爷爷左手边放着一摞裁好的10厘米见方的金纸，远远望去，金灿灿一片挺晃眼。

闫行定睛细看，只见四爷爷抽出一张金纸，麻利地在手里一撵一攥，两只手再用巧劲儿一窝，一只"金元宝"就出现在了眼前。四爷爷再把叠好的"金元宝"放进右手边的箱子里码好，一整套动作行云流水，毫无赘余。闫行接连看了四爷爷叠了四五个"金元宝"都没看明白是怎么叠的。耀眼的阳光下，在闫行看来四爷爷叠"金元宝"就像变魔术那样让人眼花缭乱。四爷爷右手边的纸箱里"金元宝"累积渐多。闫行再往纸箱上一打眼，两个大大的蓝色宋体字简单粗暴地印在纸箱上——"金条"。"金条"两字，足以宣示这个平凡的纸箱不平凡的价值。更何况里面放的不只是“金条”，还是四爷爷的“魔术”，四爷爷的“手艺”，四爷爷的“金元宝”。

“四爷爷，您这是干啥呢，不会是什么业余爱好吧？”闫行蹲下身子，好奇地问。

“这孩子，嘛叫业余爱好，没看我这儿叠‘金元宝’了嘛，闲着没事，给村南头那个花圈店叠‘金元宝’，这是给死人烧的。我叠这一个啊，赚两分钱，想赚一块钱就得叠50个。听小锁子说你家是山东济南府的，你家那边死人也烧这个吗？”四爷爷一边叠一边和闫行说话，也不耽误赚钱。

“那您教教我怎么叠吧，我闲着没事也帮您赚两块。”闫行笑着说。

在村委会院子里的大树下，闫行哈着腰，蹲在四爷爷旁边，这边四爷爷比比画画地教闫行叠起了“金元宝”。

实践的结果是闫行发现“金元宝”并不好叠，而且还挺费脖子。

晚上，闫行躺在床上把今天的所见所闻在心里一遍遍地过着电影。

张辉的信任，高树泽的爽朗，四爷爷的“金元宝”……

想到这儿，闫行突然想写点什么，他翻身下床，摊开了笔记本，总结这第一天的工作感受。辛庄村渴望发展、村民们盼望过上好日子，但指望着给花圈店叠“金元宝”，这既是封建迷信，更不可能给大伙儿搬来真正的金元宝。光敲锣当不了开戏，辛庄村的出路又在哪儿呢？

笔记本上的几个大大的问号，显得格外醒目。

清晨，闫行把车骑进村委会大院，四爷爷没在一楼，不知道去哪儿了。闫行快步上了二楼，用高书记昨天给的钥匙打开了房门，放好书包，把高树泽的暖壶里昨天的冷水倒掉，又重新做上一壶开水，接着又快步来到一楼，拿起墩布，开始墩地。

每个新到村任职的大学生村官都绕不过去的一个问题是如何融入，融入这片土地，融入所在村的村班子、村集体，融入村里的公序良俗以及生活方式。闫行，这位新到任的“小村官”也面临着这个问题的考验。

有这样一个比喻，如果把任职村比作一杯清水，你是选择做一滴油、一滴水还是一滴墨汁？一滴油滴入水中，由于密度不同，油最终不可能与水融为一体，而是格格不入地浮在水面之上；一滴水滴入水中，因为它本身就是水，所以能够最终融入成为一体；一滴墨汁滴入水中，可以融入，并且因为墨汁自身独特的异质性，最终为整杯清水带来质的改变。

上班的第二天，闫行见到了辛庄村的全部工作人员。当时闫行正在村委会一楼墩地，门外进来两个人，一男一女，男的三十多岁，女的四十来岁。

“您二位就是锁子叔和高姨吧！”闫行停下墩布，热情地打着招呼。

“哦，你就是闫行？你好，你好，咱村委会又进人啦，这可是好事，好事啊！”锁子叔中等身材，留着圆平头，身形微胖，说话时头总是不由自主地朝一个方向一晃一晃的，很有节奏。

会计高姨接过话茬儿：“哦，闫行，你好，我是咱村的会计兼妇女主任、计划生育专员，你就叫我胖姨吧，村里的孩子们都这么叫。”

简单的寒暄后，闫行对着锁子叔和胖姨真诚地说道：“你们要是有啥活我能干，就叫我干，我这儿也没啥事！”

锁子叔笑着晃了晃头，看了看闫行：“小行，一看你就不是咱天津人！”语气中强调了“天津人”三个字。

“为啥？锁子叔您不知道吗？我是山东人，济南的。”闫行答道。

“你看，咱们天津人就不说‘啥啥啥的’，我们爱说‘嘛嘛嘛的’。我看你这大学生村官入乡随俗的第一步要先从口头语开始。要说咱俩还挺有缘，我当兵那会儿就在济南，就喜欢吃那个山东大煎饼，和咱天津的煎饼馃子那不是一个味儿，有空咱细聊聊。”锁子叔手里正拿着套煎饼馃子，“对了，小行，你吃早点了嘛？要不你来这套，我去二姨那儿再摊一套。”

“不用不用，锁子叔，我在镇上吃完早点过来的。”闫行眼看着锁子叔的头又晃了一晃。

刚来没两天，闫行对辛庄已经有了初步了解，在这里大伙儿不喜欢直呼其名，也不喜欢带着职位职称，更不像城里人那样“王老师、张阿姨、李医生”地互相称呼，这样叫人往往让大伙儿觉得生分。在这里，大伙儿更喜欢叫“三嫂子、六舅母、四爷爷”这类更亲昵且带有至亲故友色彩的称谓。

中午吃完饭和四爷爷在门房闲聊的时候，闫行把他有趣的观察告诉了四爷爷。四爷爷哈哈大笑，没有胡子就理了理头发道："这样你可就有点吃亏了。你这岁数，和老高的孙女小玲子差不多大，所以要按小玲子的辈分算。你别看小锁子才三十多岁，但他和老高是一辈的，树红和老高都排在'树'字辈上，要是这么论，你以后就要管他俩叫锁子爷、胖奶奶啦！"

"锁子爷、胖奶奶？"闫行表情很惊讶，却也觉得很有趣。

闫行看四爷爷打了几个哈欠，知道老人是有点困了，需要午睡，闫行就走出了四爷爷的门房。年轻人没有午觉；他决定出去走走，尽管七月的午后有些燥热，但闫行喜欢漫步在这乡间的公路上，看着道路两旁那不知名的野花，听着道旁树上那永不停息的蝉鸣，这样的生活让人感到踏实、平和。

闫行走得很慢，走回村委会的时候已经快下午一点了，四爷爷正在门卫室里睡觉，闫行没有打扰。他顺着楼梯准备上二层时，路过一楼胖姨的办公室，无意中听到了锁子叔和胖姨的对话。

"我看闫行这小伙子还挺勤快，来了快四五天了，每天扫地、擦桌子、墩地，眼里有活儿着哩。"胖姨说。

"是啊，闫行这孩子还真不错，待人接物很懂礼貌，不像现在一般的小年轻，咋咋呼呼的。可他是外地人，估计二哥也有这方面顾虑。你说闫行要是咱本乡本土本村的，二哥多带带他，培养培养，多好！你说他一个外地人，待个一两年就走人了，是考个公务员还是事业编什么的，跟咱村就没嘛关系了。自己辛辛苦苦养鸡下蛋，到头来给别人做了槽子糕！”锁子叔的嗓门一向大，隔着房门在外面都能听得很清楚。

胖姨接着说：“你还别说，咱邻村小王庄，去年来了个大学生村官，听说天天嘛也不干，就往村委会一待，待了没半年，就考上个什么国税局，这不人家现在去市里戴大盖帽去了嘛。现在的年轻人，要不是万不得已，谁没事往农村钻，不都是削尖了脑袋往城里去嘛。我看这大学生村官，来农村转悠两年，镀镀金再转悠回城里，也就是水过地皮湿的事，弄个眼前俏，糊弄个话好听就得了。”

路过的闫行没有继续“偷听”锁子叔和胖姨的对话，耷拉着脑袋自己默默地上了楼，打开房门，坐到了自己的位置上。胡乱地翻看着一些报纸、杂志，可是闫行一个字都没看进去。外面蝉鸣依旧，但他觉得这里的一切都和自己无关。

是啊，牟鹏飞的激昂建议，不能回老家的无奈选择，对蒋梦溪的荒唐承诺……闫行的大学生村官生涯，事实上，综合看来，只能算是个无奈的折中选择。

闫行胡乱想着竟然趴在桌儿上睡着了。过了不知多久，一阵沉重的脚步声响起，高树泽来了。

闫行上前搭话：“书记，咱最里面那间房为啥还锁着呢？我看牌子上写着‘农家书屋’？”

高书记坐在桌子上喝了口水，想了想说道：“哦，农家书屋啊，咱村里虽然人多，但是大人们天天忙着地里的活儿奔生计，小孩子天天那教科书还糊了倒账念不明白呢，谁没事来这儿看书？咱又怕丢东西，因为里面还有一台远程教育终端站点给咱村配的电脑，可是这物件村委会四个大活人，八双眼睛谁也不会摆弄，你要是没事，去那屋做做卫生，摆弄摆弄电脑，我这下午也没嘛事，给你钥匙，你去那儿忙吧。”

说着高树泽从裤带上解下了钥匙。

闫行接过了高书记手上的钥匙，肩扛手拎地带着他几天来全部的生产工具——扫帚、簸箕和墩布，开始了下午的工作。

农家书屋里，靠门的一边放了张桌子，上面摆着一台电脑。嚯，还是液晶屏幕的！电脑对面的山墙上，摆了一排整齐的书架，上面塞满了各式各样的书。闫行简单扫了一眼，从《母猪的产后护理》到《说岳全传》，还有历届茅盾文学奖获奖图书，应有尽有。农家书屋里面还有一间小套间，是个简单的储物室，不过里面物品杂乱，需要整理。令闫行高兴的是储物室里竟然还放着一张钢丝床，于是他当下决定，如果高书记同意的话，自己就住在农家书屋里，毕竟每天与书为伴，也是一件乐事。

农家书屋里的空调旧是旧了点，闫行试了试，制冷效果比电风扇可强太多了。书屋还配了饮水机，土是多了点，用抹布擦擦，饮水没问题。墙上写着列宁的名言“学习，学习，再学习”，屋里两大排书桌和座椅整齐地摆放着。电脑是远程教育终端站点新配发的，配置还挺高。现在是网络时代，闭目塞听往往就不能与时俱进，所以闫行当即决定长期“征用”这台电脑，并准备马上为这台电脑装上网线，与外界联通。

“书记，和您商量个事?”闫行回到了高树泽面前。

“说吧，小行，嘛事，要是请假嘛的，和我说声就行，我都批准。咱村里没那么多条条框框、规定规矩的。”高树泽望着闫行。

“书记，我想从镇上的宿舍搬回咱村里住，我觉得农家书屋就不错，套间里还有张钢丝床，这样每天在村里能更多地接触村民，也能尽快了解咱村嘛。”

高树泽笑了，端起杯子，吹了吹表面的茶叶：“行啊，那张床是镇上计划生育给配的，不过树红那儿也用不上，正好你就充分利用吧，多接触村民，多了解咱村是好事，好事我当然支持。我这儿就一把钥匙，一会儿我让小锁子去给你配把钥匙，晚上咱再一块儿把你的东西从镇上搬过来。等嘛时候有空你别忘了和镇上打个招呼，别让镇上担心你。”

闫行高兴地说：“谢谢书记，我自己去就行了，不麻烦锁子叔了。”

5

闫行从镇上搬到了村里，虽然每天还要往返镇上去吃饭，但他有了更多的时间留在辛庄村，他喜欢和村里的大人、放假的孩子、地里忙碌的农人，还有街边摊煎饼的二姨聊天。闫行和每个人聊天的开场和结尾都是一样的，“您好，我是咱村新来的大学生村官”，结尾总要加上一句“您要是有啥活我能干，就告诉我，搬搬抬抬什么的也行，我就在咱村委会。”

闫行以前旁听过营销班的几堂大课，此刻他在向全村人进行着市场营销，营销着他自己，这个新来的辛庄村大学生村官兼党支部书记助理。

闫行热情的营销起到了一定的作用。每天晚饭后走在村里的土路上，闫行都会热情地向大伙儿打着招呼，瞅瞅几位大爷在树底下“跳马支士”，瞧瞧几十位大娘在妇女主任胖姨的带领下，伴着《最炫民族风》起承转合的旋律跳辛庄“广场舞”，大伙儿会和他热情地打招呼。每天早上，如果不想去镇上吃早点，闫行会学着刘金锁那样，站在村委会门口对着街对面的二姨煎饼摊大声喊道：“二姨，那嘛，来套煎饼馃子，俩鸡蛋，多放葱花，不要辣子，多搁面酱啊！”二姨也总会一边忙着一边回上一句：“知道了，‘葱花’，哦，不不不，‘村官’，一会儿有空来拿吧！”临了，二姨总会小声嘀咕一句：“感情这山东人吃煎饼，不费辣椒费面酱。”这一片热热闹闹的生活画面出现在闫行到村后的第一个星期，以后还将继续在辛庄上演。

第三章

1

四爷爷的月份牌撕到了周六，绿色的周六，闲适的周六，歇班的周六，闫行的第一个周六。

记得昨天闫行特意问了刘金锁，村里歇班是不是歇周六日。刘金锁先是习惯性地晃了晃头，之后给闫行来了个感叹词，“嘛?”然后接着说，“村里没有歇班，不过挣这仨瓜俩枣的，上班随来随走，说起来在村里上班挺随意。”

仨瓜俩枣是多少，闫行没有概念，但他听出了锁子叔对自己收入的不满。

是啊，你看看，你瞧瞧，你瞅瞅，一路之隔的赵庄村，他们挣多少？同样干着一摊活儿（村治保主任），他们才不是挣这仨瓜俩枣，可能是“六瓜四枣”，甚至“九瓜六枣”也说不定！是啊，人家挣得就是多！别的不说，人家有四个圈的汽车和圆滚滚的肚子。

闫行暂时没空思考汽车和肚子，因为村里虽然没有歇班，但镇里显然是歇周末的，镇里歇周末，食堂自然不会开门。这天中午，闫行正准备出去看看能吃点什么的时候，正巧从门外"飞"进来一个小姑娘，之所以说是"飞"进来，因为这个小姑娘跑得简直是太快了，差点儿和正要出门的闫行撞个满怀。

说是小姑娘，其实也不小了。她梳着一个大辫子，就像小燕子一样轻快轻快的。等她站定了，闫行打量着这个姑娘，圆圆的脸庞，大大的眼睛，额头整齐的刘海，皮肤白皙得像南方妹子，文气中透着一股机灵劲儿。姑娘笑一笑，就能从她的嘴角边看到两个可人的小酒窝。

"你就是闫行吧，新来的大学生村官？我爷爷喊你回家吃饭。"

闫行大概猜到了，但还是问："请问你是？"

"哦，忘介绍了，我叫高玉玲，我爷爷就是你的直属上级领导。"女孩俏皮地眨了眨大眼睛，两个酒窝更醉人了。

"哦，原来你就是玲子！你好，你好。"闫行笑了，同时做出恍然大悟的表情。

"嘛，你咋知道我的，快说说，你都知道我嘛呀？"女孩追问着，脸上泛起了浅浅的两片红。

"好，都说对了有奖品吗？你叫高玉玲，今年21岁，是高书记的孙女，财经学院经济系大三在读。目测身高168。"闫行背课文似的报着数据。

"天啊，你为嘛知道得这么清楚！"玲子脸上的两片红加深了。

闫行哈哈大笑，想到了辅修过情报学的牟鹏飞：“哦，四爷爷闲着没事给我在咱村排辈分的时候说的，他说我和你岁数差不多，就算咱俩是一个辈分的人。”

“四爷爷这张嘴，都快赶上絮叨的老太太了。行了，今天周六，我爷爷知道你没地儿吃饭，就喊你去我家吃。”

“不合适吧，我还是去村边吃碗牛肉拉面吧。”

“有嘛不合适的，叫你去你就去呗。一个大老爷们儿，磨磨叽叽干嘛呀！”高玉玲提高了嗓门，颇有刘金锁大嗓门的味道。说话间她就上来拽闫行，一把拎住闫行的胳膊就往外走。闫行被高玉玲拽着，也不好用力挣脱。

四爷爷坐在传达室里摇着扇子，看到这个“西洋景”，两只眼睛哪还瞅电视啊！四爷爷悠悠地说：“哎，还是他们青年人有活力。”说着打开门房窗子嚷道：“小玲子，你们家做嘛好饭啊，一会儿别忘了给你四爷爷端一碗。”

小玲子头也没回，应了一句：“好了好了，一会儿如果剩下了，给您端一碗，下的面条。”

“多放点卤子和菜码，再来头蒜！”

不得不承认，在天津，吃面条是一件很隆重的事。结婚吃喜面，老人过寿吃寿面，家里来“且儿”（天津方言，客人）吃四碟菜的打卤面。总之，在天津吃一顿隆重捞面的由头多了去了。

在高树泽家，闫行吃了顿地道的天津捞面。菜码是切好的胡萝卜丝、黄瓜丝，焯完水的豆芽菜和菠菜，浇头是三鲜面。捞面好不好吃，全在这卤上。天津打卤面都讲究勾芡，三鲜卤里有五花肉、虾仁、木耳、香菇、面筋、五香豆腐干和鸡蛋。

要说这三鲜打卤面的精髓就在这打卤上。火上支口大铁锅，木耳和干香菇要提前泡，泡香菇的水不要扔掉，留着“原汤化原食”。木耳摘成小朵、香菇切条、猪肉切片、虾仁去沙线、豆腐干切宽片、葱切斜刀片、姜切大片。鸡蛋打散炒熟，锅中加油，放入肉片和虾仁炒至变色后加入八角及葱姜继续炒，倒入酱油和料酒，并放入香菇、木耳、豆腐干和面筋一起炒。放入清水或者泡香菇的水，讲究的要放高汤，煮开后加入盐调味。最后加水淀粉勾芡，放入炒好的鸡蛋碎，出锅。

吃的时候，三鲜卤单用一个大海碗盛放，海碗边上放个勺，面条煮熟了自己捞，三鲜卤自己放，新下来的本地紫皮新蒜吃不吃你自己定。就这样，一碗热气腾腾的三鲜打卤面就等着你“吸溜吸溜”地开吃了。

如果是傍黑天天气凉快，趁着还没下蚊子，虽然被毒太阳暴晒了一天的方砖地还反着热气，但坐在院子里，守着抬头就能看见的蓝天，摆上四个腿的小饭桌坐在板凳上吃饭会很惬意。

但这是中午，天热，高树泽招呼闫行来堂屋里吃饭。老书记家里陈设简单，没有什么高档的家具和电器，彩电还是“大背头”，空调貌似也是新进才装的挂机（室外机三角铁架还没有被雨水淋过的铁锈）。

吃完了饭，高树泽说：“小行，下午没事，让玲子带你去镇上转转，镇上有个小超市，你去买点生活用品。夏天了，村里蚊子多，你住在农家书屋，自己买个蚊帐嘛的。”

闫行一直奉行的是大老爷们儿没那么多讲究，所以生活上的线条很粗。但夏天来了，半夜里黑花蚊子“嗡嗡嗡”的，实在恼人。所以听从老书记的建议，闫行决定自己的细腻生活从买一个蚊帐开始。

玲子倒也不讨厌和闫行在一起，因着年龄相仿、经历相似，又同样受了高等教育，只要闫行不是个二傻子，这天还是能愉快地聊到一起的。因为不讨厌，顺带着和闫行一起顶着大太阳跑跑颠颠，也就没那么烦气了。

于是，闫行和玲子一人一辆自行车，顺着公路向镇上骑。

“我说大学生村官，你这几天都干嘛啦？我看你整天有事没事地在村里瞎转悠，跟这个聊聊，和那个说说的，你还挺乐在其中的嘛。”

“是吗？我这一个星期，每天就是扫地、墩地、抹桌子，周而复始，亦复如是。”

“感情这大学生村官到农村，就是干保洁和保安。”玲子说话一向切中要害。

“不是不是，我是新来的，需要一个融入期，就是种子撒地里不也需要多少天才能发芽？这不，我把农家书屋的电脑接上了网线，每天都会上网浏览一些新农村致富项目什么的，看看有没有适合咱们辛庄的项目。”

“照说也是，咱辛庄人不少，地也不少，可现在年轻人不是去开发区的合资工厂干操作工，就是去邻村的厂子里打零工，问题是指着种点地，土里刨食也不挣钱啊。”

“是啊，你爷爷让你大学读经济学，是不是以后要回村开厂子啊？”

“这专业是我自己选的，我准备以后去银行，到时你这辛庄大学生村官创业，我可以给你贷款啦，哈哈。”

一边骑车一边聊天，两个人全然不顾天气的炎热。

“哦，对了，我昨天在网上看了个香港的社会企业家项目，叫MeD。如果你有能够改善当地人们生活状态的好想法，需要提供有可持续、可行性的项目书，诸如医疗保健、乡村发展等领域，包括项目的摘要、愿景、使命及价值、服务对象和价值主张等，还需要提供详细的未来三年展望及规划和未来三年的财政预测，最后还需要提供详细的定量及定性影响分析评估，最终形成一份项目计划书。只要能够最终中标入选，MeD就会按照你的预算给你投钱……”说到MeD，闫行立马打开了话匣，在这条乡村公路上，伴着一浪又一浪的蝉鸣，高谈着香港，阔论着未来。

“我对财政预算这块不太擅长，你要有空，咱俩就一块完成这个项目计划书。我的初步想法是给咱村申请一个老年活动中心项目。”闫行仿佛又置身于大学校园，找回了当初做“挑战杯”项目计划书时的精气神。

“好啊，看来我也有了用武之地。做计划书？像不像大学生‘挑战杯’那样的？”

“意思差不多，我大学做过‘挑战杯’，拿过天津市一等奖，有点经验和心得。那咱就先别去镇上的超市了，时间宝贵，我准备下周一之前把初步的想法和计划拟定出来，和高书记汇报这个事，到时再和香港方面联系一下。”说到这儿，闫行掉转了自行车，两个人向着辛庄村委会出发。

2

四爷爷在门房睡着了，电视机里播着《今日说法》，西装革履的主持人这会儿正京腔京韵地大声介绍一起诡异的杀人案。闫行和小玲子怕吵了四爷爷的清梦，两个人一前一后轻手轻脚地上了二楼。正当两个人轻手轻脚准备开门进屋时，一个高亢的男声在宁静的辛庄大队午后时光里“炸裂”开来。

“闫行回来了？呦，玲子你咋也来了？放暑假了？”这嗓门，二里地外大堤下面老槐树荫凉里睡觉的土狗都能听到。

刘金锁两只大眼正兴奋地盯着他俩。这时刘金锁的头又自觉不自觉地晃了一晃，他手里捏着一个小纸条，捏得很紧。没与俩人说话，刘金锁就径自大步出了村委会。闫行正要感叹锁子叔的一惊一乍，玲子倒显得习以为常。她知道，兴奋的锁子叔此刻又兴冲冲地满载着自己的“希望”，到翠巧姨的小卖铺兼彩票投注站去买“大乐透”了，希望锁子叔这次能中大奖！

刘金锁有这个习惯，每到周六中午就会跑到村委会，把自己办公室里那台外表面都泛了黄的立式空调按到最冷，以便让自己的脑子最大限度地清醒，然后开始给自己的体彩大乐透“开奖”。自己裁纸、写数、做阄，把一个大宽胶带放倒，把阄放进去，自己“摇奖”。据说每次“摇奖”前，刘金锁都会向各路神仙虔诚祷告，最后还不忘高声呼一句“于五爷保佑”（天津杨柳青地区民间传说的奇人，有普亮宝塔供奉），开摇。

玲子拉了把凳子坐在闫行的旁边，两个人脑袋挨着脑袋，对着电脑，浏览网页。玲子的财会知识弥补了闫行的欠缺，两个年轻人在农家书屋里，相互讨论，相互完善，共同勾画着预想中的辛庄村创业项目。

他俩忘记了时间，一直忙到了晚上。窗外早已日落西山，农家书屋里亮起了电灯。

周日一早，玲子又起了个大早，匆匆地赶到农家书屋，闫行更没有睡懒觉，两个人继续脑袋挨着脑袋，对着电脑。经过一天半的努力，一份初期预算9.5万元的辛庄村香港MeD老年活动中心项目的项目计划书初见雏形。只需要辛庄大队扣上一枚公章，再用EMS寄到香港，这事就算成了。恩，能成，闫行有这个信心。

周一终于到了。盼着时间来，它往往就来得很慢，不过令人兴奋的周一还是被闫行给盼来了。闫行兴奋地等待着高树泽来上班，那心情就像小孩子期末考了个好成绩，恨不得飞奔回去给家长看一样。早上高树泽刚一开门进屋，闫行便跟了进来，玲子也马上“飞”进了屋。

没等高书记坐定，闫行便开始了自己的陈述，像一个大学毕业生在做论文答辩，引经据典，慷慨激昂。在闫行看来，自己离成功就差高树泽这枚公章了，辛庄村离成功就差高树泽点头了。

闫行向高树泽介绍了自己申请香港MeD的计划。高树泽没有打断，耐心地听着。闫行神采奕奕地在这位老书记面前大谈着远景和展望，开始引用一些专业术语，比如项目、计划、预算、KPI考核，等等。

半个小时过去了，闫行已经在两张16开条格纸的正反面上画满了介绍项目如何申请的流程图，写满了项目意义的关键词。

高树泽一语不发，努力地认真地聆听，炯炯的眼睛盯着眼前这两个年轻人，不时看看手中的流程图。

闫行说得激情飞扬、口干舌燥，指望着高树泽能明白他的意思并支持他，那神情就像只要高树泽在项目计划书上“咔嚓”一声按上辛庄村村民委员会鲜红的公章，一座崭新的老年活动中心就能在辛庄的大地上拔地而起。但高树泽走神了。闫行的激情飞扬让高树泽不禁联想起他们那个年代里流行的样板戏。

闫行终于停了下来。看着被闫行写得密密麻麻的两张纸，高树泽顿了顿，理了理白头发，好像在组织语言，又像在消化闫行的长篇大论。

“小行，还有玲子，你们说的这些，说实话，我都没听懂，我也不相信就凭你们的几页纸能把钱拿回来。且不说这九万五能不能建成咱村的老年活动中心，我首先要问你们一个问题，这个香港的什么M组织为什么，或者说凭什么能把钱给咱，建这个什么老年活动中心。总之，我觉得你这个项目……”，高树泽停了停，表情艰难，但一字一句严肃地说，“有点不切实际。小行，你对咱村的热情和上心让我很高兴，我文化少，年龄也大，接受新鲜事物就更少。我老高这辈子看的书可能都没有你写的字多。”高树泽在闫行的两张纸上按了按，“但农村人最讲究个实际，千难万难，实事求是最难。你想啊，这倭瓜地里长不出个灵芝草，花盆里更种不出参天松。你说是不是这个理儿?”

闫行的书生意气被高树泽的几句大实话打消殆尽，玲子显然还有些不甘心，想想两天来的辛苦付出，嘟着嘴想要说些什么。但刚想开口就被闫行制止了。

闫行叹了口气，拽着玲子回到了自己的农家书屋。他不是为被否定的香港MeD项目叹气，而是为自己的不成熟叹气。

高树泽说得没错，项目申请这事是自己考虑不周。

从大学生到大学生村官需要这个转变，闫行应该感到庆幸，在来辛庄的第二个星期一早晨，自己就在心理上就完成了这个转变。以后的日子里，闫行在辛庄学会了脚踏实地。在这个浮躁且多变的社会里，能够脚踏实地想问题、做事情，难能可贵。

玲子很不甘心，小嘴噘得老高：“我爷爷就是个老古董，他都没用过电脑，手机都不会发短信，他知道啥叫计划书？嘛叫项目？我们这辛辛苦苦做了两天，被他三句话就给否了！”

闫行打断了玲子：“玲子，对不起，这两天让你和我吃苦受累的，是我自己没有考虑好。不过，高书记说得对，人家香港项目为嘛选择给咱无偿投钱建老年活动中心呢？要知道，人家应该都没有听说过西沽区这个地方，就更别说辛庄村了。我觉得咱的项目计划书在本质上缺乏说服力。”

虽然香港项目没有成功，但在和玲子的交流中闫行加深了对辛庄村的了解，这也为他开拓了一些思路，也算是一种有益的尝试。闫行由此明白了一个道理：只有读懂农民的现实，才有希望改变农村的现状。以后的日子里，闫行能想到通过遛猪的方式，完成里岔黑猪在辛庄养殖的宣传推广，完全应该感谢这次被否定的香港MeD项目。

3

这天中午在镇上食堂吃饭，由于来得比较晚，人不多。闫行碰巧看到张辉书记也来打饭。张辉同样也看到了闫行，他把饭打好后就径直向闫行这边走来，坐到了闫行的旁边。

“小行，怎么样，在村里这几天还适应吗？”

“谢谢张书记，我还行，就是感觉有点……”

“有点什么，我猜猜，是不是感觉有点无所事事？哈哈，我猜对了吗？”

闫行挠挠头：“您咋知道的，我就感觉天天不知道干点啥，有劲儿使不上！”

张辉点点头：“新到一个陌生的环境就是需要一个适应的时间和过程，这没什么，也是你必须要经历的适应期。对了，前天在镇上开例会的时候，听老高说他否定了你的一个什么想法。”

闫行脸一红：“这您都知道了。是我不太成熟的一个想法，本来是准备申请一个香港MeD项目来着，给我们村建一个老年活动中心，也做了项目计划书和可行性评估。可一和高书记汇报这事，他说这个想法有点虚，不切实际，结果就给否定了。事后我又想了想，感觉确实是不太切合实际。”

张辉拍了拍闫行的肩膀：“小行，老高做事确实是有些固执，但考虑事情确实需要谨慎，毕竟小一千人都看着他，指望他呢，所以他做事比较谨慎，你还要多理解。”

“是是是，张书记您说得对，可我感觉到村以来有点儿两眼一抹黑，想要干好这村官工作，可又不知道从哪里下手。”

张辉没有接话茬儿，接着问：“小行，你是党员吧，什么时候入的党？”

“我是20岁，也就是大一下学期入的党。”

“入党还挺早的呢，那你应该知道咱共产党的三大作风吧，也就是理论和实际相结合的作风，与人民群众密切联系的作风，批评和自我批评的作风。”张辉脱口而出，“我想，对于你这新到村的大学生村官，最要紧的就是要加强与人民群众密切联系的作风。”

闫行认真听着张辉的话，就像在听一位老党员讲党课，尽管是在食堂里。“小行，你说你现在两眼一抹黑，这情有可原，因为你刚来嘛，但是如果一个月以后、两个月以后你还说你自己整天无所事事、两眼一抹黑的话，这就是你的不对了，我就要批评你了。所以，我说你现在最要紧的就是要加强与人民群众密切联系的作风。怎样密切联系群众？你就要经常去村里转转，去田间地头走走，知道你们村大伙儿现在想啥、要啥、盼啥、村里现在又有啥，知道你们村现在大伙儿的主要收入来源靠什么，地里经常种的又是什么，知道大伙儿的真实想法和村里的具体实际，再凭借你这个大学生的文化和墨水，来个理论联系实际。现在你这还觉得无所事事、两眼一抹黑吗？小伙子，要干的工作多着哩！”

闫行频频点头，认真地听着，用心记着，就像张辉正在传授他什么“武林秘籍”一样，低头一看，俩人打的饭菜都凉了。

回村的路上，闫行想着张辉的话，张辉习惯性地把村民群众叫“大伙儿”，闫行回到农家书屋里，把他中午的话记在了笔记本上。

首先要知道咱们辛庄村的村民想啥、要啥、盼啥、现在又有啥，知道村里的“长宽高”，再来个理论联系实际。

写到这里，闫行击了下掌，看来党的“三大作风”真是魅力无穷啊。

闫行每天上班第一件事就是给村委会做卫生，第二就是每天有空就去村里和田间地头转悠转悠，向大伙儿推销他这个新来的村官，和村民们聊聊天，第三就是每天中午或者晚上坚持上网浏览有关农村致富的信息和各地的经验，以及相关的农业惠农助农新政策。日子就这样一天天过去。

玲子这几天一直没有来过村委会，可能还在和她爷爷置气。这天中午吃完饭，闫行正在农家书屋上网，玲子突然从门外“飞”了进来。

“喂，大学生村官，上网干嘛啦?”

闫行这会儿正在全神贯注地浏览信息，玲子突然蹦了进来，委实吓了一大跳。“我说小玲子同学，你大小也是正在接受高等教育的大学生啦，你就不会进门前先敲下门?”

玲子有点不乐意了，嘴里嘟嘟囔囔:“家雀落在房梁上——鸟不大，架还不小哩！这是在村里，哪来那么多的破规矩?”说到“破规矩”的时候，玲子特意加重了语气，顺便瞪了闫行一眼。

闫行本来也没生气，听到了玲子的俏皮话不禁笑出了声，赶紧给玲子拉了把椅子:“好了好了，小玲子同学，坐坐坐，你看你，这嘴噘得都快能拴上一头驴了。我也没啥事，上网随便看看，好几天没见你，你这几天干啥去啦?”

“我在家郁闷呢，你不也还为了那个被否定的香港项目在这儿郁闷着嘛!”

“哎呀，郁闷这个词，我已经很久没听到了，你这一说，我现在还觉得挺亲切，我是那么容易郁闷的人吗? 每天在村里和老乡们聊聊天，晚上想看啥书这屋里就有啥书，你说这不也挺有意思，是吧!”闫行望了望对面的一排书架，“玲子，咱村咋也没几个人来这儿看书呢?”

“我就记得小时候，爷爷给我买了本《新华字典》，你别说，那时候就喜欢天天认字儿，挨着页地翻着看，可现在，字是认得不少了，就是看不下一本整书，有时候也就是在手机上下个玄幻小说看看。”

“对，这就是传说中的碎片化时代!”闫行也来了个高级词语。

“行了行了，大学生村官别整天在咱村里铆足劲儿地操着市委书记的心啦!”说着玲子走到书架旁，一打眼儿就看见一本《佛经故事》。“哈哈，我说辛庄大学生村官，要不我给你算算命吧，你不能不算啊!”

闫行表示无语:“我说，敬爱的大学生同学，你本科念的是算命系吗?”

“施主，请说你的生辰八字。”玲子冲着闫行做了一个拜佛的手势。

“我说你这手里翻着本《佛经故事》，准备给我算命啊！太不专业了吧?”闫行笑着说。

“我说，你这人眼神儿还怪好呢!”玲子也笑了，“那好吧，就让我这个辅修星座算命的大学生给你讲个佛经故事吧。”

“大仙儿，您开坛布道啦，那我只能欢迎您在这儿‘弘扬佛法’。”闫行有点哭笑不得。

“咱今天讲嘛呢，我看看啊，看看，有了，咱今天就讲这‘担水砍柴，无非妙道’的佛经故事吧。”

就这样，玲子倚着书架，开始了表演。你倒别说，玲子还真有几分做评书演员的天赋。

“话说唐朝龙潭崇信禅师，跟随天皇道悟禅师出家，数年之中，打柴炊爨，挑水作羹，不曾得到道悟禅师一句半语的法要。一天乃向师父说：‘师父！弟子自从跟您出家以来，已经多年了，可是一次也不曾得到您的开示，请师父慈悲，传授弟子修道的法要吧！’道悟禅师听后立刻回答道：‘你刚才讲的话，好冤枉师父啊！你想想看，自从你跟随我出家以来，我未尝一日不传授你修道的心要。’‘弟子愚笨，不知您传授给我什么？’崇信讶异地问。‘你端茶给我，我为你喝；你捧饭给我，我为你吃；你向我合掌，我就向你点头。我何尝一日懈怠，不都在指示心要给你吗！’崇信禅师听了，当下顿然开悟。”

说到这儿时，玲子偷眼瞅了瞅闫行，看到此时的闫行正在专心听自己讲故事。玲子清了清嗓子：“从这一则师徒问答之中，可以了解禅就是生活。日常生活的搬柴运水，喝茶吃饭，无不蕴藏无限的禅机。”

玲子滔滔不绝地讲着佛经故事：“故事讲完了，我说辛庄大学生村官，你听了有嘛顿悟啊！”

闫行一脸茫然：“仙姑，我这没听懂啊，有啥顿悟啊！”

玲子笑了：“话说这‘担水砍柴，无非妙道’，说的就是做事啊要从担水、砍柴这样的小事做起。‘山不辞土，故能成其高；海不辞水，方能成其深。’每天扫扫地、抹抹桌子，再墩墩地什么的挺好，只要细心观察、用心思考、真心付出，就一定能够有所收获的。”

闫行一拍大腿：“感情你这‘担水砍柴，无非妙道’的佛经故事和给我算命都是事先‘预谋’好的，是为了开导我！谢谢仙姑的指点，弟子这厢有礼了。”

“我这不是怕你因为爷爷否定了你的香港项目，在这儿郁闷嘛！”玲子咯咯地笑着。

“没事，我又不是小孩子了，再说了，高书记否定得也对，村里小一千人都看着他、指望他呢，他做决策不谨慎行吗？”

这时候，刘金锁从门外疾步地走了进来：“玲子也在啊，你这跟我们书记助理聊什么啦，咯咯笑的。快快快，给我撕张纸。”

“干啥呀，锁子叔？”闫行关切地问着。

“这不大中午的睡觉，左眼皮子老跳嘛，我让它跟这‘白跳’，撕个纸条贴眼皮上。”刘金锁顺手做了一个往眼皮上贴纸的手势，舌头发出“嘚”的一声，给自己的动作做了个配乐。

玲子顺手拿过一张废报纸，撕了一个小角，递给了刘金锁，俏皮地问：“我说锁子叔呀，人家不都说这‘左眼跳财右眼跳灾’嘛，您这大中午的左眼皮跳财，你还让它‘白跳’啊？要我说您应该赶紧去翠巧姨的彩票投注站买张彩票呢！”

刘金锁接过玲子递来的白纸条，麻利地放在嘴唇上沾了点唾沫，顺势往左眼皮上一贴，还别说贴得还真牢靠，闫行看着他麻利的动作有些好笑。

“大中午的，跳着心烦。什么‘左眼跳财右眼跳灾’的，我就不信这一套，你不去厂子里打工挣钱去，任嘛嘛也来不了啊！”刘金锁用手摸了摸粘好的白纸条，看看是否牢靠。“好了，我再回屋睡一个回笼觉，你们两个小年轻的接着搞对象！”刘金锁伸了个懒腰，晃了晃头，徐步走出了农家书屋。

“谁们俩搞对象了？”玲子作势要去追刘金锁。

闫行也笑了：“锁子叔可有意思了，你跟他处久了，就能发现老多有趣事了。不过，我觉得，咱村大伙儿，都是渴望能够多挣钱的。但挣钱的方法也就是去附近或者开发区的厂子里打打工，就没想过自己创业，或者在家干点啥吗？”

“大伙儿啊，只会纠结在附近厂子里打工，人家是给1800块还是给2000块的问题，至于什么创业啊，在家干点嘛的，大伙儿不是不想，是不敢想，不用说什么资金啊、技术啊什么的，就是找项目、走审批程序什么的想想就觉得头都大了。知道这辈子挣不了什么大钱，就安安分分地去厂子里打打工，混个‘三险一金、五险一金’什么的不也不错嘛。凭劳动吃饭，又不用太动脑子担风险。”

“玲子，你自己不会也是这么想的吧？”闫行盯着玲子。

“我啊，还不知道呢，明天的事情明天再说呗，等我毕业找工作的时候，还不知道是个什么情况呢，就不考虑这么远了。”玲子对于自己的未来和前途没有打算，似乎也不准备去打算。她抱定了走一步看一步的想法，与闫行形成了鲜明的对比。

玲子似乎和闫行找到了共同语言，每天没事就和他一块儿去村里转悠。闫行每次都会在裤兜里揣着个笔记本，和大伙儿聊聊天，拉拉家常，顺便记下村民的基本情况和一些想法。看到村民们下地干活，闫行也跟着搭把手，尽管他这个业余的庄稼把式显得笨手笨脚，但大伙儿还是乐于和闫行聊聊天说说话。

毕竟大伙儿对于这个大学生来农村干村官，其实也挺好奇，觉得挺有趣，毕竟也算个新鲜事哩。

“嗨，我说那村官，你小时候是不是没去地里玩过，为嘛现在这么爱往地里钻啊？”玲子看着闫行本来就不太白的脸说。

闫行反问道：“嘿嘿，你不觉得在地里待着心里踏实吗？脚踏着土地就像有了根脉一样，我家世世代代都是农民，我爸种地可是一把好手呢！”

“小时候啊，去地里玩，什么都吃，见嘛吃嘛，也不像现在这样，地里打农药打得这么厉害，什么生茄子、还在藤上的黄瓜、新摘的西红柿啦，都是揪下来拿衣服蹭蹭就吃，可有趣了。那时候我家院子里种了棵枣树，正好有年枣子熟了，你知道吗，最大最红最甜的枣子啊，一定在最高的树枝子上，因为那儿的阳光最充足，又没有挡头儿。我准备用竹竿往下打，但就是够不着。没招了咋办，上房！”

玲子手舞足蹈地做着上房的手势：“上房不就够得着了嘛！于是我就顺着梯子爬上房，但是忘拿竹竿了，于是又下了梯子把竹竿立在上房后能够得着的地方。等我上了房，就用竹竿够那个最高的树枝子，可光注意上面了，没注意看脚下，一个没留神我就从房上摔下来了。幸好我家的平房不高，又是泥土地，万幸啊脸没先着地，不过扭了腿，可把我奶奶吓坏了，那年我才9岁。”玲子高兴地回忆着小时候的快乐时光。

“你小时候可真够淘气的，不过现在看上去文静多了，你不会是假装文静吧？对了，那棵枣树现在还有吗？”

"奶奶说夏天枣树上的虫子太多，又太遮阳光，于是就让人给砍了。不过要是没砍的话，每年夏天都能收几篮子枣呢！"玲子似乎在回味大枣的美味。

闫行对玲子说："咱农村小孩还是挺幸福呢，你说现在的城里小孩对黄瓜、西红柿、茄子、辣椒什么的了解和认识，大多往往只能是停留在超市的包装袋里，对猪、牛、鸡、鸭、鹅的了解，可能也许只是超市包装袋里的那些红色的肉块。我上学的时候听过这样一个笑话，说一个从小就用平板电脑上网聊天玩游戏的小朋友问他爸爸鼠标是个什么东西，他爸爸当下无语，因为他实在是不知道怎么给他的孩子解释鼠标是什么，因为在他孩子的意识里，上网玩游戏是不需要鼠标的，不需要的东西往往就都是没有价值的。会不会有一天，当一个小朋友吃着碗里的红烧肉问他的父母：'红烧肉是从哪里来的，是长在树上的吗？'到时他的父母又该怎么回答呢？"

玲子哈哈大笑："城里有城里的好，我们农村也有我们农村的妙呢！"

小玲子回家了，闫行自己散着步回到了农家书屋。他坐在椅子上喝了口水，托着下巴开始发呆。"原来黄瓜、豆角是这么长的啊。"这样一句话在闫行脑子里一闪而过。

闫行开始琢磨，现在正好是小孩子们放暑假的时候，能不能搞一个采摘活动呢？闫行的心里萌生了这样一个想法，但接下来的问题更加现实，那就是如何让"买方和卖方"成功实现对接，以及在村里哪家的地里搞这个采摘合适，活动怎么进行宣传，总不能印一些小广告去学校门口发，或者贴在城里的社区宣传栏和电线杆上吧？还有一个最重要的问题，就是成本与收益的核算，总不能让大伙儿忙活了一溜够儿，到最后整个赔本赚吆喝。很多问题都不能展开和细化，成本控制又无法量化。只是停留在“想”的这个阶段，就一个问题牵连着又一个问题，到时要是真正实践起来，还不知道会遇到什么困难呢！想到这儿，闫行叹了口气，远处的树上传来了阵阵蝉鸣。

闫行胡乱琢磨着，没有注意窗外已经阴天了，一阵腥风刮过，竟然下起了暴雨，雨下得很急很大，七月的天真是说变就变。

窗边没有什么怕淋雨的，闫行索性把窗户全打开了，此刻，他站在了窗台前听雨。

来到辛庄，闫行走东家串西家，接连想了一个又一个切合实际或者不切实际的想法，盼着能够让大伙儿的日子因为他的到来而更红火，而他似乎从来没有仔细端详过脚下的这片土地和眼前的风景。大暴雨下的树影婆娑，豆粒大的雨珠落到地上又反弹起来，泛起了阵阵白雾。

闫行笑了笑，自言自语道：“如果是锁子叔，肯定又要感慨了，‘我的老天，这大雨下得都冒了烟了。’”闫行学着锁子叔的神态，不由自主地也把头晃了一晃。

暴雨来得急，走得也快。雨后的辛庄，近处的绿荫，远方的农田，绿油油的玉米地，一片浓浓的绿意在雨后的辛庄慢慢地铺散开来。

夜已经很深了，闫行从书包里翻出了口琴，自觉不自觉地又吹起了同样的调子——《我的祖国》。雨后的辛庄带着些许燥热，蛙鸣青草泊，蝉噪垂杨浦。此时一浪又一浪的蛙鸣伴着闫行悠悠扬扬的口琴声，在雨后的辛庄村里弥散开来。

辛庄，就像是一泓清水，有着自身平静而规律的蒸腾与代谢。闫行的到来就像是一颗小石子投入了这一泓清水，最终能泛起多大的涟漪，还要看他这颗小石子的“质量”哩。

4

早上很安静，路上少行人。闫行昨天没关窗户，一阵对话顺着窗户传了进来，把闫行给吵醒了。

“姐，天气太hot了，快把你车筐里的water给我，我要drink water，你滴速度滴快快滴呦！”

闫行觉得好笑，起身去窗边，顺着窗户往外看去。一个看上去也就七八岁的小胖墩坐在电动自行车的后座上，正在向骑车载他的姐姐吆喝着散装英语。此刻小胖墩两手牢牢地抓着电动车后衣架。

“瞅你那德行！不给不给，刚学了两句英文，就跟这儿显摆，还净给我整这洋事哩！”骑着电动自行车的姐姐看上去十五六岁，此时明显有些不耐烦了。

闫行伸了个懒腰，自言自语道：“是啊，现在是放暑假，村里的孩子渐渐地多起来了。”

午后在辛庄村西边的大堤上，闫行正在散步。看见一群半大孩子在大堤下踢球。闫行看了看，基本都是些半大的男孩子，光着膀子，穿着各种颜色的短裤。球门也简化到了不行，两块砖头往那儿这么一摆，就是个球门。闫行顺着砖头往前看，球门前面竟然还站着个守门员。

下底、传中、过人、配合什么的全然不管，踢半场、踢全场，5人制、11人制什么的全然不顾，规则就是谁踢到了算谁，瞅准时机、抓住机会就往球门的方向搂上一脚，管它进没进，脚法漂不漂亮，先过过脚瘾再说。

这可苦了两边的守门员。俩人大部分时间都处于紧张状态，高接低挡地忙活半天，问题是大部分球员的脚法实在太臭，不是踢高了，就是踢飞了，总之是没往球门方向招呼。守门员来回跑着去捡球，以至于最后大伙儿通过猜拳的方式决定到底由谁去守门，大抵是因为守门员这活儿实在不是人干的哩。

旁边不碍事的地方一字排开几个西瓜，应该是准备足球比赛后，队员们大吃一顿的，或者是准备给赢球一方的物质奖励！

闫行像是发现了一块新大陆，为了能够看上一个精彩的进球，他要托着下巴等上很长一段时间，关键是这很长一段时间内还不能走神。

太阳挺毒的，大堤的边上种了排杨树，遮住了些暑气，半大小子们就挪到树荫里踢球。风轻轻地吹过，树叶发出沙沙的响声，午后的燥热似乎被吹散了些。

“喂，我能和你们一块踢球吗？”闫行站在大堤上大声地问。

“你是干嘛的呀，哪部分的？我妈说了，不让我们和搞传销的一块儿玩。”一个孩子头儿打量着闫行。

“我就这么像搞传销的吗？”闫行不禁心里打鼓，“我是咱辛庄村委会新来的，我叫闫行，我这不没啥事嘛，就想跟大家伙儿踢踢球，我鞋都换好了。”闫行指了指花39块钱新买的99式低腰作训鞋，也就是现代意义上的解放鞋。配着身上这件洗得都有些掉色的灰色套头衫，顶着越发晒黑的一张脸，此刻的闫行颇像刚从工地上下工的民工，现在看来，他就差了顶夹在臂弯里的黄色安全帽。

“你骗人，我们辛庄大队除了，除了锁子叔还年轻点，就没别人了！”一个小男孩说。

“还真别说，我上次听二奶奶说，镇上新给咱二爷爷配了个助理什么的，不会就是他吧？这身打扮，咋看着这么土呢？”另一个小男孩小声和孩子头儿汇报着。管他土不土的，多个捡球的不也是好事？

这帮半大孩子核实了闫行的身份，允许他下场踢球了。闫行也脱了上衣光着膀子，在这一群半大孩子中左挡右突，颇有几分鹤立鸡群的感觉。闫行本来就喜欢踢足球，所以无论是传球还是跑位，都还是有些章法的，而且实践证明，他临门一脚的脚法和准头儿在这帮孩子中算是最靠谱的。

几个回合下来，孩子们也更喜欢给闫行传球，以闫行为主甚至还打出了几个漂亮的配合。一场球下来，这帮孩子和闫行也就熟络了，喜欢踢球的人都有自己的“足球文化”，大家通过足球结下了友谊。闫行像一个大哥哥一样，踢完了一场酣畅淋漓的足球赛后，带着大伙儿去翠巧姨的小卖铺里喝汽水。

呼噜呼噜地来了一大群光膀子的半大小子，一看领头的是闫行，翠巧姨赶忙掀开冰柜盖子，给大家发汽水。

“这不是咱村委会新来的大村官闫行嘛，哎哟，带着这帮小子来我这儿喝汽水啊。自打你这村官来了我们村以后，我这小卖铺的生意就越来越好哩！”翠巧姨今年三十多岁，看上去十分干练，在村里开了家小卖铺兼营着一个彩票投注站。小卖铺的窗户上，大大的“彩票”两个字格外醒目。

闫行和孩子们坐在翠巧姨小卖铺门口的台阶上，每人手里一瓶玻璃瓶的冰镇汽水，因为喝完是要退瓶的，所以大家伙儿也就喜欢当场“解决”。还别说，踢完球往那儿一坐，整个人从里到外都是热腾腾的，要是坐在阴凉地儿喝上一瓶刚从冰柜里拿出来的冒着凉气儿的汽水，再打上个凉嗝，从里往外就透着股凉快劲儿。

“你们都多大了啊，上几年级了？”闫行手里拿着汽水问向大家。

孩子们你一言他一语，有上初中的，有上小学的，最小的那个在上三年级。

“为啥没有上高中的呢？不会是村里孩子都不上高中了吧？”闫行看着那个孩子头儿。

孩子头儿叫高超，今年上初二。高超喝了一口汽水说：“为嘛不上高中啊，父母们还都希望我们考大学呢！咱们村上高中的不是利用暑假去镇上、城里打打工，就是窝在家里啃书本，都不会出来瞎玩疯跑的。还是现在好，暑假寒假的还能出来玩，上了高中就没空喽。”

“我妈说了，等上了高中就是半个大人了，要懂得多替家里着想了。”另一个孩子插了句嘴。

“对了，我现在在咱村里的农家书屋上班，里面可多书了，什么书都有，你们现在整天没事就多去咱村的农家书屋里看看书呗。里面还有空调吹呢，水也随便喝！我也可以给你们讲讲故事，说说评书什么的呦！”闫行不失时机地推介起了农家书屋。

“看嘛书啊，我这暑假作业还懒得写呢！以后玩的机会不多了，还是趁着年轻多玩玩，以后想玩都玩不了了。我现在得给脑子里多攒点好玩的回忆，等以后长大了好有个念想哩！”高超一口气喝完了剩余的汽水，进屋退瓶去了。成熟的话语与这个孩子青涩的脸庞形成了鲜明的对比。

“趁着年轻，你这才多大啊？”闫行大声说，“要不明天上午你们都带着暑假作业去农家书屋里做，别等到快开学了再一顿猛写。正好要是有什么不会的，我还能辅导辅导。”

闫行的建议提出后，没有人回应。但他并不懈怠，一口气喝掉了剩下的汽水说：“要不明天上午都带着暑假作业去农家书屋集合，咱们研究研究足球的战术和打法？我决定辛庄男子足球队从今天起正式成立！那个啥，高超，你就是咱们辛庄男足的首任队长，我就是辛庄男足的首任主教练兼领队兼技术指导。”

“好好好，好好好，赞成，同意！”这帮孩子齐声回应着闫行。闫行当下咽了口唾沫，数了数，不多不少一共15个人。

“记着明天上午来村委会二楼啊，都给我带着暑假作业，高超，你给我弄个签到表啊。”闫行第一次行使着主教练的权力。

闫行坐在农家书屋里，掏出手机给玲子打了个电话：“玲子，干啥呢，来村委会一趟。”

“干啥呀，你咋啥事都找我呢？还来村委会一趟？你能给我发工资是咋地？虽说我是个‘官三代’，你也不用这么离不开我吧？”电话那边，玲子操着一口西沽东北话，大声嗔怪着。

闫行笑了笑，知道玲子是在和他开玩笑。“这丫头，啥时候学了一嘴东北话，是不是东北小品看多了？爱来不来啊，你再不来，给你买的汽水和好吃的都让四爷爷吃哩。”

“嚯，还有好吃的呢，你可给我留住了啊，我马上到。要是我去了汽水和好吃的都没有了，看我不揍你。”玲子挂断了电话。

十分钟不到，玲子就出现在农家书屋里了。她抄起桌上的汽水，拉了把椅子坐在了闫行的对面。“咋的呀，闫助理，我发现我都成咱村委会编外人员啦，你说我这放个暑假容易嘛！”

闫行从抽屉里拿出了零食，小声说：“小玲子，你赶紧吃，刚刚被锁子叔扫荡了一回呢。”

玲子夺过了零食，瞪了闫行一眼：“行了，几天光景你是越来越贫嘴了，说吧，啥事?”

闫行清了清嗓子:“嗯嗯，我中午休息的时候去大堤上踢球了，和一帮孩子。”

玲子喝了口汽水:“我知道啊，我路过的时候，也见那帮半大小子在大堤下面踢球呢。”

闫行接着说:“前两天听锁子叔说这段时间外面的治安不太好，再加上还有一伙儿搞传销的。前两天我在网上看新闻，说暑期是儿童意外伤害发生的高峰期，特别是溺水事故多发，咱村西面不就是大堤嘛。如果不能做些什么，我心里总觉得不太踏实。而且，农家书屋的硬件设施确实不错，书籍也非常丰富，相信孩子们来了以后就会喜欢上农家书屋的。对了，玲子，你看这放假了，不还有一部分女孩子吗，女孩子一般不会在外边瞎跑，回头咱俩合计合计，照葫芦画瓢，看看能不能也把女孩子们组织起来。”

玲子放下汽水，点了点头说:“你说得对，现在农家书屋的条件这么好，咱们就应该好好地利用起来。作为村支书高树泽的孙女，我高玉玲对村里的大事小情也是十分上心的。”

“农家书屋里有一台电脑，咱们可以给孩子们放放电影什么的。”闫行继续说。

“得了吧，就你那电脑17寸的屏幕不给力啊，快30个孩子哩，就是眼神儿再好，举着高倍望远镜坐后面也看不清楚啊。”玲子指着电脑屏幕对闫行说。

“这倒也是，那你说咱们组织孩子们干点啥呢?”两个人你一言我一语地互相提着可行性方案。

这时候，刘金锁一脚从门外迈了进来，由于现在是下午刚上班，刚睡醒的锁子叔打了个哈欠：“小行，玲子，你们俩这又捣鼓什么啦？对了，小行，听说你把咱村这帮半大小子都组织起来了，还成立了个什么足球队，我看着今天上午这帮小子乌泱乌泱地来咱村委会二楼农家书屋，手里还拿着暑假作业，不会是集体来做作业吧？我的老天爷哩，这简直就是千古奇闻呢！”说着说着，刘金锁又不由自主地把头晃了一晃。

“锁子叔，忘跟您说了，我这提前也没跟书记和您汇报这个事。”

“这可是好事，我们支持还来不及呢，这不比让那帮半大孩子成天在外面瞎跑要好吧，而且挨着金銮殿，准长灵芝草，让这帮孩子暑假多和你这个大学生接触接触，说不定我们辛庄以后还能多出几个人才哩！”刘金锁乐呵呵地瞅着闫行，就好像能多瞅出俩大学生似的。

“哦，对了，对了，差点忘了，我还兼着咱辛庄村的团支部书记呢。你看看，看看，我今年都37岁了，超年龄了，再说我这个团支部书记也没干嘛事不是吗！闫行同志，显而易见，你这青年工作抓得比我好，想得比我周到，我决定你来担任咱们村的团支部书记，等一会儿我就和二哥汇报这事，到明年村级团支部换届的时候再把你给补选上。”刘金锁说。

“这怎么行呢？我才刚来咱村，就把您的工作给抢了，况且我这各方面还不太熟悉呢。”闫行推辞着。

“怎么还扯到抢不抢工作上来了呢？再说了我当这个团支部书记，村里也没给我多开200块钱，咱不都是为了辛庄好吗？在这个问题上，我下你上都是为了咱村好。”刘金锁两手摊开，两个手掌做了个一上一下的手势。

“小行，你还别说，上礼拜开治保主任会的时候，我和赵庄村的治保主任赵德明坐在了一起，他们村不也新来一个村官嘛。听他说啊，那个村官整天就往村委会一坐，开着电脑，吹着空调，玩着游戏，听着音乐，一天下来能把屁股底下的老板椅坐个大坑，村里的什么事他都不关心，也就是村长出去应酬的时候带着他。一方面觉着出去应酬身边带着这么个大学生挺壮门面嘛，另一方面那小子还真是能喝酒，酒量挺大呢。”刘金锁说着。

刘金锁打开了话匣子，显然有收不住的趋势。

“小行，别看你来咱村时间不长，但我们都看在眼里了，你这人啊，实诚踏实又肯干，想问题办事情的出发点都是为咱村考虑的。你看啊，这大学生来农村干村官，就像这扣大棚一样。”边说着，刘金锁边做着种地扣大棚的动作，顺便不忘晃了晃头。“你们自己啊都是种子，村里呢为你们浇水、施肥、除草、打农药什么的，大棚的温度再调合适了。你们啊以后能不能长成个茄子、辣椒、冬瓜、西红柿什么的，确实要看村里的培养，但到底以后你们愿不愿意长成个茄子、辣椒、冬瓜、西红柿，或者干脆不长，那还是要看你们自己，因为你们自己是种子哩。这叫嘛来着，对，那嘛，这叫基因。”

坐在一旁的玲子忍不住了，刚喝了一口的汽水差点没从鼻孔里喷出来："哎呀妈呀，锁子叔，你咋这么会聊天呢，这茄子、辣椒、冬瓜、西红柿都溜达出来啦?"

刘金锁有节奏地晃了晃头："嘛，这算个屁，这才哪儿到哪儿，这叫你锁子叔的'冬瓜论'。句句都在点上，句句都有哲理，小玲子，你们慢慢品吧。"说着，刘金锁抄起一把零食出了屋。

"冬瓜论"听起来很新鲜。这是闫行到村以来，第一次听到村领导对自己的评价，锁子叔的"冬瓜论"朴实而深刻，简单也直接。晚上一个人的时候，闫行拿出了自己的笔记本，把刘金锁的这几句话工工整整地记在了本子上。

"以后你们愿不愿意长成个茄子、辣椒、冬瓜、西红柿，或者干脆不长，那还是要看你们自己，因为你们自己是种子。"

5

早上，太阳还没升多高，天气也就不是十分闷热，闫行正在村委会一楼墩地，胖姨从门外走了进来。"闫行，你这孩子还挺勤快，先别墩地了，你会用电脑吧，有空吗？帮胖姨录一下咱村育龄妇女的信息，镇上计划生育那边要，咱自己也正好留个底。就用你摆弄好了的农家书屋里的那台电脑，对了，说是做成个什么E……"

"Excel表格。"闫行脱口而出，提醒着胖姨。

“对对对，就那个电子的什么表格，还是你们青年人的脑子好使。这不嘛，昨天去镇上开会，说以后计划生育这摊活儿要实现无纸化办公了，要是赶往常我这不得抓瞎嘛，正好有你这个新来的大学生村官，以后你有空也多教教我。电脑这东西确实要好好学学。”胖姨说。

“那咱现在就去二楼。”闫行把墩布放到了一边。

闫行和胖姨两个人一前一后地上了二楼，走进了农家书屋。闫行先给胖姨搬了把椅子放在电脑桌旁，然后打开电脑，自己坐到了电脑前：“姨，您把咱村育龄妇女的信息给我吧，我一会儿就能录完。”

“哦，信息啊，都在我脑子里了，我说一个你录一个就成。”说着，胖姨在自己心里画着草图。之所以叫画草图，因为胖姨的记忆方法就像一张草图一样，村里的每门每户都姓什么叫什么，有几个孩子，胖姨都能准确无误地“画出来”。胖姨说一个名字然后再说上年龄和住址，闫行就用电脑录入。

“姨，您这记性真好哩！”闫行称赞着胖姨的记忆力。

“嘛记性好，就这一摊活，干了这么多年了。就像小锁子说的，他天天在村里转悠，就是喝了半斤白酒，半夜闭着眼都能摸回家。”胖姨打趣道。

农村工作者就是这么可爱，查个村情信息什么的似乎从来不用去拿什么档案存底，就直接从大脑里“调数据”，什么村东头儿张老四家的喜凤，今年多大了，做了几次B超等等轻车熟路，而且还不会出错。遇到名字什么的拿不太准，闫行总是用纸写下来，让胖姨确定。

于是，辛庄村计划生育工作完成了历史性飞跃，实现了电子化办公。

日子就这样一天天地过着，闫行总是能帮锁子叔干点这个，帮胖姨干点那个，再和小玲子捣鼓捣鼓，有兴致了就和孩子们踢踢球，学学习，看看书。

融入，在闫行这里似乎已经不成问题了，因为在他的内心里，已经把辛庄以及这片土地当成自己的家。闫行打心眼里想要为辛庄的大伙儿做点事，为高树泽腾腾轻，他也在想着一个又一个的办法或方案，但往往还没有和大伙儿说，就先被自己给否定了。

想要干一番事业却又不知道该干点啥的心情长久地萦绕在闫行的心头。闫行可能有点不知足，因为辛庄的快乐生活给他也带来了快乐，完全可以是村里让干啥就去干啥，他也完全没有必要进行所谓的尝试，为大家伙儿寻找一个适合辛庄实际的致富项目，一方面辛庄人似乎已经适应了外出打工的生活，毕竟守家在地、土里刨食的实在也赚不到多少钱；另一方面，闫行这个辛庄大学生村官本就可以舒舒服服，乐乐呵呵地在辛庄度过快乐简单而又循规蹈矩的两年村官时光，然后再舒舒服服，乐乐呵呵又循规蹈矩地拍拍屁股走人，顺便考个公务员、事业编什么的。再说了，整天这么瞎想瞎折腾又有谁能看得见呢？看得见又有嘛用呢？有的人喜欢“费点力气歇歇脑子”，有的人喜欢“费点脑子歇歇力气”，可就有的人偏偏喜欢“又费力气又费脑子”。可话又说回来，我们的社会也需要后者这样的人，不是吗？

午后宁静的辛庄，一辆警车响着急促的警笛声从辛庄村委会楼前呼啸而过，把午休的人从梦中惊醒。

闫行这时候正在农家书屋里看书，准确地说是在备课。他准备给孩子们讲些名人故事、历史典故。这是闫行和玲子一起想出来的，丰富孩子们暑假生活的新尝试。玲子让闫行给孩子们“说书”，像著名评书表演艺术家单田芳老师那样，虽然标准定得实在是飞机上挂暖壶——水平太高，但闫行愿意尝试。

破空而出的警笛声，打断了闫行模仿单田芳的情绪，他放下书本来到村委会院子里。四爷爷这会儿正立在院子里张望，带着半个身子、半边脸、半拉手背的凉席印子。

“四爷爷，您刚才听见警笛声了吧，这在咱村过警车是啥事啊？”

“听见了，听见了！我也不知道嘛事呢，你说咱村大家伙儿都不招灾不惹祸的，来辆警车还真是件百年不遇的新鲜事哩！”

“是啊，我出去看看吧，看看要是有啥事能不能帮上什么忙。”闫行说着转身想走。

“咱村自己能出嘛事，八成是那帮搞传销的弄出了什么动静，下午问问小锁子应该就知道了，他这个治保主任管这活儿。”

闫行走出了村委会，向着警车驶去的方向，这会儿警车早已没了踪影。午后的太阳最毒，猛一出去热风扑面让人很不舒服。闫行顺着村路向前走着，走一会儿，远远望见警车停在翠巧姨的小卖铺门前。这时已经关了警笛，车顶灯还在那里一闪一闪的，周围围着几个村民。锁子叔比比画画地也在人群里，正和两个警察说着话。

闫行快步走进了人群。走近一看，小卖铺门前的台阶上坐着个年轻的小姑娘，长长的头发披散着，很凌乱。女孩看上去二十上下的年岁，鼻梁上架着的黑框近视眼镜说明她可能还是个没毕业的学生。身旁有一个拉杆箱和一个旅行袋一左一右地放在女孩身边。此刻女孩坐在那里手里还死死攥着拉杆箱和旅行袋的提手，生怕被人抢走的样子。

翠巧姨从屋里给女孩子倒了杯水，让她先喝口水压压惊。女孩也不说话，双手捧杯，神情木讷，像是刚受过什么惊吓似的。此刻，她的胸口还在一起一伏地调节着呼吸，努力平复着心神。

“就是这么个情况。”刘金锁正晃着头大声讲着，一个警察拿着笔记本在旁边记录。“这不这个小姑娘刚跑出来嘛，幸亏你们警车一路拉着警笛地赶来了，吓退了那帮搞传销的，这才救下这个姑娘，她要是被那帮搞传销的再抓回去，少不了又是一顿暴打。”锁子叔和警察汇报着这里的情况，刚刚赶来的闫行只听了个尾巴。

“可不是嘛，最近放暑假了，传销活动更加猖獗了，看来咱辛集镇派出所和村里的联防队要加强巡逻了。”一个警察说。

“那个，那个，警察叔叔，我的手机、钱包和身份证还在他们一伙人手里扣着呢。”坐在台阶上的小姑娘带着哭腔怯生生地开了口。

一个五十多岁围观的村民说：“也该好好治治这帮搞传销的了，他们也太猖獗了，时不时地还偷我地里种的棒子（玉米）呢！看着等哪天被我逮个正着的吧！”

刘金锁在一旁插话道：“都怨永镇这小子，显得他家房子多，把房子租给这帮搞传销的住，现在整出这些事！这成天的都是唱的哪出啊？”

拿本记录的警察合上笔记本，对着坐在地上的小姑娘说：“行了，情况我们都已经了解了，你啊先和我们回所里，回头我们马上给你把钱包和证件要回来，再联系送你回家或者回学校。这是个教训，知道吗，要吃一堑长一智，以后多注意。”然后，这个警察扭身冲着大伙儿说：“行了，行了，大伙儿都散散吧，这大中午的太阳又这么烤得慌，都散散吧。”转头又跟刘金锁说：“锁子，以后咱村里的联防可要加强哩。”

刘金锁连连点着头，说：“没说的，没说的，这回给您添麻烦了，添麻烦了。”和他说话的警察是辛集镇派出所的警长赵炎。

“小行，你也来了，正好，快快快，帮这个小姑娘把行李什么的都搬上警车。”刘金锁指挥着站在人群里的闫行。

闫行答应了一声就过来帮着搬行李。

“哦，对了，对了，赵所，这是我们辛庄新来的大学生村官，闫行，给你介绍下，以后啊，他也少不了和你们打交道呢。”刘金锁向赵警长介绍着闫行。

“赵所，您好。”顺着锁子叔的介绍，闫行双手向赵警官握了过去。

事后，闫行知道了整件事的来龙去脉。一段时间以来，传销这东西就像一把杂草的草籽被一阵邪风卷来，抑或是被什么鸟类的粪便带到了辛庄的土地上，在这里疯狂地潜滋暗长。当然这也不独是辛庄一处，附近的几个村里都有搞传销的在活动，他们每天上午和下午都会聚集到村西头大堤上的树荫里去“上课”和“培训”，村里人每天都能看见不下几十号人在大堤上来来回回，成群结队，浩浩荡荡的。

这个刚被解救的姑娘就是被他们这一伙儿搞传销的给骗过来的，是个大二学生，家里是农村的，暑假准备留在学校或者去哪儿打打工，赚点学费什么的。正好赶上她的一个老乡给她打电话，说现在她在天津这边搞加盟，卖化妆品，钱很容易赚的，看在老乡的份上就劝她利用暑假过来和她一起赚钱，说是业绩好的话，一个月最多能赚一万多块钱哩。这个姑娘也是一时财迷心窍，被“一个月最多能赚一万多块钱”的话吸引，况且还是自己的老乡打电话过来，肯定错不了。姑娘没有多考虑，就提着行李坐火车过来了。刚到的时候，这个姑娘的老乡还热情地去接站，带着她四处转了转。等到了辛庄，他们这帮搞传销的暂住地，这个小姑娘的手机、钱包和身份证就都被扣下了，说是要“上交组织”。小姑娘这时才觉得不太对劲儿，知道自己可能是被骗了，继续在这儿待了一天以后，她知道自己是被骗进了传销团伙。她想逃跑，可是自己的手机、钱包和身份证都被扣下了，自己还被人给看起来了。

每天姑娘都被安排集中“上课”和“培训”，说白了就是被安排“洗脑”。这个姑娘还是蛮清醒的，而且她陷得也不太深，容易回头，所以她现在只想要逃走。传销团伙的生存之道就是不断地发展下线，小姑娘表面上表现得服服帖帖，而且对于“组织”的“培训”表现得很是感兴趣，所以这伙搞传销的对她暂时放松了警惕。终于，在第四天的中午，姑娘趁着别人都午睡的当口儿，拖着行李跑了出来。可是她并没有逃跑的经验，更缺乏逃跑的体力，拖着行李的动静又太大，以至于她刚跑出来就被发现了。于是，一伙儿搞传销的就在后面追。小姑娘对道路不太熟悉，只能沿着村路往东跑，心里想的是跑得离传销窝点越远越好，可她跑不动了，就快被追上了。

大中午的，晒得滋滋冒油的村路上两头不见人，道旁的杨树纹丝不动，烦气的蝉鸣嗡嗡作响，远处的玉米秆子无精打采，一派燥热的午后田园里，暗藏着危机。

正在这时，姑娘看见了前方大概不到100米的地方有一个小卖铺，明晃晃的“彩票”两个字在小卖铺的窗户上格外醒目。姑娘好像看见了救星一样，发出了最大的声音冲着小卖铺拼命呼喊着救命。

说来也巧，这个当口儿上，刘金锁正坐在翠巧姨的小卖铺里对着一面山墙运气，准确地说是对着一面山墙的数字运气。

只见他聚精会神，眼睛眯着，黑眼仁里圆圆的瞳孔缩得很小。山墙上贴着一大张纸，大到把整面墙都给占据了，纸上横竖线地打满了表格，满满地罗列着全年的体彩大乐透开奖数字，一期一期的数字还用线勾连着，构成了一幅十分壮观的体彩大乐透走势图，这密密麻麻的程度足以成为密集恐惧症患者的一场灾难。

但刘金锁没有密集恐惧症。嘛？那是个啥玩意儿。他正在聚精会神地研究着这些数字背后潜藏的“规律”。他手里甚至还攥着一张纸和一支笔，以便不时地能够快速准确地记录下那些灵光乍现与不易琢磨。

趴在柜台上嗑瓜子的翠巧首先看见了姑娘的呼救。嗯，是看见而不是听见。小卖铺里关门开着空调，电视机里大声地播着《今日说法》。翠巧的瓜子在往嘴里送的当口儿从拇指与食指指尖挣脱了束缚，落到了地上。

谢天谢地，谢谢那枚落地的瓜子。农村人都讲究个不浪费，掉在地上的都要捡起来。于是，翠巧先是用手挠了挠发痒的前额头，然后从柜台后面扭身转了出来，俯身捡瓜子的同时，两只眼从窗户大大的“彩票”俩字镂空部分和缝隙里扫过，看到了姑娘的身影，拖着两个大行李箱正往这个方向跑过来。翠巧一时间忘了捡瓜子，哈着腰挪到窗前，透过窗子往外观察。

翠巧发现了端倪，这姑娘后面怎么还吱哇乱叫地追着一群人。说是一群，实际上足有16个男女青年。

翠巧一个箭步跳到了刘金锁跟前，两只手一起发力，同时按在了刘金锁的肩膀上，开始摇晃。

锁子被翠巧突如其来的摇晃给晃晕了。

“咋的啦，她翠巧姨，地震了？”

“外面，外面，有人跑，有人追。”翠巧用手指向了窗外。

“我去，三伏天大中午的，晕头了，跟这儿练田径呢？”

“别废话啦，你赶紧去看看！”

刘金锁放下纸笔，几步来到窗前，也和翠巧一样哈着腰往外观察。

“没嘛呀，一个姑娘在路上跑？”

“锁子，你那俩眼离机（天津方言，精神恍惚、失常）了，你往姑娘后面瞅。”翠巧指导着刘金锁。

“没嘛呀，我瞅瞅，哦哦，看到了，看到了，后面一群人在追她。”

作为村里治保主任又当过四年步兵的刘金锁，用了两秒钟就对眼前的事情进行了正确的判断，接下来又用了三秒钟，他一面招呼翠巧报警，一面拉开房门一个箭步冲了出去。

遇到这种事哪能不管呢？以后的日子里，刘金锁会一边晃着头，一边向村里的男男女女、老少爷们儿、三姑六舅母们反复讲述他这五秒钟的“尖峰时刻”。说是“尖峰时刻”，更是刘金锁在农村生活中难能可贵的高光时刻。也许人生的成功或转折，也就在这稍纵即逝的几秒之内，但就是这稍纵即逝的几秒，姑娘得救了！

说时迟那时快，刘金锁一面招呼翠巧赶快报警，一面迎着姑娘纵身一个箭步冲了出去，一把抓过了迎面跑来姑娘的两件行李：“姑娘，别害怕，你先进屋躲躲。”

姑娘跑得面无人色，汗湿衣衫，吓得已经说不出话来。锁子并不拖着，拎着行李一把将姑娘推进小卖铺。放下行李，锁子快速扭身转出房门，一把又将小卖铺的门给关上，闪身横在门前，刚转过身子，那十几个男女青年就到了锁子眼前。

作为村里的治保主任，刘金锁也算和这帮搞传销的打过一些交道，十几个男女青年以一个戴眼镜的男生为首，他们亲眼看见刘金锁把那个姑娘推进了小卖铺。眼镜男站定，看看小卖铺，又瞅瞅刘金锁，再推推鼻梁上面的眼镜，这会儿镜片后面的眼神已经由怒转怯。

没等这帮搞传销的先开口，刘金锁便先声夺人：“这大白天的，你们这帮人追这么个姑娘，我看你们这是要闹翻天啊！”

眼镜男知道刘金锁是谁，加上自知理亏，气势上便弱了不少，但还狡辩着：“这丫头是我们的人，她偷了我们的东西大中午跑出来，你管不着，快把门打开。”说话间就要拥上来开门。

刘金锁哪能让他开门，双手一横道：“得了，得了，该着杠着的也就这么点事，你也别跟我这瞎掰了，我已经报警了，一会儿等警察来了，你们和警察去说吧。”

不到三分钟的工夫，远处就传来了警笛声。眼镜男知道自己没理，而且惧怕警察到来，于是便扔下句无关痛痒的狠话，幸怏怏飞快地带人溜走了。

后来在警察的帮助下，姑娘的手机、钱包和身份证都被顺利地要了回来。但她的暑假发财梦也宣告破灭，这对她来讲算是一次教训，但愿她能够吸取。传销之所以屡禁不绝，受骗者之中不乏大学生，甚至白领之类有一定文化水平和辨识能力的人，很大程度上和个人不切实际的发财梦有关。这个姑娘不是第一个被骗来的，也不会是最后一个。

以后，闫行和辛集镇派出所的赵炎警官接触多了，赵炎告诉他，在村里出警一定要把警笛的声音调到最大，起到震慑作用。这不就是在实际工作中总结出来的经验嘛，这回针对这帮搞传销的不就派上用场啦！实话讲，眼镜男他们要是真一拥而上，刘金锁还真招架不住。

等把这事忙完了，警车也走了，村民们也各自散去了，刘金锁突然用手掌拍了下脑门。闫行连忙问："锁子叔，你这是咋了？"

"哎哟，坏了，刚研究了一中午的彩票号码，终于有点眉目了，让这帮穷小子一闹，全给忘了！早知道我就应该先拿笔记下来再拔刀相助。"刘金锁的神情里写满了懊恼。

闫行大跌眼镜，轻描淡写地回了句："哦，锁主任，要不您让翠巧姨帮您机选几注彩票得了。再说了，我才来咱村没几天，就看您每期都买，不也没见您中过，这回啊，估计也悬。"

"放屁！嗬，你小子才来没几天，就敢跟我这儿起腻啦，看我不打你！"说着刘金锁冲着闫行的屁股就是一腿。

闫行连忙躲开："锁主任，您没听说过那句话嘛，叫'财迷买彩票，倒霉上卦摊'，您说您整天光琢磨着买彩票，您这不成那啥了吗?”

看见站在一旁的翠巧瞟了自己一眼，闫行乐呵呵地冲着翠巧姨吐了吐舌头。

“这一大一小，一对没正行，你说二爷怎么好把咱村交给你们这俩玩壶儿（天津土语）呢?”翠巧摇头叹着气。

闫行收敛了笑容:“翠巧姨，咋回事啊，为啥高书记还把咱村交给我们呢?”闫行这才意识到，自己已经快一个星期没有见到高书记了，也是自己整天忙着如何丰富孩子们暑期生活的事，带着这帮孩子瞎玩胡闹的，没留心高书记这几天都干啥去了。

刘金锁晃了晃头:“也没嘛事，就是二哥住院了，没嘛事，过几天就回来了。”

闫行有点着急:“那为啥不告诉我啊?”

刘金锁晃了晃头:“告诉你有嘛用，你一个孩子。再说了，临走前二哥特意让别告诉你，怕一告诉你，你花钱买东西去看他，说你一个孩子出门在外也不容易。”

是啊，确切说来，就是告诉闫行也没啥用。在高树泽眼里，闫行还只是个孩子，和他孙女高玉玲差不多的孩子。闫行问:“那我晚上去看看书记吧，他在哪个医院?”

刘金锁说:“也行，不过晚上就算了，等明天让你和玲子一块儿去。咱现在先紧着正事办，一会儿先回咱村委会，你先给咱村写一份拒绝传销的稿子，咱村对打击传销也要有所动作了。我先去大镇家找找那小子。”

“锁子叔，我和您一块去吧。”闫行有点不放心。

“是不是担心那帮搞传销的回头报复我？呵呵，没事，我这张脸往那儿一摆就辟邪，谅那几个人也不敢闹出圈。”刘金锁呵呵地笑着，晃了晃头。

两人一前一后地走出了翠巧小卖铺，刘金锁有意无意地瞪了翠巧一眼，嗔怪她把高树泽生病的事给说走了嘴。

走在乡间公路上，闫行和刘金锁都默默无语，路边被晒得七零八落的喇叭花也耷拉着脑袋打蔫了。

还是闫行先打破了僵局：“锁子叔，这传销的这么猖狂，咱区里和镇上就没用啥措施治理过吗？”

“当然治理过，而且还治理了好几次呢！最厉害的一次出动了防暴队，把搞传销的一个个都给押上了大轿子车，给他们买了车票，遣送回家。可没过多少日子，这帮人又都回来了，像是块狗皮膏药粘上这里了，这些人就跟着了魔似的。他们这帮搞传销的其实在这里日子过得还是很苦的，整天不得吃不得喝的，也不知道他们这是图个嘛。”

说着，刘金锁和闫行转过胡同来到了一家的大门前。闫行打量着，这家大门装修得很气派，两扇大红油漆的铁门严丝合缝，显得和其他人家格格不入。闫行把辛庄也转了个大概齐，至少光看大门，这家的装修绝对是村里最好的了。大门紧插着，门鼻儿上没挂锁，也不知道里面有没有人。

刘金锁迈步上前去砸门，他家铁皮门板很厚，砸上去咚咚咚一阵钝钝的闷响，不像是一般的铁皮门，敲上去声音脆脆的。刚敲没两下，人没敲来，倒是招来了一只大狼狗，隔着铁门仅有的一点缝隙冲着他汪汪狂叫，宣示着主权。

“吓我一跳。这小子什么时候还弄了条大狼狗。”刘金锁又使劲儿砸了几下，没人回应。“估计这小子不知道又上哪儿打牌招灾去了。”刘金锁回过头来对闫行说，“咱先回村委会吧。”

回村委会的路上，闫行好奇地问：“这大镇是谁啊？我看他家还挺阔气哩！”

刘金锁晃了晃头，先来了句国骂：“‘人走时气马走膘，兔子走时气枪都打不着。’说起大镇这小子，这两年可是走了狗屎运了。还别说，他呀和你的岁数也差不多大，从小上学的时候就是个捣蛋鬼，刚上初中就跟着几个不三不四社会上的小青年整天地去鬼混。他爸爸死得早，大镇就和他妈、姐姐一起过，平时也没什么管教。后来说是和几个小混混拜了把子，他还在身上纹了两条青龙。”

闫行继续问：“那他靠什么生活呢？我看咱村年轻人基本都是出去打工。”

刘金锁撇撇嘴：“大镇和他姐夫一起干，他姐夫是咱邻村赵庄子的。自从他姐姐前年嫁给他姐夫后，大镇就在他姐夫包的鱼塘里帮闲，这两年他姐夫又养了四个挠（小型挖掘机）。就冲他家这大门看来也是挣着钱了。行了，不提他了，我说闫行，这回可把你给派上用场了，现在回咱村委会你就马上写一份咱们辛庄村拒绝传销的稿子，等周六开村民代表会的时候咱再集体讨论通过。对了，一定要写上这么一条，不得将村内闲置房屋出租给搞传销的，就是这么个意思，回头你再好好地琢磨琢磨。现在干嘛事不都讲究个制度吗，等这稿子通过了，再扣上咱村委会的红印，白纸黑字扣红戳的东西呀最管用。”

“那我啥时候能去看看高书记？”闫行追问着。

夏天的天气就像孩子的脸，总爱变。午后有点阴，一阵凉风袭来，看样子马上又是一场雨。

6

闫行这天下午的主要工作就是写一份辛庄村拒绝传销的稿子，事实上这也是他为辛庄写的第一份文稿。

进了农家书屋，借着电脑开机的工夫，闫行拨通了玲子的电话。

“喂，玲子嘛，打扰啦！”闫行显得很客气，彬彬有礼。

“哦，闫助理，有嘛事？我要是没记错的话，这还是你第一次这么见外。”

“是吗？哦，我这几天也没看见咱高书记，今天又听人说高书记住院了，我也不知道这事，你咋也不告诉我呢？高书记没啥事吧？”

“啊？你知道啦，肯定是锁子叔这个大嘴说的。”

“不是，这回你还真猜错了，你别说还真不是锁子叔说的。”

“哦，其实也不是有意瞒着你，我爷爷也没什么事，就是去医院输几天液，临去前他嘱咐过让我们别告诉你的。”

“这不拿我当外人吗？”闫行山东人特有的耿直表现出来了，

“输液，高书记是不是得了什么病啊？”闫行又连着追问道。

“嗬，可没拿你当外人。我爷爷说你这孩子不错，他说你刚来，怕告诉你又让你花钱买东西什么的，你一个人在外地又是刚来，咱们这儿啊不用讲什么人情世故的麻烦事，要是有嘛事需要你早就招呼你啦！”

听着玲子转述高树泽的话，闫行觉着高树泽比他闫行自己还耿直。

“高书记没什么事吧？”电话的那一头儿，玲子还没有回答闫行目前最关心的问题，于是他又追问了一遍。

“哦，放心吧，没什么事。我爷爷有糖尿病，前几天酮体有点高，可能是糖尿病酮症酸中毒，所以就去医院输几天液，没多大事，你别太担心。”

“那咱今天晚上去看看高书记吧，你今晚去吗？”闫行继续追问着。

“今天就算了，我看咱还是明天上午去吧。现在已经是下午了，爷爷住院在市里，咱要是现在去，我怕晚上回不来，咱们辛庄去市里就一趟车，下午六点收车。”玲子向闫行解释着。

玲子似乎又想起了什么：“哦，对了，闫行，你要不一会儿和四爷爷念叨念叨，明天上午照顾下孩子们。咱俩去市里，农家书屋那边没人可不行。咱们刚把孩子们给拢起来，可别前功尽弃又散了。”

“你想得可真周到，我都有点自愧不如了。你放心吧，我想着这事。对了，我要先和锁子叔请个假，看看要是村里明天上午没什么事，咱就一起去。”

“看来你这个大助理还是挺有组织纪律性的嘛！”

闫行挂了电话，转身去找刘金锁。刘金锁这会儿正在院子里拿着把大剪子给小树花草什么的剪枝。

“锁子叔，您这剪枝啦，剪枝可是门学问呢，在大学里叫园艺学！”

“咱村委会人手少，我这不就要多培养几门兴趣爱好嘛。小行，一会儿没嘛事，你就上网搜搜，给咱村写个什么整治传销的稿子。等回头，咱俩再碰碰这事。”锁子叔又习惯性地晃了晃头，“咔咔咔”地挥舞剪刀培养着“兴趣爱好”。

“是，锁子叔。那个，我明天上午想请半天假。”

“行，批准。明天上午也没嘛事，你要有嘛事就先忙去吧，咱村没那么多的规矩。你也不用和我请假，以后有嘛事直接告诉二哥就行，你可是他的助理呀。”在刘金锁、四爷爷他们看来，闫行就是高树泽一个人的助理和秘书。是啊，白纸黑字不在那儿印着呢嘛，“闫行，西沽区辛集镇辛庄村党支部书记助理！”

“锁子叔，我明天上午想和玲子去医院看看高书记。”闫行说出了明天请假的缘由。

“二哥有糖尿病，也没什么大事，你明天和玲子去看看也好。行，我屋里有一筐鸡蛋，预备晚上给玲子拿去的，你正好明天给二哥送去。”

刘金锁放下了剪刀，从屋里拿出了一筐鸡蛋，大概有五斤多，鸡蛋壳是豆绿色的。闫行还是第一次看见这种豆绿色的鸡蛋，往常鸡蛋不都是红壳或白壳的吗？

“锁子叔，这是什么鸡蛋？我还是第一次见呢。”

“你看这绿皮鸡蛋，是不是比一般鸡蛋稍微小一些？这是绿壳乌鸡蛋，这东西比一般的鸡蛋有营养。当初我媳妇生孩子的时候，我就给她弄了一篮子，这东西稀罕，可不好淘换哩！明天你去二哥儿那给他带去。”

提着篮子回到了农家书屋，闫行给玲子发了一条短信，确定了明天上午出发的时间。其他事情没有了，闫行就在网上搜索各种整治传销的政策措施。

还别说，现在网上出现了很多村级网站，像江苏无锡华西村的网站，还有张家港永联村的网站，做得都是相当有水平，更有水平的是人家农村如今的发展。闫行看着人家丰富多彩的网站内容和村容村貌以及村民娱乐活动的照片，心里非常羡慕。

“嗨，小行，你跟这儿发什么呆啊？是不是为了中午吃的牛杂面里少放了一点辣子跟这儿较劲，心里懊恼呢？嗨，‘懊恼’这词用得真好，还别说，跟着你这大学生，我这多年不用的老词都顺嘴溜达出来了。”不知道什么时候刘金锁出现在了闫行的身旁。

闫行那漫天飞扬的思绪就这样被刘金锁的一碗牛杂面给无情地拉了回来。“锁子叔，我没想啥，正要向您汇报咱村这个整治传销活动的稿子的事呢。”

“怎么样，弄好了啊？还是这大学生有效率，可咱这具体的条款还需要再仔细看看，琢磨琢磨。”

“是，我在网上找了一些相关的村级关于整治传销的规章制度，都会涉及相关的奖励和惩罚措施。您看这儿……”闫行说着打开了一个预先存好的网页，并起身拉了拉椅子，让锁子叔坐到了电脑桌前。闫行站在旁边，盯着电脑屏幕，弓着身子指给他看：“您看这里，比如规定‘如果把房子违规租给传销人员居住、使用，一经发现将取消该村民的一切村民待遇一年时间。’”

看到这里，刘金锁脸上晴转多云：“咱村，也没什么村民待遇啊，要是村民待遇好的话，也用不着年轻的基本都出去打工啦。”他望了望闫行，说：“这样吧，晚上我再去村里摸摸底，看看咱村除了大镇家还有谁家把房子租给搞传销的了，摸摸到底有多少户。小行，你再看看网上，有没有其他什么村级制度规定什么的，等明天下午你回来，咱凑到一块儿再讨论讨论这个事。”

“锁子叔，要不明天我去医院的时候，和高书记汇报下这个情况吧？”

“算了吧，二哥现在在医院治着病，我觉着咱就别再给他添堵了。再说了，这活儿也是我这个治保主任分内的事。看看二哥周六能不能赶上咱村的村民代表会。咱俩现在分头行动，别最后整成个刘二爷剥蒜——两耽误。”闫行从锁子叔的眼神里看到了担当，这位当过四年兵的老兵的担当。至于刘二爷剥蒜为啥就成了两耽误，闫行一时却也琢磨不明白。

第四章

1

一大早，闫行拎着三篮子绿皮乌鸡蛋朝高树泽家走去。闫行走得很小心，生怕把篮子掉到地上，打碎鸡蛋那可是四个人心疼哩。怎么一夜之间鸡蛋就从一篮子变成了三篮子了呢？原来是四爷爷和胖姨送的，今天一道让闫行给高树泽送去。去高树泽家吃过几次饭，所以闫行轻车熟路，脚下加紧。

闫行敲了敲铁皮木门，开门的是玲子。天儿热，玲子梳了个马尾辫，穿了件吊带连衣裙。玲子瞅瞅闫行手里拎着的三篮子鸡蛋："嚯，闫大助理，改行了，改行挨家挨户收鸡蛋啦，或者你这是刚从哪个养鸡场回来？"

闫行努努嘴，赶紧让玲子帮忙接鸡蛋，顺便讲了下鸡蛋的来历。"这是四爷爷、锁子叔和胖姨送给高书记的，我就是个送快递的，负责送到你们家。"

闫行进门和二奶奶打了招呼，把三篮子绿皮乌鸡蛋放到了西屋的小厨房。打开厨房门一看，嚯，十几篮子绿皮乌鸡蛋整整齐齐地放在那里。

“都是村里大伙儿送的，医院里还有不老少的呢，正好一会儿你和我一块儿去医院，咱再带回来一些，我家现在都能搞鸡蛋批发了！”玲子跟了进来。

“是，这么多！你吃完早点了吧，要不咱现在就出发。”闫行放好了三个篮子。

“好，那咱现在就走呗，咱俩要到村口去坐车。”玲子和二奶奶打了招呼，二奶奶又让玲子给高树泽带了些生活用品，两人便一同走出了家门。

这还是闫行到村以后第一次从村里坐车去市里。

玲子边走边抱怨着交通的不便，闫行看着玲子沁着汗珠晶亮亮的鼻尖，想起了那句歌词“为你我用了半年的积蓄，漂洋过海的来看你”，词是有了，那调是咋唱的来着？

“喂喂喂，闫行，你有没有听我说话呀？咱要先腿儿着去村口等中巴，再坐中巴去杨柳青，再在杨柳青倒一趟车去市里的医院。辛集到杨柳青的路程说长不长，可说短也实在是不短，要是骑自行车，怎么着也要40分钟。哎，这还不说辛集镇到杨柳青的车就这么一趟，要是赶上早晚上下学的高峰点，车上那挤的，用锁子叔的话说就是能把人挤成鱼子酱。”

闫行和玲子上了车。车上人很多，加上没空调，车窗大敞着，大家都指望着汽车开起来，能从车窗外面灌进来热风——解热。车上的空气混合着屁味儿、胳肢窝味儿、花露水味儿、煎饼馃子的葱花味儿，现在全车的人们都在热切地期盼着汽车发动开起来。等车开起来，热风灌进车里，反倒还能透透气。

闫行心里叹气，高书记干了一辈子的村支书，却没有自己的一辆小汽车，想想其他村书记的铁盒子和四个圈，高树泽“两腿往前蹬”真是太不与时俱进了，“铁驴书记”也太名副其实了。看看别的村或者在网上看看某些村官的行为和做派，真是不比不知道啊。

中途两次倒车，用了一小时四十多分钟，闫行和玲子终于到了目的地。一下车，闫行就赶紧去小摊上买了两瓶水，先解决口渴的问题。要冰的，嗯，最冰的矿泉水。俩人此刻动作一致，拧开瓶盖，直接嘴对嘴地往肚子里倒，肚子里有了凉水，从里往外也就凉快了。

天气炎热也挡不住医院人潮如织，挂号的、取药的、化验的，到处排队，到处繁忙，人来人往。闫行跟着玲子一前一后地拐进住院部，又顺着电梯上了九楼，来到了高树泽的病房。高树泽没有住单间，这时候正躺在床上输液。闫行看着他闭着眼，应该是睡着了。旁边坐着个中年妇女帮高树泽看着输液瓶。

“妈，我来了。爷爷今天还要输几瓶液?”玲子看了看吊在铁钩上的输液瓶。

“玲子，你来了。”中年妇女是玲子的妈妈，此刻她正打量着闫行。

“阿姨您好，我是闫行。”闫行说着，放下了二奶奶让玲子带来的东西。

“玲子，这位是?”在辛庄，在农村，像玲子这个年纪的姑娘，要是不上学的话基本都已经结婚了，结婚了还不说，有的甚至已经是三四岁孩子的妈妈了，三四岁孩子的妈妈还不说，有的二胎都怀上了。玲子因为上学的缘故，推迟了一切的“按部就班”，别说二胎了，现在连个对象都没有。在辛庄人的观念里，玲子已经被划到了“晚婚”行列，那时候还没有“剩女”这个词儿，要不肯定会和玲子挂上钩，尽管她才22周岁不到。

“小行、玲子，你们来了。”高树泽翻了个身，坐在床上。

玲子借着爷爷的话头儿连忙说:“妈，这是咱辛庄新来的大学生村官，爷爷的助理。”

玲子的妈妈也笑了，却没有接玲子的话茬儿:“晚上回家住吗?”

“妈，我放假就在爷爷家住，在村里住得挺好的。我们还组织了村里的一帮孩子，每天上午在农家书屋搞活动，可有意思了。”玲子炫耀着她的工作成果。

“看样子，整个暑假你都不准备回家住啦。”

“住我那儿挺好的，就是我这个大孙女整天东跑西颠的，不见人影，你看来了没几天都给晒黑了，成了个黑丫头。”高树泽打趣道。

“对了，小行，这一两天的村里没嘛事吧。”他转头问向闫行。

“爸，您就别惦记村里的事了。整天村村村的，辛庄才多大，两天不在能有嘛事，离开您地球还能不转了？以前就劝过您，都70了也该退休了，再说了，下礼拜一咱不就出院了嘛。”玲子妈抱怨着。

“是，书记，咱村这两天没什么事，就是锁子叔让我写个咱村整治传销的村级规章制度，等咱周六的党员和村民代表会上公布并举手表决，看看能不能通过。”闫行向高树泽汇报着。

“嗯，照说这段时间村里搞传销的确实挺多。”说着，高树泽自顾自地叹了口气，想到了自己的身体，“你说我这人，一辈子穷命到头来却生了这么个富贵病，害上个糖尿病，你说我要是吃了喝了的也行，问题是也没吃也没喝，到头来得了这么个病，你说气人不气人。”

“爷爷，您这是说什么话哩？这得病要是能分个好人坏人什么的，那还要反贪局、检察院、法院干什么啊。”玲子插嘴说。

高树泽被玲子的话给逗乐了，两只老眼盯着自己的大孙女：“这几年呀，没瞅见自己老，倒是我这大孙女啊，噌噌地长。”

“看来爷爷啊是把我们玲子当成韭菜了，割一茬呀又噌噌地长出一茬。”玲子妈做了个挥镰割韭菜的动作。

“对了，小行，一会儿你回去的时候，把这些乌鸡蛋都拿回去。听说我一病，村里这送那送的，还大老远地拎到病房来，弄得我这都快成养鸡场了。这些还都是新下的乌鸡蛋，现在整得人家整个病房都是鸡粪味儿。”

闫行扫了一眼，高书记的床前左右以及床底下摆了五六篮子的绿壳乌鸡蛋。他轻轻闻闻，确实有些鸡粪味儿，还是很新鲜的鸡粪味儿。

去的时候拎着东西，回来的时候东西更多。闫行和玲子一人手里拎着几筐鸡蛋，走出了医院。幸好现在这个时候不是早晚高峰，等公交车的人不是很多，万一在车上挤着、磕着、碰着的，汗味加鸡粪味儿再加上腥气的蛋清味儿，这么个“混合型”谁能受得了？

在回村的村路上，远远望去，闫行和玲子一男一女两个年轻人有说有笑，像极了刚刚赶集回来收获颇丰的小两口，手里拎着满满的几篮子鸡蛋，就差背后再背个胖娃娃了。

走着走着，汗珠已经从玲子的鼻尖扩散到了额头，再发散到鬓角和脖颈。闫行也早就满头大汗，见玲子出了汗，闫行索性把玲子手里拎着的东西全部承包到自己手上。村里不比城里，你举着钞票也找不到几家小卖铺，更别提超市了。闫行开始怀念翠巧姨的山海关汽水，想到了山海关，嘴里就更冒烟了。村路还有点距离，玲子看着闫行直咽唾沫，知道闫行口渴，所以她决定“聊天止渴”。

“我说，闫行，你平时都有什么体育爱好啊？”

“我也没什么爱好，就是小时候家里旁边有一条小河，夏天去河里游游泳什么的。那时候刚学游泳，也买不起游泳圈，就去村里四处踅摸着，看看哪里有什么废旧泡沫什么的，用废电线扎个眼儿串到一起，做成个简易的游泳圈就下河游泳去啦。那时候河里也干净，不像现在。”闫行给玲子回忆着自己小时候游泳的场景。

玲子很羡慕：“我妈小时候可不让我下河游泳，每年暑假学校都广播要远离河岸水库什么的。闫行，你胆子可真大。”

“也不是胆子大，小时候没啥玩的，靠着河，就天天练扎猛子呗。男孩们比赛憋气、比游泳谁游得快，我这水性全在家乡那条河里练的。上了大学，去学校的游泳馆，40块钱一小时的那种游泳池，反倒不适应了。”

“你家那条河，有咱辛庄大堤那条河宽吗？”

“差不多吧，都是运河。照说，咱们还都是京杭大运河的一段哩。”

“是嘛！”

一路说笑着，夕阳西下，如纱的余晖洒在两个人身上。

2

“昨天我摸了摸情况，咱村里加上大镇家一共五户把房子租给搞传销的了。”刘金锁举着茶缸子吸溜着喝了一口水。

闫行也已经有了成果，他打开了电脑上昨天晚上编写好的一份文档，首先映入眼帘的是两个大字——通知。

“锁子叔，我想既然咱们没有什么实质的奖励惩罚措施，那就写一份倡议书或者通知之类的村级材料，重要的是形成共识和制度化。”“共识”和“制度化”这种字眼儿让闫行显得书生意气，他接着说，“里面加上一些关于传销危害的宣传，写上我村村民不参与、不支持，坚决抵制、积极举报传销行为及活动。不将村内闲置房屋出租、出借用作非法传销活动场所及传销行为的经营培训、集会场所，并积极配合监管部门的监督检查。再加上诸如严禁任何传销组织及人员在本村开展非法传销活动，我村将协助公安等部门定期依法打击非法传销等类活动的话语。具体措施上，可以写我村将在辛集镇派出所的协助下，于某某日开展打击清理传销人员的专项行动。”

刘金锁听了一拍大腿：“还是你小子脑子好使。要是发通知的话，就不用等周六开党员和村民代表会了，直接写好了再扣上党支部村委会的公章贴出去就行啦。对了，闫行你这毛笔字写得怎么样啊？以前有通知什么的都是二哥自己写。”

闫行笑了，还真别说，上学的时候闫行选修了一个学期的书法课，看来这回算是派上用场了。

闫行顿了顿说：“锁子叔，还有两个重点。一方面，咱们要和辛集镇派出所联系，说明咱们的想法，看看到底能不能在派出所的帮助下搞这次专项行动。还有就是要是搞的话，还要确定好时间。另一方面，您刚才说咱村一共有五户把房子租给搞传销的了，咱们这么一清理，毕竟也是断了咱村这五户村民的财路，所以传销的危害性咱还要好好地宣传宣传。我一会儿再细化一下文稿。”

刘金锁晃了晃头，信心满满道：“上午派出所的赵炎给我打了个电话，说是过几天正好有个治理传销的专项行动，跟咱商量看看出个什么方案，看来这回就可以从清理出租房入手。至于说断了村民的财路，我想咱村大伙儿也不是是非不分的人，小行，你一会儿再好好措措辞，咱出个通知，再印点宣传单，在村里贴贴，争取把工作做得更细些。”

闫行听着锁子叔的嘱咐，点着头，显得干劲儿十足。到村以来，闫行做的第一件事就是用他自己的方式把放暑假的辛庄村的孩子们组织起来了。他喜欢整天忙忙碌碌的工作状态，对他来说，无所事事或庸庸碌碌就是他的灾难。此刻的闫行神采奕奕，因为他又可以开始忙碌着。

又是一个明媚的早晨，闫行推开窗子，深深地吸了一口新鲜空气，感觉无比畅快。

这几个早晨，闫行已经习惯了被一只大公鸡叫醒，大公鸡的生物钟改变并规定着闫行的作息时间，确切地说是起床时间。当然，它并不是养在手机里的电子闹钟，而是一只真真切切的红冠红翎，一身“羽绒服”的大公鸡。此刻，这只骄傲自信的大公鸡正在村委会的院子里踢着正步，上班巡逻呢。

“四爷爷，赶明儿您和这只大公鸡商量商量，让它早上多睡会儿，晚点打鸣。这周一到周五按时上班那叫恪尽职守，周六周日也不上班，就多休息会儿呗。”闫行走下二楼，来到院子里伸了个懒腰。

四爷爷这时候已经开始在院子里锻炼身体了，老人觉少，喜欢早上打打太极拳，这会儿正打到一招白鹤亮翅，说：“这你就不懂了吧，《动物世界》里赵忠祥都说了，‘只要太阳出来，看到第一束光的时候公鸡就打鸣’，这是科学！再说了这公鸡打鸣、母鸡下蛋都是人家自己个儿的事，你闫行跟着瞎掺和个嘛呀！”

闫行瞅了瞅大公鸡，这时候这个恪尽职守的家伙正踱着两只鸡腿满院子“巡逻”，八成是在找食儿吃呢。闫行不由得又打了一个哈欠，因为昨天确实睡得比较晚。

农家书屋的电脑里，闫行已经把《辛庄村关于治理传销活动的通知》的文稿写好了。

闫行回到二楼，简单地洗了个脸，拨通了刘金锁的电话：“锁子叔，通知我写好了，您看看咱下一步应该咋弄?”

刘金锁的意思是直接扣上村委会和党支部的公章就张贴出去，闫行觉得这样不太妥当。他认为，既然已经定下了周六上午要在村委会开党员和村民代表会，就正好在会上把这通知拿出来宣读一下，让大伙儿议一议，再让大伙儿举手表决一下。闫行觉着要尽量把工作做得更细致、更稳妥些。辛庄村治理传销活动的重点就是治理村民违规把房子租给传销人员，一方面要让大家知道传销活动的危害性，另一方面也要做好那几户把房租给传销人员的村民的思想工作，所以，闫行也琢磨着让那五户租房给传销人员的村民也参加周六的村民代表会。

刘金锁同意了闫行的建议，和闫行撂下电话，他就去村里通知大家按时开会了。全村共有15名党员，31名村民代表，全靠刘金锁挨家挨户腿着儿去通知，看来刘金锁的工作量还真不小。

闫行又回到了电脑前，顾不上吃早饭，在网上查了些资料，抓紧时间整理出来一份关于传销活动危害性的宣传材料。闫行十分用心地注意了措辞，尽量把文字写得通俗易懂。一切整理停当后，他准备去复印了。

他来到胖姨的会计室，看了看胖姨那台老式喷墨打印机，好不容易鼓捣着启动了机器，试着打印了一张，挺白的一张A4纸登时被黑漆漆地吐了出来，一团团墨像极了熊猫的黑眼圈，在纸上不规则地漫开。打印机漏墨！

没办法，闫行回到了电脑前，把文稿存进了U盘，骑上车子去镇上找复印店。

镇上的条件确实比村里好。在一排特色小炒、烧烤店、包子铺、安徽牛肉板面的显眼招牌中，闫行看到了一家复印店。门面不大，门口挂着锦旗和标牌，上面写着“刻章复印”，看来还兼做锦旗和标语。打印店生意冷淡，连带着店员也就没了精神，听闫行说要复印东西，正抱着手机玩斗地主的店员头也没抬，随便应了句：“复印一张五毛。”

“啥？这么贵！”要知道在学校的时候，复印一张才五分，这里整整贵了十倍。可闫行已经在辛集镇上转了一圈，整个镇子就这么一家复印店，没辙了，就跟这儿印吧。

“行，我把文稿存U盘里了，麻烦您给我印50张，不不不，要不印100张吧。”闫行从裤兜里掏出了U盘，递给了店员。店员顺手把U盘插在了电脑上。这里打印机倒是挺快，刷刷刷地，不一会儿工夫，100张宣传单就印好了。

店员放下手机，从打印机里取出印好的纸：“刚出锅儿的，小心烫啊。一共是51块钱。”

“怎么又多了一块钱，五毛钱一张，100张不50块钱吗？”

店员说：“你不是拿着U盘来的吗，电脑使用费1元。”这时店员手机里传出斗地主的游戏声:“快点啊，我等到花儿都谢了!”

闫行当下无语却又没办法，付了钱，他把“刚出锅儿”的100张宣传单小心翼翼地在包里放好。天气很热，闫行咽了咽唾沫，没舍得给自己买上一瓶水。

进了农家书屋，闫行看见刘金锁已经在里面坐着了。“小行，印回来了，花了多少钱，去找你胖姨报销啊!”刘金锁问着闫行。

“也没花几个钱，就不用咱村报销了。锁子叔，要不我现在就去村里贴宣传单?”说着闫行倒了杯水，一饮而尽。

“先别去了，等一会儿十点半在咱一楼会议室开党员和村民代表会。小行，你准备准备，书记不在，一会儿你主持一下。”

“啊?我主持?我有这个资格吗?锁子叔，还是您来主持吧!”

“这孩子，什么资格不资格的，这个稿子从头到尾都是你弄的，你最清楚了。再说了，你是书记助理，为嘛没资格!就这么定了。一会儿等大伙儿都来了，咱先发一轮宣传单，等开完会再连同通知一块儿贴出去。”看来刘金锁是要不失时机地把辛庄村党支部书记助理大学生村官闫行推到前台，还别说，闫行注意到，锁子叔挥手的动作还真有几分气魄。

闫行跑到四爷爷的传达室，找四爷爷要来一楼会议室的钥匙，一会儿开会总要先大概齐地做做会议室的卫生。闫行拿着墩布墩了墩会议室的地面，然后再从胖姨屋里拿来了十几个茶杯，又从四爷爷的传达室提来了一壶开水。刘金锁又拎来了个茶叶罐子。

此刻的闫行有个疑问，为啥开会要等到十点半呢？一般开会不都是八点半、九点开吗，怎么辛庄村里开会要等到十点半，难道是农村特色？

四爷爷走了进来："一壶水不够，小行，你找个暖壶，把水沏暖壶里，我再去做一壶水。"闫行把这个疑问说给了四爷爷。

"哦，你说咱为嘛要等十点半开会啊。咱村的党员和村民代表基本都是中老年人，年轻的不都出去打工了吗，土里刨食儿不赚钱啊，中老年人就留在家里种种地，也就够自己吃的。每天早起趁着凉快正好去地里干点活儿、浇浇地，等到十点半来开会，这会儿大太阳也出来了，正好在屋里歇歇腿儿、喝点水儿，顺便再来举个手。你说这村委会不就是给大伙儿服务的嘛，正好锁子拿来了茶叶罐子，小行，一会儿别忘了给大伙儿沏点茶水。"

闫行点点头，锁子叔想得还挺周到哩！四爷爷拎着铁壶又去传达室做水去了。闫行这会儿正坐在会议室里想着一会儿应该怎么说，毕竟是到村以来的第一次正式会议，还要主持，闫行难免有些紧张。

人想事的时候时间就噌噌地往前撵，一会儿门外就热闹起来。刘金锁在院子里正高一声低一声地说着什么。闫行收起了思绪，看了看手腕上的表，已经十点一刻了。他走出了会议室，看见刘金锁正在院子里和几个叔叔大爷聊得热火朝天。

“锁子叔，几位叔叔大爷，院子里挺热的，要不咱先到会议室吧，屋子里还凉快点。”闫行说。

“对了，对了，还没介绍呢，这个小伙子是咱辛庄村新来的党支部书记助理、大学生村官闫行。”刘金锁转身向大伙儿介绍。

闫行和大伙儿一一打了招呼，请大家到会议室就座。到了会议室，闫行给大伙儿沏上了茶水。时间也差不多了，党员和村民代表们也陆陆续续地到了。

张罗着大家伙在屋子里坐定，刘金锁看了看时间，差两分钟十点半。他习惯性地晃了晃头，同时又环视了下会议室，刘金锁看到五户租房给搞传销的村民来了四户，就差大镇一家。

刘金锁在心里盘算着还有谁没来，胖姨是村里的妇女主任，这时也坐到了会议室，负责会议记录。

“好了，大伙儿安静一下啊，时间也差不多了，差个一个两个的咱也先不等了。那咱就先开会。”刘金锁站起身，清了清嗓子，又环顾了下四周，显示着庄重，可庄重没两秒，他又嚷起来了：“那个嘛，老秦啊，我的秦大爷哟，您别在屋子里抽烟了，您看打您这一进屋，一根接一根的，续得还挺勤，您说您抽个中华什么的好烟也就算了，抽这个两块五一盒的次烟，弄得整个会议室里都跟着您呛鼻子了，大白天的您跟这儿熏蚊子呢？”刘金锁决心整理会场纪律。

闫行坐在了最靠边的位置上，不时地瞅瞅会议室门上和墙上挂着的非常醒目的“禁止吸烟”的白底红色大个塑料标牌，顺便调节了一下自己的呼吸。

秦大爷显然对刘金锁的话是不理会，烟照抽不误，嘴却也没闲着："我说小锁子啊，按辈分，我也是你大哥，你大小也还是个村干部哩，看你秦大哥抽次烟，就没说给你秦大哥整两条中华什么的好烟抽抽?"

刘金锁没接秦大爷的话茬儿："行了，行了，那个嘛呀，每个月月底的最后一个周六，咱村都要开党员和村民代表会，这不这回时间又到了嘛，可巧咱二哥生病住院了，这回他不在，咱们自己就先开。"

就着刘金锁啰里啰唆的开场白，闫行挨个地打量着会议室里的人们，大部分是四五十岁的中年人，还有几位和四爷爷的年纪差不多，皮肤大多由于长期暴晒的缘故而黝黑乌亮。大多数人刚从地里回来，鞋上脚上都沾了湿泥和青草，身上也大多汗湿衣襟。闫行不禁心下感慨："农民真是不容易啊！"看到这些叔叔大爷，闫行想起了远在山东济南老家的父亲，同样是整日辛苦而又勤劳质朴的农民。

刘金锁的开场白有点长了，不是说好了让闫行主持党员和村民代表会议的嘛，都过去五分钟了他还在那七拐八绕，看来是在寻摸一句适当的话，把闫行这个新主持人适时地"过渡"出来。就在刘金锁找话给闫行"过渡"的当口儿，坐在会议室里的人们也正悠闲地喝着茶水，几个比较熟络爱聊的预先坐到了一起，小声在下面嘀咕着。屋子里奏响了一曲吸溜吸溜喝热茶与小声聊天发出的嗡嗡声组成的"交响曲"，再加上秦大爷的次烟制造的呛人味儿，似乎开会对于大伙儿来说就是难得的休闲与闲聊时光！

刘金锁心里有些懊恼，往常二哥在上面开会也不这样啊！咋自己这一说话就都在下面小声吵吵呢。哦，对了，我这脑子，上台发言就腿打战，差点忘了还要把闫行“过渡”出来这事。

刘金锁把嗓门提高了几个调门，想着把脑子里的好词儿都往闫行身上安一安，“哦，咱们辛庄村啊，7月份新来了个大学生村官闫行，山东小伙子，人实在又踏实。下面就咱们辛庄村整治传销活动的具体工作，让闫行和大家讲一下！大家伙儿欢迎哈！”刘金锁终于把闫行给“过渡”出来了，他带头鼓了几下掌，顺便坐到了椅子上。

闫行吸了口气，站了起来，先是给大家深深地鞠了个躬，然后说：“各位叔叔、大爷、大娘们好，我叫闫行，是咱们村新来的大学生村官！”闫行没有说“各位党员和村民代表好”，因为那样就生分了，他又特意加上了个“咱们”，这样显得更亲切些。

闫行说话就像在拉家常，唠嗑聊天那样。“大伙儿的年龄啊，和我父亲差不多，所以大伙儿都是我的长辈，以后我要是工作上有什么不对的地方，叔叔、大爷、大娘们尽量都给我指出来，我这就争取进步啊！”

“那你是不是公社（辛集镇）派下来接我们二哥班儿的啊？”看来大伙儿对闫行本人的兴趣远远超出了对他说话内容的兴趣。

“我这水平哪能接班啊！我就是给书记当个小助理，多和大伙儿学学，这不有句话讲得好吗，叫‘实践出真知’哩。”闫行大声地回答着。村里说话一定要声儿大，不能扭捏，闫行提醒着自己。

刘金锁在一旁晃了晃头，对着胖姨嘟囔着：“还行，闫行这小子，不怵头，很有我当年的风范嘛。”

在一旁做记录的胖姨听到了刘金锁的小声嘟囔，不好出声打扰闫行讲话，但刘金锁还是从胖姨的口型里读出了“别放屁了”这四个字。

闫行的第一次亮相很成功，见他提着嗓门大声讲话，没像个刚进门的小媳妇那样扭扭捏捏的，反倒大大方方挺干脆，大家伙儿也就都觉得他挺冲，不磨叽。要知道，唯唯诺诺的人最不招人待见。

“好了，各位叔叔、大爷、大娘，那我就言归正传，先说说咱们村委会研究出来的《辛庄村关于治理传销活动的通知》。我先和大伙儿汇报下啊。”闫行的言谈举止就像在说评书，因为辛庄村的村民绝大部分都听单田芳，四爷爷和刘金锁更是收音机不离手，为了拉近与村民们的距离，闫行投其所好。

闫行把已经印好的传销活动危害性的宣传单挨个地发给了大伙儿，他又在上面念了起来，顺便给大伙儿解释。

闫行刚念到第三条，从会议室门外晃晃悠悠、慢条斯理地跨进来一个人，整个人看上去松松垮垮的。这人脚上一双锃亮的皮鞋，却是光脚没穿袜子。远远地就能听到清脆的皮鞋声在那边噔噔作响。

以后当大镇回忆起和闫行的初次见面时，他毫不避讳地说：“当时没别的想法，就是想大嘴巴子抽你。”每每听他这么说，闫行都会笑着用脚去踹大镇的屁股。但现在，初次与大镇交锋的闫行心里只想：“哪来的二流子、小流氓，松松垮垮的像拉了胯似的。”

只见这人走进会议室，自带音效似的，先是伸了个懒腰，再就是打了个大哈欠，发出的一连串的声响引得会议室中所有人的注意力都不由得转向了他。

闫行没办法，无奈地暂时停了下来，顺着所有人的目光，打量着这个刚进来的人。这个人看上去和闫行差不多的年纪，不过显然比闫行壮实很多，足有一米八八的大个儿，身材魁梧，但可能是长得高的缘故，或多或少还有些驼背，上身穿着个肥肥大大的印花T恤衫，下半身穿了条牛仔大裤衩，脚上蹬着双亮得能当镜子照的尖皮鞋，皮鞋里两只光脚显得很突兀。再往头上看，他留着个看上去很颓废的分头，不过说让人烦气倒也还可以，如果把头发清一水地染成大红色，再加上他的大个子，活脱脱一个《拳皇》里的八神庵。闫行看了看“八神庵”的眼睛，只见他一双水汪汪的大眼睛里透着三分不耐烦和不痛快。

这个人“自带音效”地走进了会议室，看样子不仅不介意大伙儿都在看他，反而享受着这种被所有人注视的感觉。他拉了把椅子坐下来，顺势把一只脚搭在了另一只脚上，跷起了二郎腿，一晃一晃地，颇有节奏，顺便将自己的分头发型整理了一下，甩了甩额头上的夸张刘海。应该感到庆幸的是，他没有坐在靠窗有太阳光的地方，要不然这双皮鞋一晃一晃的，不要晃得大伙儿闹眼疼哩。

看大伙儿都在看“八神庵”，会议被他带偏了方向可不行。刘金锁站了起来，有些嗔怪地说：“大镇，我昨天下午不是去你家告诉你今天上午十点半来村委会一楼会议室开会嘛，你咋这点才来?”

刚进来的这个人满不在乎，好像特别困的样子，又是打哈欠又是伸懒腰。他顺手从裤兜里掏出一盒烟，很显眼，红盒的软中华。这个人很惬意地把烟盒倒了过来，用手轻轻磕了磕，再把烟盒凑到了自己的嘴边，叼出一支烟，又从裤兜里摸出了一盒“泊头”牌火柴。火柴盒上，大大的红色“泊头”很醒目。只见他划燃了一根火柴，悠悠地凑到嘴边点燃了香烟，深深地吸上一口，又慢悠悠地吐了个烟圈，自顾自地享受着香烟带来的神经刺激，大眼睛里的不耐烦又增了两分。

完成了这一系列的慢动作后，大镇才开了口，原来他会说话，而且还是连珠炮。“锁子叔，这不昨天晚上我在赵庄子摸了一宿麻将牌嘛，今儿早上一吃完早点我这不就屁颠屁颠地跑过来开会了嘛！照说我这个小村民哪有机会上咱村的大台面开会呀！”说着这个人又捻了捻椅子面儿，找寻着屁股与椅子间的最佳受力面。

“行了，行了，你先安生地坐那儿吧。听咱村大学生村官开会，你给我认真听着点啊。”刘金锁对大镇也是没办法。

从大镇一进门，闫行的眼神就一直停留在他身上，心想：

“原来这个人就是大镇啊，看来真是闻名不如见面啊！”

会场重新恢复了秩序与安静，大家伙儿的目光又集中在闫行这里。闫行又重新拿起了宣传稿，从第四条念起，刚念了没半句，却又被大镇给打断了。

“嗨！嗨！嗨！嗨！这哥们儿是谁啊，愣头青似的在咱村里瞎白话。锁子叔，这二爷爷生病住院不在，你咋让一个外人在咱村会上指手画脚哩！咱村这摊儿工作要是实在没人干，不还有我大镇嘛！我姐夫早就动员我明年竞选个村委会委员什么的了，我明年要是能选上，不也能为咱村村民服务嘛，大伙儿说是不是啊！”大镇的二郎腿一翘一翘的，一双手也上下挥动着，伴着他那底气十足的大嗓门，浑身上下充满了节奏感。

刘金锁站了起来：“大镇，你别说话了，这开会呢，注意点会场纪律。”

大镇跷着二郎腿，把烟卷叼在嘴里，双手摊开耸了耸肩，一脸无辜。

闫行顿了顿，强压了心头怒火，继续往下逐条地读着。这几分钟里大镇老实了，没有插嘴，闫行偷眼一看，原来他正坐在那儿掏耳朵呢。

“各位叔叔、大爷、大娘，党员和村民代表，以上我把传销活动危害性的宣传材料简要地宣读并讲解了一下，大伙儿手里也有这份材料，会后我们也会在咱辛庄村里进行分发张贴。下面，咱们进行下一个议程，讨论《辛庄村关于治理传销活动的通知》的文稿，为了充分体现咱辛庄村的民主作风，咱采取民主表决的形式决定这份通知能否通过。咱们辛庄村共有党员15人，村民代表31人，共计46人，现场到会40人，三分之二以上表决同意即为通过有效。”

说完这些，闫行停了几秒，环视了一下四周：“下面我宣读通知内容及咱村治理传销人员及其活动的措施。”

闫行继续往下读：“本村村民不参与、不支持，坚决抵制、积极举报传销行为及活动。不将村内闲置房屋出租、出借用作非法传销活动场所及传销行为的经营培训、集会场所，并积极配合监管部门的监督检查。严禁任何传销组织及人员在本村开展非法传销活动，我村将协助公安等部门定期依法打击非法传销等活动，并将于近期在辛集镇派出所的配合下开展治理传销活动的专项行动……”

没等闫行说完，一个比闫行还大的嗓门打断了他的宣读。大家伙儿循着声音看去，又是大镇。这次大镇放下了一晃一晃的二郎腿，挺直了腰板。“等等，你先他妈的等会儿再给我念。”大镇收起了那份慢条斯理和满不在乎，不耐烦的大眼睛里射出了两道凶光，嘴里还挂上了脏字。

“那个嘛，你是我们村新来的那什么大学生村官吧，这个稿是你写的吧？这主意是你想的吧？你他妈的劲儿劲儿地绕了这老半天，说白了不就是想要清理我们村，不让村民租房给搞传销的嘛！”大镇挺直身子站了起来，狠狠地将烟头摔在了水泥地上，再用皮鞋狠狠地捻灭了烟头。

刘金锁第三次站了起来，啪啪啪地拍着桌子，怒道：“大镇，你说话注意点，别在这儿给我一说话就嘴巴唧叽的，说话前你先给我漱漱口。”

听了刘金锁的一番话，大镇照样满不在乎，他没有理会刘金锁，继续冲闫行大声嚷着：“你小子哪儿来的，你来辛庄才几天哩。别觉得你自己个儿是棵葱儿，谁拿你蘸酱！”

一直坐在那儿没说话的胖姨这时候终于忍不住了，说：“大镇，你在这儿说什么呢！这不是杵粪叉子过河招你这王八硌硬嘛。怎么啦，咱村这通知碍你眼啦！”

闫行心里怒火升腾，山东人的火暴脾气有点压不住了，但理智告诉他这时候不能冲动，甚至这时候都不能还嘴，因为自己是辛庄村大学生村官，现在又在主持党员和村民代表会，代表辛庄村形象，不能做任何出格儿的事。闫行努力克制着，虽然怒火中烧，但脸上依然波澜不惊：“你就是高永镇（大镇的大名）吧，今天咱也算认识了。传销活动在国家政策上早已经有了定论，本着咱村全体村民的利益，经党支部和村委会研究决定，才制定了这份通知，我不知道你有什么不能理解的地方。”

听了闫行这些话，大镇狰狞一笑，甩了甩额头的超长刘海，又恢复了那份慢条斯理和满不在乎。“说实话，我大镇把房租给搞传销的，你整这出儿摆明了不就是针对我嘛，你不但碍着我的眼了，你还冲了小爷的肺管子呢！我大镇不在乎这点租房费，我包着鱼塘养着挖掘机，我能缺钱？我是栽不起这个面儿，你小子才来几天，懂个屁啊。我大镇站着一根儿棍，躺下棍一根儿，我用你小子跟这儿在我们村地盘上立棍儿，欺负我们辛庄没有站着撒尿的老爷们儿呢？”

刘金锁狠劲儿拍了一下桌子，霍然起身准备直接拉大镇出去，闫行这时却哑然失笑，双手把文稿竖起来在桌子上磕了磕。他努力克制着，手指头却在文稿纸上抠出了指甲印子。

“是，大镇，你说得对，我是刚来咱村没几天。还有，我不叫‘你小子’，我叫闫行。虽然我闫行没来几天，但我可以拍着良心说，我的每一个想法都是从咱村全体村民的利益出发来考虑的。”闫行表情严肃，眼窝里噙着晶亮亮的水。他稍微平静了一下，不想理会大镇：“各位党员、村民代表，本着民主的原则，咱们下面民主表决咱《辛庄村关于治理传销活动的通知》，现场到会40人，三分之二以上表决同意即为通过有效。下面请大家进行举手表决，谢谢。”闫行最后的两个字，掷地有声。

拆招换势几个回合下来，社会人大镇摸准了闫行的脾气和底线，心里有了底，表现在行为上就是更加憨皮赖脸、有恃无恐。大镇已经习惯了打断闫行并和他对着干，心里盘算着找个由头，瞅准时机就给闫行先来个大嘴巴子。“呵呵，表决是嘛。我喜欢表决，多民主啊。嗯嗯，好，表决哈，我大镇有的是钱。”

大镇的又一波挑衅和他暴发户的气质挂上了钩，说着他也学着闫行环顾了下四周，再清了清嗓子：“200块钱一张票，跟这儿坐着的一共40票，我今天就花这8000多块钱，跟你这小子死磕了。”大镇一边说着，一边用右手比画着三根手指，在空中慢悠悠地来回晃着，近看像个兰花指，远看像是在半悬空中打着OK的手势。

大镇的OK手势持续了不到5秒，被刘金锁一个冲拳给打了下去。第五次霍然起身的刘金锁不再废话，迈步上前直接拽着大镇的半条胳膊就往门外扯。

一米八八的大镇这时八神庵附体似的犯了轴劲，憋着一股劲儿，刘金锁一扯还没拽动，脸上却还是一副慢条斯理和满不在乎。“锁子叔，人家大学生村官这儿不让咱们举手表决嘛。这不执行民主嘛，我这不要看看结果再走嘛，虽然我是有点钱，但也不能花冤枉钱不是。”

事情在向僵局的方面发展，一方面党员、村民代表们听了闫行关于传销危害性的宣传，又听了通知的内容，都觉得很有理，应该举手同意；另一方面让大镇在这儿一闹，乡里乡亲，抬头不见低头见的，又都觉得事情僵在这儿，是不举手也不合适，举手好像也太不合适。大伙儿左右为难地呆在座位上，忘了吸溜吸溜喝水、忘了吧嗒吧嗒抽烟、忘了打趣和小声嘀咕，只剩下墙上的小挂钟在一旁嘀嗒嘀嗒地点着卯。

看了看这架势，注意到大家的表情，大镇自顾自地耸了耸肩，决心继续下注加码：“是不是嫌钱少哩，我再加300块，一张票500块钱。”说着半悬空中凭空晃悠着的右手从兰花指变成了五指山。

大镇话音未落，右手的五指山还在空中晃悠的当口，门外传来了洪钟般的声音，一句标准的西沽普通话：“大镇，你很有钱是吗，那你直接买下咱辛庄村委会得了，省得大伙儿成天跟这熬鳔。”

屋里众人的目光齐刷刷地投向了门口，闫行更是不禁喊出了声：“高书记，您咋提前出院啦！”

3

话说这“皮裤套棉裤必定有缘故。”大镇对闫行的恨，有理有据，理直气壮，逻辑清晰，有条不紊，层层推进。所以他有底气，近乎中气十足。用他的话讲，这“放屁听喝砸脚面，天津爷们儿高低不能栽面。”但这老话又讲，这“卤水点豆腐，一物它就得降一物。”

循着那个熟悉的声音，大家看见高树泽腰板笔直，大步流星地走进了会议室，玲子小跑着紧跟在爷爷后面。高树泽没有完全恢复，脸上挂满了苍白和疲惫，此刻他一张沟壑纵横的老脸上满是怒容。哎，辛庄村的“精气神”“主心骨”“定风丹”高树泽确实是老了，禁不住病了，岁月它能饶过谁呢！

闫行不知道，如果不是高树泽提前出院回来，自己该如何收场，或者说是如何给自己解围。在还没有完全熟悉的环境里，第一次在村里给大伙儿开会，在全村党员、村民代表面前遇到了大镇这样无理取闹的人，自己该如何把工作开展下去？八神庵附体的大镇又真的会瞅准时机大嘴巴子扇过来？

高树泽站在会议室门口，双眼飞快地环视了四周，目光扫过了小村官闫行、治保主任刘金锁，一旁记录的胖姨，最后目光落在了大镇身上。

此时的大镇早已收起了跷了很久发麻了的二郎腿，收起了他那四仰八叉的夸张姿势，顺便也一道儿把自己刚才的嚣张跋扈夹进了胳肢窝里，在空中晃着的五根手指也随行就市地改成了挠头的小动作。

“大镇，你很有钱是嘛，那我高树泽可要谢谢你了，我给你作揖请好儿了。”高树泽双手握拳用两个小拇指点了点高永镇，接着说：“大伙儿成天跟这儿四脖子汗流地玩命干也挣不下来仨瓜俩枣的，你看看你大镇这么有钱，那你直接买下咱辛庄村委会，我们大伙儿跟着你，听喝受累的也值了，你说是不是这个理儿？省得大伙儿成天跟这儿熬鳔。”

大镇叉着五根手指挠头的动作十分滑稽，这时候的他变成了一只15W的彩色电灯泡，自己通电给自己照明，就看他脸上一会儿红，一会儿绿，一会儿黄，没有精神焕发，更不是防冷涂的蜡，就剩下一张大脸上的不尴与不尬。

刚刚还有条不紊，层层推进的大镇，这个时候就像突然没了电、短了路、失了联，只见他干吧唧嘴，也忘了续根烟抽给自己压压惊、解解嘲，老半天才从脖子后面挤出了半句话：“二爷爷，您别这么说，我，我，我这不也是为咱村未来发展……考虑嘛。”

高树泽被大镇的话给气乐了，两道浓眉挑了挑：“大伙儿看看，我们大镇几天没见这觉悟提高了，要不下批发展党员咱村发展你？我倒想听听，你这怎么是给咱村考虑的！”

大镇咽了口唾沫，挺了挺腰板，鼓了鼓腮，理了理头发，用一系列的小动作找回些有条不紊的情绪，轻声地说：“二爷爷，您瞧瞧，咱们全村老少爷们儿一个锅里搅马勺，不分你我的，我没话讲。可您这一住院，就来了这么一个外人。”说到这儿，大镇斜了一眼站在一旁的闫行，“在咱全村上下老少爷们儿跟前儿，吆五喝六地给咱们发号施令，我觉得不得劲儿。”说到这儿，大镇晃了晃肩膀，梗了梗脖子。

高树泽收起了被大镇气乐了的笑容，双手点指着他，正颜说道：“大镇，你这孩子也老大不小的了，你看看你自己今天的这副德行，没事你也照照镜子，自己扫听扫听，要说咱村谁家把房子租给搞传销的了，我看就数你大镇家最多！今天你还在咱村委会这儿说三道四地无理取闹，你小子也太不像话了！”

说到这儿，高树泽转头面向了大伙儿：“小村官闫行刚来到咱村，是我的助理，如果我不在，他闫行就可以代表我，代表咱村。今天也算是咱辛庄村小村官闫行第一次和大家伙儿正式见面。刚才闫行说的那个关于治理传销活动的通知，是我们一起研究决定的，现在拿到咱村党员和村民代表会上讨论，我高树泽第一个举手表示赞同。”

旗帜就是方向，旗帜就是力量。高树泽三两句话，让小村官闫行费了半天牛劲还没能通过的决定，在半分钟内就通过了。高树泽的三两句话像一块指南针，让原本左右为难的党员、村民代表瞬间辨明了南北，找到了东西。会议室内，所有人齐刷刷地举起了手。

大镇这时候显得很尴尬，僵在了原地，走也不是，不走也不是，呆呆地站在一边。刘金锁见状晃了晃头走向了他，拍了拍他的肩膀："大镇，我看你小子今天是火轮船打哆嗦——你是浪催的哩。走走走，赶紧的，找个没苍蝇的地儿待会儿去。"说着，刘金锁双手把大镇推出了村委会。

闫行这时候忙上前探问老书记的病情："书记，您咋提前出院了呢？您的病怎么样了？"

高树泽说："我的病我自己知道，没嘛事，倒是那天听你们说周六要开会举手表决这个事，我有点不放心，就让玲子给她爸打了个电话，我就提前回来了。住院就像坐牢一样，咱农村人一辈子，没有嘛吃不了的苦，倒是这成天被人伺候的福，咱享不了。在医院待了没几天，那叫一个浑身不自在。"

胖姨接了话茬儿："二哥你这辈子啥没见过，老了老了，还怕小护士给扎针。"

高树泽转过身子面向大伙儿说："大家伙儿先散了吧。"又转过头对闫行说："小行，你来我屋里一趟。"

闫行跟着老书记一前一后进了办公室，玲子扑棱棱地也"飞"了进来。高树泽扭头问："小玲子，我们说事你也跟着？"玲子先给爷爷倒了杯水："我妈告诉我，今天的主要任务就是寸步不离地跟着你这个老头儿。"

高树泽哈哈大笑，转头对闫行说："小行，今天咱把整治传销这个事通过了，下一步，你和小锁子两个人抓总，配合区里、镇上，争取彻底把咱村这搞传销的给清理走。”

闫行使劲儿地点了点头。具体说来，这是老书记交给他的第一个任务。高树泽沉思片刻，接着说：“还有，闫行，说实在的大镇这孩子其实本质不赖，就是做人办事有点轴，不分四六，也没怎么上过学，嘴里不干净，脏字多。今天这事儿，你可别往心里去。”

闫行憨笑着挠了挠头：“怎么会呢，老书记，这不都也是为了工作嘛。”

高树泽喝了口水，两道浓眉舒展开来，额头上的细汗珠往外渗着。要说这场病却也让高树泽变了个人，具体讲来就是爱说了，也开朗了，更爱回忆从前了，不再像一棵苍劲挺拔的青松树，倒越来越像一棵随风飘扬的杨柳枝，整个人都柔和了。时光的车轮轰隆隆地往前走，高树泽老了。

“以前咱村里开大会，就在村里场院上，我拿着几张报纸卷成个长筒当喇叭就开始喊话。还记得那时候说点嘛事，通知点嘛事，村里有的个别‘刺头儿’各种胡骂，但都是一个村里的哥们兄弟，肉烂在锅里，打断骨头连着筋哩，你也不好发作，更不能上纲上线，脸红翻脸，慢慢地就也都习惯了。不是他们习惯了我，而是我憨下脸来习惯了他们。”

小玲子插了句嘴：“爷爷，你这是当支书还是当孙子哩！”

高树泽若有所思，像是又在回忆什么：“要说这人啊，素质也真是一点点地在提高。”说着指了指办公室的木门，“你们知道吗，在头些年，村里人来村委会找我办事，开门从来都不带敲门的，这还不说，人家都不用手，直接上脚踹。”高树泽叙述得简单，但给人的想象空间却很大。此刻，一个叉腰踹门，进屋一屁股歪在办公桌上的村民形象浮现在了闫行的脑海里。

高树泽接着说：“村里大伙儿一票一票地把咱给选上来，是信任咱，看得起咱，咱既然选上了，也乐意干，就要为大伙儿服务好，听骂听喝、受累跑腿，也都是应当应分的事。”

闫行和玲子认真地听老书记讲着，随着“噔噔”的一阵脚步声，高门大嗓的刘金锁也跑上楼，进了屋。“二哥，我把大镇那小子给‘挪’走了。”

高树泽招呼刘金锁坐下，说：“小锁子，刚才我也和闫行说了，整治传销这事儿在咱村已经通过了，下一步就是要抓好落实。小锁子你是治保主任，下午去找一趟派出所小赵，让他配合你去租房给搞传销的那几家转转。咱的目的只有一个，配合区里、镇上，彻底清走搞传销的。”

刘金锁晃了晃头：“您放心吧，这事儿我和小行一定办好，不能让那帮搞传销的在咱这儿继续秃子打伞——无法（发）无天了。”

屋子里的人都笑了。闫行看了玲子一眼，玲子已经捂嘴笑出了声。刘金锁肚子里装满了各种歇后语、俏皮话儿，一不留神就会蹦跶出一两句，这也总能让每一件严肃认真的事情都平添出几分快乐的“回甜”。想来倒也正常，这就是传说中的天津味儿、“哏儿都”人嘛。

窗外，一只花喜鹊落到了树梢上，叉着两只爪子“喳喳喳”

地叫了起来。四爷爷在门房里摇着蒲扇，自言自语道：“花喜鹊又叫了，这是早报财，晚报喜哩。”

4

传销组织无法无天的日子不会太长了。区里、镇上组成了联合工作组，警察、综合执法，民政、综治、武装部加上村里的基干民兵一起出动，经过几轮拉网式的清理，将传销人员纷纷遣送回老家，也将传销头目绳之以法，让包括辛庄村在内的几个村子又恢复了往日的平静与安宁。闫行这些日子跟着刘金锁一起跑前跑后，清理出租户，清理搞传销的，忙得是脚打后脑勺。

大镇这些日子没有露面，看到村里来了好多警察抓搞传销的，这小子不知道躲到哪里猫着去了。可他大镇为什么要躲呢？在他看来，辛庄村清理搞传销的，不是什么大势所趋、形势逼人，分明就是这个初来乍到的“外来户”闫行针对他，想在他面前“树威立棍儿”！为嘛他租房给搞传销的这么久了都没人管，这个臭小子一来，就牙不干嘴不干地“上蹿下跳”地给清走了呢？大镇不在乎这几个租房钱，比起几个租房钱，他更在乎自己的“脸面”，更多时候面子比钱还值钱。这一轮较量下来，他在全村人面前，让全村老少爷们儿、男男女女眼瞅着，被闫行“咔嚓”一声给折了面子，“嘎嘣”一下给扫了威风，就好比闫行飞起来一条腿给他来了个窝心踹。他心里不想、不甘、不情、不愿，可是识时务者乃为俊杰也，毕竟这小胳膊也拧不过大粗腿不是。大镇心里暗暗盘算着：眼前暂且按下这一记窝心踹，先暂避锋芒，将来我会加倍给你闫行踹回去的。

闫行心里也在盘算，清理传销的工作前前后后忙碌了小一个月，现在基本告一段落了。玲子的暑假也快结束了，最近正忙着她自己开学的事，这几天没来村委会借着陪爷爷的机会找闫行玩。农村工作就是这样，平淡的时候居多，少有多少波澜可以经历，毕竟现实生活里哪有这么多的豪情能够让你去抒怀哩。歌里唱得好，“总想对你表白，我的心情是多么豪迈”，但真格的也总得有个能去表白的人或者事儿吧，那一条大河里任凭风吹浪打又能翻出多少波浪？用四爷爷的话讲，“闫行这孩子还是毛儿嫩，抓心挠肝地屁股坐不住椅子，没个稳当气儿。”哎，还是年轻哩，少年不识愁滋味，不了解平平淡淡才是真。

晚上吃完饭，闫行都会坐在村委会门口的台阶上乘凉，和四爷爷大眼瞪小眼。在闫行看来，四爷爷就是一个农村生活的典型样板。在他身上，你能看到土里刨食的辛勤劳苦和风吹日晒的耕作洗礼。农村人都是勤劳、闲不住的，农村人就是这样，今天刚收了麦子，就着忙地盘算着明年自家地里种啥，生怕撂荒误了节气。在农村人眼里，勤劳是本分，更是本能。这会儿，四爷爷正在那里熟练地叠着“金元宝”，只见他先是把一张方方正正的金纸对折再对折，留下折痕，再把金纸展开，沿着折痕继续折，反转斜窝。闫行虽然不错眼珠地盯了好几遍，但还是不得要领。眼见着笸箩里的“金元宝”越码越多，被落日余晖映照的金灿灿的，煞是晃眼。傍晚的辛庄安安静静，远处传来了几声犬吠，场院里的大公鸡这时候也不知道跑到哪里去了。想到要在这片安静祥和的土地上，留存下自己两年的生活记忆，闫行心里就俩字外加一个儿化音——没劲儿。

夜色像一袭华美的袍慢慢地覆盖了村庄。闫行的思绪被牵扯出好远，慢慢地扩散、延展然后化成碎片。他想到了蒋梦溪，因着蒋梦溪永远是他心底里最温暖的记忆，但蒋梦溪是否只能成为闫行心底永远的回忆呢？算初恋吗？不算！最后能走到一起、牵手一生吗？毕竟闫行的未来和蒋梦溪的未来相去甚远，距离足够远，远到踮起脚尖、抻长脖子、架上望远镜都看不到，远到隔着整个浩浩汤汤的太平洋，又怎么会有交集和未来哩？没有交集一般就没有可能在一起，有的只是脑海中的残羹与冷炙。想到这儿，闫行叹了口气，难免会失落，失落于自己来农村的选择，失落于自己的平庸无能，失落于自己给自己28岁当上处长娶蒋梦溪的宏大理想拖了后腿、失了进度……现在想想，当时自己真是太幼稚了。早已步入成年的闫行有太多的事情需要考虑，但这些事情不会一件件而是一股脑地涌了上来。“情不知所起，一往而深，生者可以死，死可以生。”闫行喜欢蒋梦溪，也深深地爱着她，但生活不是戏剧，更不是《牡丹亭》，“爱一个人”和“在一起”中间需要跋涉，终究是流年陌路，还是流年陌路会相逢又有谁能讲得清呢。

远处，一道弯弯的月牙挂在天边，落寞地瞅着闫行。此刻，闫行耳边响起了牟鹏飞的话，“行哥，人家蒋梦溪是一飞冲天飞到了美利坚，你呢，你是直插入地一头钻进了庄稼地。作为兄弟，我教你的大学生村官岗前培训的第一课就是正视自己，面对现实。”此刻闫行真想学着大镇的架势，叉着腰冲着天空中的一轮残月大声地来上一句国骂：去你妈的，这生活！

5

太阳东升西落，日子平淡前行。这天一早，闫行躺在农家书屋里睡觉，一夜的胡思乱想让他睡得昏昏沉沉，竟也错过了自己的手机闹钟、错过了大公鸡打鸣，万幸闫行没有错过刘金锁的高门大嗓。但见刘金锁站在村委会门口，双足发力、气沉丹田，眼观鼻、鼻问口、口问心，叫丹田一力混元气，大喝一声：“他二姨，给我来套煎饼馃子，放四根儿馃子腿，少放葱花多抹面酱啊。”刘金锁体格好、嗓门高、肺活量大到吃嘛嘛香，断喝一声铁道外都能听见，闫行正是被这一声“惊雷”惊醒了。

简单抹了一把脸，换好衣服，闫行没啥心情吃早点，信马由缰似的上了村路。一路上路过了锁子叔，路过了二姨的煎饼馃子摊儿、路过了卢姨的炸馃子摊儿、路过了一条呆呆站立的大黄狗、路过了正在路旁乘凉的秦大爷、路过了翠巧姨的小卖铺、路过了在村西头儿大堤下紧把角独自居住的巧燕姨家。虽说是家，也不像家，这巧燕姨还挺怪，放着村里门挨门、户对户的三间赫赫亮亮的大瓦房不住，自己非要来到这大堤下面的紧把角建了个临时板房，谁都清楚这板房可是冬凉夏暖的“典型样板”，而且板房前面还加上了“临时”俩字，这凑合的意味就更浓了。

闫行缓步上了大堤，早晨辛庄的空气里弥漫着一股新鲜的青草味儿，合着滔滔河水泛出了淡淡的腥甜。提鼻子深深吸上一口，顺着鼻腔一直往下，让肺叶里的万千肺泡与这股子清香味儿来上一次亲密接触，顿时让人觉得从里往外都是那么舒爽。“一畦春韭绿，十里稻花香。”庄稼、青草、河流、土地，合着散发出新鲜香味儿的空气，让人在这一时刻真真切切地感受到了蓬勃的生命力与昂扬的生机。仔细听、细细品，你仿佛可以听到那小草破土生长和庄稼拔节向上的清脆响声，这片土地藏秘密，这片土地有玄机，你将深深地被这片土地折服、吸引，它也终将会慢慢地告诉你关于这片土地上自然与生命的所有所有。

恰在这时，闫行口袋里的手机斗志昂扬地唱了起来。“这是最后的斗争，团结起来到明天”，手机铃音还是那么震撼人心。

“喂，闫行！我是咱辛集镇党办的齐姐。”

“哦哦，齐姐您好。”

“嗯嗯，你别客气，咱们都在一起工作的。有这么个事，组织部让大学生村官定期交流。眼看你们到村工作一段时间了，区里让咱们街镇的四个村官进行一次交流。闫行，你组织一下，咱们辛集镇四个村官看看是去哪个村交流一次。拍点照片，写个会议记录。”

“好好，齐姐，我明白了，我马上就办。”

放下电话，闫行坐在大堤岸边，也不知道乔丽颖、高婷、张立发他们到村以来怎么样，有没有什么新发现、新体会，自己想的和亲身经历的到底一样不一样？

还是先问问张立发吧，和他合计合计，他点子多也“外面儿”。想到这儿闫行给张立发打了电话。张立发倒是个爽快人，尤其到了赵庄村以后，整个人变得越发爽快了。“是啊，村官交流？咱们四个？没别人了？要开会吗？有领导吗？好嘞，那就来我这儿吧，地方宽敞也方便。咱们上午交流，中午吃饭，下午解散。赵庄村有经费不差钱，能给报销。”张立发大手一挥、激情豪迈地为辛集镇第一次村官交流大会指明了方向、定下了基调、提供了遵循。

依着张立发的建议，闫行起身掸了掸裤子上的泥土和草棍儿，转身回村和高树泽请了天假准备参会。两个村子离得也不远，闫行索性走路去赵庄村委会与张立发会合。这还是他第一次来赵庄村，一进村，一个阔气的超豪华大牌坊首先映入眼帘，三个烫金大字“赵庄村”熠熠生辉，旁边小字题写着某某某金闪闪的名字，离得远闫行没有看清写的是谁，不过倒也不用猜，能在这么个超豪华大牌坊上蘸墨运笔写上大字的人，肯定是书法大家级别的。再往里走，村委会修得就更豪华气派了，两辆小汽车齐刷刷地停在村委会门口。再打量这两层小楼，大门的罗马柱与豪华贵气的巴洛克式建筑风格交相辉映，无疑是中国乡村施工队的大手笔杰作。同样是两层小楼，同样是级别对等的村委会，一条马路之隔，相比之下辛庄村委会那就明显相形见绌、平淡无奇了。

张立发在二楼窗户里看到了闫行，推开白色的塑钢纱窗，从里面探出头来。张立发手扒窗台半个身子斜倚在窗框上：“闫行，走着来的啊，直接上二楼吧。”闫行抬眼望去，一码白的楼房立面上摇晃着一颗大黑脑袋格外醒目。

闫行绕过罗马柱上了二楼，走进了张立发的办公室。乔丽颖她们还没有到，张立发招呼闫行坐下，关上窗子，把空调调低两度。“怎么样，闫行，最近忙不忙？听说你跟着锁爷清理搞传销的哩？”

“锁爷？你是说锁子叔啊，嗯嗯，搞传销的已经都被我们清走了。”闫行坐了下来。

张立发凑近了闫行，鼻子都快贴到闫行腮帮子上了，神神秘秘像是想说心里话、悄悄话，却也没有把声音压低：“我说闫行啊，你就是个大学生村官，我看你这工作差不多也就得了，听说你还得罪了高永镇，这家伙可不是好惹的。再说了人家都是这儿土生土长、一堆一块儿的，就你一个外来户、要单帮的，我说以后有嘛事，你也别太靠前。”说完这些，张立发才肯把鼻子从闫行的腮帮子前面移开，又用两只肉乎乎软绵绵的大手拍了拍闫行肩膀，这才回到了自己的座位上坐定。

闫行从张立发的表情里分明看到了掏心掏肺。此刻，两个大男人四目相对，电光石火间，但见张立发的一双眸子炯炯放光，胸有激雷而面如平湖，从里往外透着灵气与精明。相比之下，闫行的双眼此刻就显得大而无神了。仿佛冥冥中，闫行和张立发也在为辛庄和赵庄的风格做着正向强化与注脚，又仿佛他俩成了各自村队现状的代言。闫行知道，有些灵气、有些能耐他这一辈子怕是也学不会了。所以他选择沉默，做一个认真的聆听者不也很好嘛。

张立发接着炯炯放光，不过这次更接地气："咱干这个大学生村官啊，就要找准自己的位置。就好像一只老母鸡在一个老大的院子里需要找到一个地方下蛋一样。位置适合，才是硬道理。"说着，张立发把身子前倾，探身到了闫行面前，这次换成了脸贴脸，"闫行啊，要谨慎！记住，位置适合，才是硬道理。"

上了一节张立发的"思政课"后，乔丽颖和高婷也脚前脚后地进了屋。四个人坐在一起，终于把上课变成了交流，你一言我一语的。

高婷这个姑娘，性格开朗，爱说爱笑的，把天真和无邪带到了村里。"我跟你们说个笑话哈。有一次中午，我在村里用电脑放苏打绿的歌，我们村会计进来了，问我'姑娘听嘛歌了，怪好听的'，我告诉她苏打绿。你猜她怎么说的？'嘛苏打绿，还格瓦斯呢，能喝不？喝完打嗝嘛。'我的天呀，她竟然以为苏打绿是一种饮料，就和小时候喝的格瓦斯一样，喝完还带打嗝的。我心说他们这也忒老土了吧。"

"时不时尚、潮不潮流，还能不能做社会主义事业的接班人了哩？还能不能繁荣我党先进的文化事业了哩？"张立发一本正经地说。

“大学生村官们到了一起，有一股天生的亲切感，从不生分。那句话怎么说来着，‘一起扛过枪，一起同过窗，一起下过乡’。大家一起‘下乡’，这也是一种缘分。”乔丽颖倒很感性。

眼看到中午了，张立发大手一挥：“走，大伙儿跟我去下馆子。我这儿能报销。”大伙儿纷纷起身。沉默了多半个上午的闫行，终于对西沽区辛集镇第一次村官交流大会进行了言简意赅的总结性发言：“立发，我看这次还是我请吧。”

6

闫行搬了个马扎，坐在村委会一楼，一只手托着腮，看四爷爷在门口叠“金元宝”。四爷爷身旁放着个笸箩，里面整齐码放着叠好的“金元宝”。阳光从外面迸射进来，四爷爷身子横在门口，闫行坐在里面朝外看，四爷爷整个身子被阳光给镶了个金边，冷不丁一瞅，四爷爷的整个身躯都是金灿灿的，加上金纸在他手里左折右绕，一晃一晃照得人眼前一亮一亮的。如果四爷爷吃胖点留个连鬓络腮胡再剃个光头，此刻他简直就是个金身罗汉。

“金身罗汉”忙里偷闲地瞅了闫行一眼，见他眼神发直、直勾勾地看着自己：“哎，闫行这孩子傻了，一会儿等锁子来了，带你去看看。”

闫行正托着腮发呆，没听见四爷爷说的啥，追问道：“四爷爷，你说嘛来着？”

四爷爷提高了一个声调："我说你这个孩子，傻了，你说这大清早的，公鸡还没叫呢，你不去蹲坑，不去吃早点，不去洗脸，你搬个马扎，托着个腮帮子，坐我这糟老头前面，像看画一样看我干嘛呀，还一看就看了小一刻钟。"

这时，门口的大公鸡晃着一对鸡腿跳到了台阶上，扬了扬鸡脖，清了清鸡嗓，正了正鸡冠，"咕咕个"自顾自地打起了鸣，给闫行提供着迟来的"叫早服务"。闫行这才意识到，自己已经发呆有一会儿了。他胡乱地用手胡噜胡噜脸，站起身子，坐得久了，腿都麻了，冷不丁地站起来，腿使不上劲儿，闫行赶紧用手扶住了门框。

四爷爷说："怎么了，闫行，你这是咋啦，前些日子清传销清得累着了？还是来的日子久了想家了？还是小玲子开学走了，你心里不舒坦？"

闫行扩了扩胸，压迫心脏快速供血，再踢踢腿活动了活动加速血液循环："四爷爷，您说啥呢，我这想事呢。行了，您也歇会儿吧，您看您这一大清早的，坐村委会门口抢抓'生产'的，想必也是饿了吧，我去门口二姨那儿摊煎饼馃子，您要馃箅儿还是馃腿儿的？"

四爷爷把笸箩放在了一边，站起身子伸了个懒腰："上岁数了，觉少，多叠一点是一点哩，攒钱娶孙媳妇，有奔头儿着哩。"

闫行这时快走到大门口了，提高了声调："馃箅儿还是馃腿儿的？"

四爷爷放好了小马扎："馃箅儿的，脆！"

上班也是没啥事。高树泽去镇上开会了，仿佛村支书的主要工作就是去镇上开各种各样永远开不完的会。"铁驴书记"风格不改、传统不丢，继续"铁驴"出行。刘金锁也是风格不改、传统不丢，继续一门心思地研究彩票。闫行坐在刘金锁对面，刘金锁背对窗台，又是一个逆光的位置。闫行一只手托着腮，对着刘金锁发起了呆。

只见刘金锁撕了好多废纸，裁成正方形，一小块一小块的，又规规矩矩地在正方形上写数字，然后又一张张地团成小团，搓堆儿、捏瘪、压实，放在一块儿，整道工序一气呵成、有板有眼。最后刘金锁翻箱倒柜地找出了一个很宽的黄色胶带，把宽胶带横躺着放在桌子上，然后他又小心翼翼地把做好的小纸团一股脑都放到了宽胶带里。

刘金锁开始了他的表演。一只手叉腰，另一只手握住宽胶带，坐在椅子上用腰眼发力，像掷骰子一样开始摇晃宽胶带。还别说，刘金锁手腕力度掌握得还真挺好，如果用力过猛，宽胶带里面的纸团就都会飞出，如果用力不够，里面的纸团就不会跳出来。眼见着刘金锁用手腕一抖一抖地摇晃着宽胶带，一个又一个纸团飞了出来。刘金锁双眉紧锁、眼眸凝视、表情肃穆，对他而言，飞出的不是一个个小纸团，而是一次次的希望与机遇，一次次刘金锁能够自己掌控和把握住的希望与机遇。那里鸟语花香、富足美满，锦绣山河、别有洞天，总之一句话，那将是不一样的光景，会给人带来大变样的富足光景。

刘金锁心里数着数，第七个纸团飞出的时候，他停下了手腕。这次，手腕上又换成了纸笔，刘金锁开始虔诚地小心翼翼地拆开纸团，拆一个用笔记录一个纸团里的数字。

闫行托着腮，看着刘金锁在那边出神入化地研究彩票。看来翠巧姨的彩票站又要开张了。刘金锁很投入地研究着自己的彩票，没有注意到闫行已经盯着他发呆了好久。

闫行看刘金锁记好了数字，站起身子，给他倒了杯水，说："锁子叔，您这种玩法我还是头一次见，大乐透还是双色球？还是新出的快乐十分？"

刘金锁没有马上搭话，用笔记好了七个数字，又小心翼翼地把宽胶带和小纸团一一收好，这才开了口："小行，你不懂了吧，我这叫即开型大乐透，自己摇号，现场开奖。"

说到开奖的时候，锁子对着闫行晃了晃手腕，又激动地晃了晃头，像是对自己的天才发明很是满意。

闫行对彩票没有研究也不感兴趣，于是转移了话题："锁子叔，你说咱这些日子清理传销的，大镇家损失了不少租房费的，他也没来村委会闹呢？他这些日子显得很安生，咋感觉有点反常呢？"

刘金锁喝了口水，重新坐到了椅子上，说："小行，你来得晚不了解情况，在咱辛庄，只要有二哥在一天，大镇就不敢在他面前呲毛奓翅。"

闫行回想起高永镇当时大闹党员村民代表会的情景，"为啥，锁子叔？大镇就这么怕咱高书记？"

刘金锁叹了口气："哎，要说大镇这孩子品性还是不错，那不是怕，是尊敬。"

"尊敬？"

"没错，尊敬。"

"您给细说说！"

"照说大镇这本乡本土的孩子，从小听着单田芳的评书嚼着沙窝萝卜长大的娃娃能混到哪儿去。大镇家大镇他爸死得早，早些年就指着大镇他妈一个人拉扯着大镇和他姐姐俩。二哥从前就是村书记，自从大镇他爸死了，二哥就没短了帮衬着这母女三个。大镇他姐结婚了，他家日子才有了起色。大镇这孩子讲究，自从有钱了，每年三节六寿的必拎着东西去二哥家看望。"

闫行点了点头："挺好的，知恩图报。"

刘金锁补充着："大镇，这孩子本质不赖。但就是有钱烧的，开始膨胀。"

"膨胀？"

"嗯，是膨胀。膨胀得五脊六兽地好难受，抽烟喝酒飙车打牌。总的来说，还是思想没跟上物质发展。物质生活提高了，精神生活拖了后腿，那句话怎么说来着，什么思想，什么阵地？"

"'思想这个阵地，你不占领就被别人占领'，毛主席说的。"

"对对对，你看看，我这话到嘴边了，临时想不起来了，还是你这个大学生记性好。"

闫行接着说:“锁子叔，我上次去赵庄村交流，他们村怎么发展得那么好呢?”

刘金锁撇了撇嘴，一脸不屑道:“没嘛，守着国道、公路线，地段好，多盖几间厂房，一租出去坐着等收钱，再看好行情卖几块地搞搞房地产，把钱给村民一分，就是个傻子也能发展得好。哪像咱辛庄，想当初咱们村辛庄集团那可是实打实响当当地干实业！西沽区有史以来第一家农民自己的乡镇企业!”刘金锁眼神里透着几分傲气，又充斥了很多羡慕，瞳仁紧缩，眼神复杂，似在遥想当初。辛庄集团，曾经是辛庄人的骄傲，想必也是辛庄人的悲伤，可无论是骄傲还是悲伤，那都是回不去了的过去。

中午吃完饭，闫行在村里散步。9月的天气燥热已退、秋意渐浓，空气里到处弥散着收获的喜悦。这时候中午散步，多了几分惬意。闫行不自觉地又往大堤的方向走了过去。

路过了翠巧姨的小卖铺，闫行隔着窗户往里望了一眼，中午小卖铺里没有顾客。翠巧正倚在柜台上嗑瓜子，电视机里大声放着《今日说法》。瓜子和《今日说法》是翠巧的标配，正如彩票和晃头是刘金锁的标配一样，稳定且隽永。

“让我们一起跟随着记者的镜头走进××的内心世界。”小卖铺的电视机里一声高一声低地把案情铺展开来，背景音乐合着抑扬顿挫的旁白让观众对案件产生了强烈的好奇心。

闫行继续往前走着。虽然是土路，但被人来人往地踩得已经很平实了，闫行想随便找一块石子踢着玩，都难遂愿。信马由缰地来到了大堤下，闫行看到临时彩钢板房还孤零零地守在那，像个战士一样倔强刚强。这次他决定“走进××的内心世界”，因为临时彩钢板房的门开了。

往常闫行也路过过，但彩钢板房都是关着门的，闫行以为没有人住。毕竟当时正是夏日三伏，彩钢房如果有人住，不能紧闭着大门，房子没有空调，夏天闷罐一样，那不得热死。今天彩钢房大开着门，一个中年妇女正从外面的玉米地里向屋子里搬着东西，一趟一趟地显得很吃力。闫行打量着中年妇女，见她披散着头发，瘦瘦小小，肩膀一高一低、脚步沉重地正在把一个一个装玉米的麻袋往屋子里搬。

闫行远远地看不清中年妇女的表情，但他看清了眼前的活儿，远处的玉米地里还码放着十来个麻袋。闫行大踏步地走上了前，先冲着中年妇女打了声招呼，亲切真诚又充满了善意，还是往常那句挂在嘴边的开场白：“姨，您这大中午的忙嘛啦，我来帮您。我是咱辛庄村委会新来的大学生村官，我叫闫行。”

闫行的开场白就像石沉了大海、泥牛入了河，不但没有热情的回应，连个回应都没有，不但连个回应都没有，甚至连个声儿都没有。

中年妇女显然是看见了闫行，也看见闫行冲她走来，更听见了闫行打招呼，但她并不理睬，脚下加紧、满脸愠怒，好像闫行脸上长了烦人相，又像是闫行的话语中哪个词儿踩了她的底，蹚了她的雷。

闫行走近了才看明白，麻袋里的老玉米已经熟透了，玉米粒都变成深黄色，看来是准备晒干了搓棒子面。一麻袋老玉米也不轻哩，足以压得中年妇女肩膀一高一低，迈步咚咚作响。闫行见她不理自己，也没多搭话，一个行动胜过一打纲领，先干活吧，就当饭后健身。去健身房里举杠铃和在这里搬麻袋不是一个意思嘛，殊途同归，没啥区别。见闫行大步跑到了玉米地的麻袋边上，双手一探，一只手逮住一个麻袋角一起使劲儿，抄起了一个麻袋，他不像中年妇女那样借着惯性顺势扛在肩膀上，而是两只手平端着麻袋小跑着往板房里运。中年妇女刚刚在板房里放好了一个麻袋，扭头从板房里往外走，正好和闫行打了个照面。看见了闫行正平端着一个麻袋往板房走，中年妇女脸上显出惊讶，却也并未搭话，继续自顾自地去玉米地那边搬麻袋。闫行的加入让工作效率大幅提高，中年妇女一趟的工夫，闫行能打三个来回，因为闫行用的是小跑，不一会儿麻袋就都运到了板房里。闫行用手掸了掸身上的尘土，站在原地大口喘气。原本想进板房里看看这个阿姨有没有其他需要帮忙的地方，却又踟蹰，感觉怪怪的。辛庄人都是大嗓门，这个阿姨却一言不发，莫不成是个聋哑人？闫行缓了几口气，见板房里的阿姨没有出来的意思，就带着一身大汗转身往回走了。

回村路上路过翠巧姨的小卖铺，闫行进门要了一瓶汽水。“翠巧姨，来瓶凉的啊。”却又见刘金锁正把刚刚打好的彩票小心翼翼地放进自己皮革钱包的夹层里。

刘金锁看见了闫行，看他前后背心都被汗湿透了：“小行，中午又去大堤下面踢球了？看你背心都透了。话说这孩子们都开学了，你和谁踢的哩？”

闫行大口地灌着汽水：“没啊，锁子叔，中午去大堤下溜达，看见那个板房的阿姨在搬麻袋，我闲着没事，帮她搬搬。”

刘金锁放好了钱包：“板房的阿姨？”

翠巧嗑着瓜子，把瓜子皮啐到地上，从含着瓜子仁的牙缝里挤出一句话：“哎呀，就是那谁，巧燕，小行说的那个板房阿姨，你这脑子转得可真够慢的。”

刘金锁脸色骤变：“巧燕回来了？上访专业户回来了？听说不送她女儿上大学去了吗？每年放完暑假她都亲自送去学校，生怕自己孩子不想念书了，还自己在学校食堂找了个工作。”

八卦的心理战胜了嗑瓜子的心情，翠巧干脆放下手里的瓜子，补充着：“是啊，这不都第三年了嘛，和二哥家小玲子一年的大学生。她家孩子叫嘛来着？常什么来着，对，常蕊。”

刘金锁接着说：“巧燕搬到大堤下住，也三四年了吧。”

翠巧：“可不是嘛，比我这小卖铺时间只长不短哩。”

闫行看着刘金锁和翠巧你一言我一语地云山雾罩摆起了龙门阵。

只见闫行“咚咚咚”地把一瓶汽水都喝光了：“锁子叔，这巧燕姨是咋回事啊，咱村家家户户都住在一起，怎么就她家一户搬到大堤下住啊。”

刘金锁叹了口气：“要说这巧燕啊，是个可怜人，可这可怜之人啊必有可恨之处。没办法，上访上得把自己脑子给上坏掉了。”说着刘金锁用右手指了指自己的太阳穴，却也没再说话，径直走出了小卖铺，背着手回村委会了，给闫行和翠巧留了个越来越小的背影，直到远去成了一个小黑点。

闫行又把头转向了翠巧，翠巧忙不迭地抓了把瓜子继续嗑，心里默背着乡村八卦的行为准则和道德规范，提醒着自己不要大嘴巴胡咧咧，嘴上却蹦出句标准的大实话，体现着农村人的质朴：“闫行啊，巧燕是辛庄的秘密，能不能和你说，我一个开小卖铺的说了不算，你要问村里。”

平静如水的辛庄也能有秘密？这盐从哪儿咸，醋打哪儿酸，又是什么由头让巧燕一家长期独自在大堤下居住？好奇心生出了一只小手，岔开五根手指头不断地在闫行心里抓挠着，他迫切地想要了解这个秘密，关于巧燕和巧燕一家，为啥又成了上访专业户呢？他真想自己能够化身成一个侦探，晃着手指头大声说：“嘿，真相只有一个。”

但闫行在成为侦探的道路上明显缺乏技术和方法。下午他坐在农家书屋里，开着电脑，帮刘金锁整理着一些材料。刘金锁晃着头来到农家书屋，看了看闫行整理材料的进度。闫行边敲着键盘边展开了侦查：“锁子叔，巧燕姨是咋回事啊？”

刘金锁叹了口气，停止了晃头，拉了把椅子坐了下来：“你先弄材料吧，巧燕的事也不算啥大事，以后再说吧。她自己乐意不和村里大伙儿住在一起，自己乐意搬到大堤下面单住就单住呗。人人都有自己的自由、自己的想法。”

刘金锁第一次欲盖弥彰，让闫行更加疑惑，但又不好继续追问，闫行只好闭了口继续敲着键盘。

有时候，关切就是不问。

第五章

1

秋天的天空格外高，空气格外清爽，辛庄村里弥散着庄稼成熟的味道，“秋高气爽”这个词儿在城市的钢铁森林里是无法体会的。闫行中午吃完饭就往大堤下巧燕姨的板房那边跑，这次他没有信马由缰，而是改骑了自行车。巧燕一个人住，又自己种了点庄稼，闫行看着巧燕家里没有劳力，就每天中午有空的时候过去帮帮忙。巧燕似乎对于闫行的出现不是那么意外，每每都不和闫行说话，自顾自地干着自己的活儿。

闫行以为巧燕姨是个哑巴或者听力不好，甚至去胖姨那儿查看了村里的残疾人名单，却又没有她的名字。每次闫行帮着干活儿，巧燕都没有表示感谢，当然也没有表示拒绝。全程无交流、额头汗直淌。

不过，奇迹还是出现了，而且并没过多久。在闫行帮忙了大概半个多月后的一天，在闫行额头汗水直淌之后，巧燕给闫行从板房里拿出了个杯子，倒了一杯白水。这时闫行正蹲在笸箩前面，拿着两个干透了的老玉米，两个手交错着，“咔咔咔”地搓着玉米粒。半个多月的时间里，闫行从练臂力改成了练握力，“咔咔咔”地练。

“小伙子，歇会儿吧，喝点水。”说着，巧燕一把夺下闫行手里正搓得带劲儿的老玉米，又把杯子硬塞到了闫行的手里，动作很僵硬、幅度又太大，洒了半杯水又差点把杯子给摔了。巧燕又弯着腰给闫行去屋里搬了个马扎，让闫行由蹲着升级成了坐着。巧燕也拿了个马扎，坐到了闫行旁边，两只眼睛直勾勾盯地着远处自家只剩下秸秆的玉米地。闫行很惊讶，巧燕姨的一句话击破了半个多月的静默，也击破了他以为巧燕是个哑巴的猜测。

水杯拿在手里，晃着半杯热水闫行没有喝。巧燕把目光从自家的玉米地转向了闫行的脸上：“哎，眼看着这冬天快到了，玉米也收完了，你说我这地里种点嘛好呢？”

闫行倒有点子，脱口而出：“巧燕姨，要不您建个大棚，种点彩椒什么的反季节蔬菜吧。”

巧燕呵呵笑了笑：“都知道我叫巧燕了，你还知道些什么？是不是辛庄村委会那几块料还说我是女疯子、神经病？”

闫行连连摆手加摇头：“没没没，巧燕姨，咱村里人和村委会里，没人说您半句坏话。”

巧燕叹了口气：“哎，没有三分利，谁肯起五更？是不是高树泽派你来的，看我这儿供着个大学生又自己种地没劳力？你回去告诉他，我巧燕不识他的好，嘛时候能把我男人的政策给落实了，我巧燕头拱地地磕头给他送锦旗!”巧燕提到她男人的时候显得很激动。

更激动的是闫行。他霍然站起身子，半个月的体力活儿让他壮实了不少、黑了很多，他动作敏捷、挥拳有力、走路带风。“巧燕姨，没没没，您误会了，没人派我来，我是从大堤下路过，看您板房开着门，顺便帮您干点活儿，没人派我来，真的，天地良心。”

巧燕从激动又恢复了平静:“快六年了，横看竖比的，照理说高树泽是个好人，村委会的那两块料也都还凑合，但我巧燕就是咽不下这口气，迈不过这个坎儿。人活一口气，佛为一炷香啊。”说着巧燕站了起来，转身到板房里给闫行去拿暖壶蓄水。

闫行双手岔着立在原地，巧燕这突如其来的热情反倒让他无所适从:“巧燕姨，不用啦，您别给我倒水啦。您看您，这半个来月不理我，今天又给我倒水又跟我说话的，我这都不适应哩!”闫行也是心里话。

巧燕从屋子里走了出来，拎着暖壶:“照说你这孩子不错，打第一天来我就觉得你不错，但你一开口就说是辛庄村委会的，你说别的还好，你说你是辛庄村委会的，我这气就不打一处来，我就打心眼里堵得慌，我就不乐意理你。这叫嘛，眼不见心不烦，耳不听心里静。”

闫行也笑了:“姨，您这是咋啦，咋这么讨厌咱村村委会的人呢?”

巧燕又坐在了马扎上，没接闫行的话茬儿："一看你这孩子啊，就没怎么干过农活儿，不过啊，能看出来，你这孩子啊，实在、勤快、不偷懒，知道使力气。听你口音不是咱本地人，而且以前这四乡八镇的也没见过你这孩子。"

闫行说："是，巧燕姨，我老家山东的，在咱天津上的大学，今年刚毕业，考了个大学生村官，就来到咱辛庄和您这儿搓玉米粒了。"说着闫行指了指板房前的笸箩和里面已经搓好了的玉米粒。

巧燕也笑了，看了看闫行的双手，都磨出茧子了。"还别说，看一个人啊就看他的行动，比看他的嘴管用。这半个多月，能看出来你是个好孩子。哎，我都好几年没和村里的人说过话了，没想到，让我开口的是个山东来的小伙子。"说着巧燕望了望闫行的眼睛，"还真别说，你啊，这行动做派和我那死了的男人挺像，都是实诚人，热心肠。"

闫行看了看手机，站起身把杯子放进了板房里："姨，我这下午该上班了，我就先走了，我现在住在咱村委会里，晚上您要是方便的话，我也可以过来帮您搓玉米粒，反正离得也不远。"

闫行骑车回到了村委会。把自行车放好，走进二层小白楼。四爷爷在一楼门房看着电视机。闫行就上了二楼，刘金锁也没在，应该是下午去镇上交材料了。高树泽坐在办公室里看报，看见闫行上了二楼，在办公室里喊了一声，"小行来了哈，来我屋里坐会儿。"

闫行应了一声，来到了高树泽的办公室。

高树泽两只老眼不住地打量着闫行，看着闫行晒黑了的脸庞，又把目光移向了闫行的双手：“小行，你伸手出来我看看。”

闫行满脸诧异道：“咋啦，高书记？”

“伸手我看看！”就像个小学班主任在检查学生们的指甲修剪情况。

闫行乖乖地把双手摊在了高树泽面前，不过是手背朝上。

“翻过来，手心朝上。”

没办法，闫行慢慢地翻转了手腕，接下来的一幕让高树泽不由得心头一凛。只见闫行手上多了一层老茧，老茧上又叠着新茧。厚厚的、成块成块地分布在手掌上、关节连接处，呈现出死皮和血液不再循环的暗黄色。要笔杆子的大学生摇身一变成了卖傻力气的长工，越混越往回，越混越抽抽了？

高树泽两只老手抚摸着闫行手上的老茧，满脸愠怒却没有发作：“闫行，你这手是咋啦，怎么弄的？看你每天中午都不识闲儿的，脸都给晒黑了。莫不是去哪里扛麻袋了吧，这么缺钱？”

老书记是只知其一，不知其二。见老书记满脸愠怒，闫行不敢隐瞒，当然也没有必要隐瞒，于是和盘托出，又不是见不得人遮遮掩掩的事儿。闫行收回了手，顺便挠了挠头说：“书记，我没啥事，也不缺钱。这不中午休息的时候，就骑车去大堤下面巧燕姨家，帮着她干点农活儿，搓点玉米粒什么的。”

高树泽脸上多云转晴，随即又皱起了眉：“嘛，你去巧燕那儿了？”

闫行说：“是，巧燕姨今天还给我倒了杯水，和我聊了会儿天呢。”

高树泽很惊讶：“咋，巧燕还和你说话啦，这可真是铁树开花，百年难遇哩。”

闫行说：“是啊书记，我去了多半个月了，这还是她第一次理我。不过言谈话语的，巧燕姨对咱们村委会和村里人好像很不满。”

高树泽叹了口气：“是啊，像她的风格。她可是咱村里的老上访户了，镇上、区里、市里那是家常便饭，就连北京人家都去过一次。她上访，我们就要去接人，好吃好喝地供着她，一趟一趟，都疲沓了。”

答案似乎就要揭晓了，秘密终将揭开了。盐从哪儿咸，醋打哪儿酸也都将找到因由了，只有一个的真相也该让大家伙清楚了，如果说是长篇小说或者电视连续剧的谋篇布局，那么这一章这一集，终于也盼到最后的大结局哩。

闫行心里澎湃，脸上肌肉也紧绷起来，他向老支书问出了这几天来的困惑：“书记，她家出什么事了，整得自己不合群搬出去住，还住在大堤下面？而且我也问过翠巧姨、锁子叔，他们也都没具体说。”不是不合群，摆明就是离群索居，不是没具体说，而完全是三缄其口。

高树泽身子往后仰靠在了椅背上，两道浓眉紧锁像是在回忆一段艰涩的往事，操着一口浓重的西沽普通话说："小行，你是咱村委会的大学生村官，而且咱们辛庄村委会也没有背人的话。"

闫行也坐了下来，听高树泽回忆着。"要说这老百姓过日子都有个为难招窄、马高蹬短的时候，可是这死钻牛角尖、油盐不进认死理儿的，她巧燕可是全西沽区第一人。"高树泽先给巧燕来了个定性，接着回忆，"那是2004年的事了，巧燕的丈夫常贵祥是咱们辛庄村的基干民兵。那年夏天雨水特别多，多到都能进了屋。镇上组织各个村的基干民兵组成民兵应急连，白天开展防汛演练，晚上就去大堤上巡逻防洪。记得那天啊，晚上雷雨交加的，雨都下得冒烟了，本来不是常贵祥当班，但他看下着大暴雨，就自己主动去大堤上查看雨情。"

2

一个画面经由高树泽的叙述在闫行脑海里闪现出来。外面下着大暴雨，常贵祥起身披上了衣服，睡在一旁的妻子巧燕被他起身的动作吵醒了，起身问丈夫："大下雨的，你这大晚上干吗去啊?"

常贵祥抄起来放在桌子上的强光手电："你看这大暴雨下的，我去大堤上看看，水位漫过了大堤就坏了。"

巧燕一脸嫌弃："孩儿他爸，你说你，你一不是镇上的公务员，二不是村里的村长、书记，你一个义务的村里民兵，用得着这么积极吗？今天也不是你当班值日的。再说了，这辛庄大事小情的都有他高树泽操心盯着呢！”

常贵祥没听劝，披好了雨衣，把强光手电拿在手里按动开关检查了一下：“你这说嘛呢，民兵也是兵，有危险有困难的就该上，要不都对不起这个‘兵’字。”又从床头把手机拿起来放在了雨衣里面的裤兜里，转身出了门，也没留下其他话，谁知这一个转身就再也没能回来。

常贵祥骑着自行车出了门。屋外电闪雷鸣，暴雨如注，村路泥泞，自行车根本骑不动，没蹬上几步车瓦圈上就搅了半车轱辘的湿泥。常贵祥干脆偏腿下了车，推着自行车走到了大堤下面。把自行车放好，四下寻摸着，常贵祥竟然没有看到今天值班巡逻的民兵。也是啊，谁傻呀，这大暴雨加上电闪雷鸣的，雨水就跟不要钱似的可着脑瓜顶往身上浇，麻溜地找个遮风避雨的地方一眯不好吗，总比打着个强光手电傻不呵呵地蹲在大堤上面看雨情强哩。

傻不呵呵的人还真有。常贵祥这会儿三步并作两步地冒着大雨，踏着泥泞深一脚浅一脚地一口气跑上了大堤。大堤上面地势很高，黑暗空旷，狂风暴雨就更没遮没挡的了。常贵祥打开强光手电四下一照，黑黢黢的，狂风已经刮躺下了几棵大树，暴雨也砸折了很多树枝树叶，大堤上面一片狼藉。只剩下几棵枝叶繁茂、根系发达的老树死命抱住泥土和石块，在和狂风暴雨做着最后的斗争。不知什么时候一股子腥甜在常贵祥嘴边泛起，常贵祥就着不断拍打在身上、脸上的雨水胡乱地抹了一把，手上竟然有了斑斑血迹。原来是常贵祥奔跑上大堤的时候，脸上不知道什么时候被树枝子给刮了个口子，呼呼地往外淌血，这会儿已经不知道疼了，只剩下还算灵敏的味觉坚守着工作岗位。更糟糕的还在后面，怎么说来着，对，“黑云压城城欲摧”。这会儿辛庄大堤上已经不是黑云压城了，而是滚滚惊雷扯地连天而来。几个大雷已经在不远处的天边喀喇喇地炸裂开来，伴着大雨和闪电，越来越近。

常贵祥顾不得打雷、顾不上大雨、顾不了闪电，他拿出强光手电朝着大堤下的水面照去，但是由于树木野草遮挡，常贵祥试了几次，隔着大堤照不到水面，也看不清，只能听到哗哗的水声撞击着大堤堤面。于是，常贵祥拖着笨重的雨衣沿着大堤小步跑着，来到了一个地势更高，相对空旷，没有树木野草遮挡的地方。“啪”的一声，打开强光手电，一道光柱直射下去。但见大堤下面的水位已经很高了，水浪跃跃欲试地就快漫过大堤了，远处一层一层的水浪被大雨狂风裹挟着不停地拍打着堤岸，发出令人恐怖的水声。只要再过一会儿，就要大水漫堤了。大水漫堤是个嘛后果？不用多说。大堤下面是连片的民房院落，是熟睡的乡里乡亲，是指着土地讨生活的宝贝庄稼，不敢想啊也没空想，想想都后怕，想想都能顺着脚底板往脊梁背上窜凉气。

常贵祥大惊失色，慌不迭地把强光手电的肩带理好，顺势把手电筒斜挎在肩膀上，竟也忘了关上手电筒，一道光柱就这样胡乱地在大堤上左右乱窜。远处的道道惊雷、阵阵闪电一步步地逼上前来，越来越近，近到快抵上了鼻尖，触到了汗毛。雨下得很大，常贵祥顾不得许多，胡乱地抹了一把脸，抹去脸上夹杂着汗水血水的雨水。

此刻，常贵祥有些手忙脚乱，他没经历过这样的阵仗。白天的防汛演练光教过应急民兵怎么扛沙袋码沙包，可没教过怎么在大晚上黑灯瞎火地对付大水漫堤呀。他想大声喊人来，但是看不见巡逻的基干民兵，他想去大堤下面搬提前备好的防汛沙袋，可刚转过身子挪动了半步，他又收回了脚步，“对呀，首先是要通知人啊。”这时不远处天边的响雷离大堤又近了许多。常贵祥没有挪动身子，他立在原地，抹了把雨水，从雨衣里面的裤兜里掏出了手机，一只手挡住雨水一只手按亮了屏幕，拨通了一个号码，“咚咚咚咚”，他把手机放在了耳朵边，准备报告大堤上正在面临的险情。常贵祥接通手机刚说出“喂”字的时候，一个惊雷在他的头顶炸开了花。常贵祥连同他手里握着的手机一起倒在了大堤上，整个身子还在过电似的火花四溅，只剩下手里那个强光手电的光柱在大堤上跳出一个夸张的抛物线，悄没声儿地陷进湿泥里，定格了光柱，定格了常贵祥的生命，同样也定格了他的当兵梦与责任心。

高树泽说，后来镇上派出所来了，警察看了现场，整个人都烧煳了，当场死亡。区里从杨柳青开来的急救车开了一半又回去了，想抢救也没用了。闫行都听傻了，整个身子陷在了椅子里。

“记得当天雷阵雨下得特别大，原本排好班的基干民兵怕被大雨淋，偷懒就没去大堤上巡逻，幸亏常贵祥去大堤上看了看。其实，那天我也惊醒了，本来也想去大堤上看看的，接到了老常的电话，就听见个‘喂’，然后就是‘砰’的一声巨响。”说到这儿，高树泽的眼圈红了。但老支书强忍着泪水，轻轻咳嗽了几声，掩饰着自己的情绪。

闫行给老支书的杯子里续了点水：“书记，常贵祥是个好人，但巧燕姨为啥跟咱村委会这么大的仇怨呢？”

高树泽叹了口气：“说这事就又说来话长了，让人糟心啊。常贵祥被雷劈死了，你说那天他一不是当班值守，二是自己在大堤上雷雨天打手机，这连小学生都懂的基本防灾常识，他当时却犯了糊涂。他媳妇巧燕，知道常贵祥有个当兵的梦，可一直没实现，现在做了村里的基干民兵，又这么兢兢业业地死在民兵工作上，想给常贵祥报个革命烈士，也算是为国捐躯了，临了临了也算是圆了自己丈夫的当兵梦。但是，镇上和区里没有批下来，我当时也跑了好多趟，攒材料、递材料地来回去区里跑。唉，最后区里给评了个见义勇为。”

闫行也叹了口气。

高树泽接着说：“巧燕媳妇看着自己丈夫最后才评了个见义勇为，就不依不饶地来村里闹，后来又去镇上、区里闹，最后一次都闹到北京了。整得我和锁子还要跟着镇上的干部去北京接人。来来回回的，她都成为咱们的上访钉子户了。”

不知不觉间，刘金锁从一楼上来了，问道：“二哥，咋说起这巧燕媳妇了？”

“咱们闫行，每天中午都帮着巧燕搓玉米哩！你看看这孩子这手。”

刘金锁看了看闫行的手，“哈哈，小行，我看你这是一天都闲不住啊，还别说，这大学生就是有眼力见儿，都会帮着凡人不理的巧燕媳妇搓上棒子粒啦!”

闫行挠着头:“锁子叔，咋好话一到您嘴里就变味了呢。书记，按您说的，这巧燕姨也不至于放着村里的房子不住，自己到大堤下面建了个板房住啊?”

高树泽没等开口，刘金锁接过了话茬儿:“二哥，你把巧燕的事都和小行说了？也是，你心里啊，没有背人的话。小行，你要说这巧燕为啥放着村里的房子不住，搬出去去大堤下面住板房，我说她巧燕是女疯子、神经病，你信吗?”

高树泽连忙打断了他:“锁子，你这咋说话呢。”

刘金锁提高了声调:“可不是嘛，你说这几年，她巧燕都成了上访钉子户了，给咱村惹出多少麻烦！丢人啊。咱可倒好，低保也给跑下来了，她闺女学费减免也给办下来了，冬送米夏送粮的，她这反倒好，白吃馒头嫌面黑的，整天净给咱村惹事添堵。”

刘金锁晃了晃头，脖颈上青筋暴起，转过身子看着闫行:“小行，她家啊你以后也少去。”

高树泽不高兴了，拍着桌子:“锁子，你大小也是个村干部，有点觉悟。闫行啊，你别听锁子的，巧燕一个人也不容易，她还有个上大学的孩子。我高树泽支持你，你有空去帮帮她，看看给她找点致富项目什么的，有嘛困难你解决不了的和我说。”

刘金锁没有搭话，撇了撇嘴，悻悻地离开了。

后来通过与巧燕的深入接触，话多了的巧燕给闫行讲述了自己丈夫一辈子都没能实现的当兵梦想。常贵祥的当兵梦破碎于军队验兵官的一句话，就是这么轻描淡写的一句话，破碎了这么个从小听着黄继光、董存瑞故事长大，成年了以雷锋、欧阳海为榜样去学习的热血青年的当兵梦。究竟是怎么样的一句话，轻描淡写却又改变了一生的命运。“那啥，你脱了上衣转一圈，嗯嗯，行了，有点儿瘦弱啊。”验兵官有点不耐烦，屁股在椅子上蹭了蹭，把手里的圆珠笔在桌子上磕了磕，发出了有节奏的清脆声响。“你两个耳朵不一般儿大，右耳朵明显是个扇风耳，行了，你不能当兵。下一个！”验兵官大笔一挥，十分豪迈地打了个叉，用了不到十秒钟就给常贵祥下了结论。常贵祥垂头丧气地走出队列来到外面，走过等待验兵的队伍，这条长队像一条长虫缓慢地向前蠕动着。恍惚间，常贵祥看见那条长虫摇身一变成了一条硕大无比的蜈蚣，这条百脚虫正伸出了无数步足张牙舞爪，定睛一看，每只步足上都挥舞着条子，每只步足上都绑着线绳做着记号。常贵祥呢，正在与这条蜈蚣背道而驰，影影绰绰、背影寂寥。自己连个步足都没有，就更别遑论什么条子和记号了，赤条条地光着膀子，被人用了不到十秒就给下了判断，自己那个扇风的右耳最终成为验兵不合格的拖累或者说是替罪的羔羊。冤啊，可又能去哪儿说理呢！也难怪哩，都说这水是有源的，树是有根的，怨恨也是有原因的。只不过，如今这股子怨恨转移了，由憨憨厚厚的常贵祥转移到了他那撞了南墙也不回头的媳妇巧燕身上。

晚上，闫行简单地扒了口饭，在一楼和四爷爷看电视。电视里正在播《新闻联播》。

四爷爷看得津津有味，闫行却一点儿也看不进去。

闫行问："四爷爷，您说巧燕姨为嘛自己一个人搬出了村里去大堤下面住板房呢？"

四爷爷正看得入迷，随口说："为嘛？！舌头底下压死人呗。咱农村人啊，多多少少都讲究个风水迷信什么的。你想啊，在咱农村人眼里，什么样的人才遭雷劈啊！"四爷爷说完了也回过味儿来了，"啊？你去巧燕家了？"说着四爷爷找出了遥控器，把电视的声音调小了一点。

"是啊，我看巧燕姨自己一个人干农活儿，缺劳力，我就帮着干点。"

四爷爷摇了摇头，右手搭在左手上发出清脆的一声响。"哎，这农村人哩都爱传个闲话，巧燕男人明明干的是好事，可是遭雷劈死让人这么一传，就变味儿了。也别说，这啥人才遭雷劈啊！这说到底，也怨不得农村人愚昧，也是该着的事儿。"

闫行透过窗子看向窗外，九月的光景已经没有了蛙鸣。

3

清晨，一对母女正从辛庄村村委会门前路过，准备去上学。小姑娘十来岁的年纪，扎着两个小辫子，一蹦一跳地唱着歌。跟在她身后的母亲单手拎着小书包，小跑着追上小姑娘，另一只手紧紧牵住了孩子的小手。

“你慢点，过来，我领着你走，看车啊。”

“张老三我问你，你的家乡在哪里？我的家在山西，过河还有三百里。”小姑娘在前面一蹦一跳地哼着歌，享受着这个年纪的天真烂漫。

远处一辆黑色奥迪越野车从母子身边驶过，一个急停，再一个尘土飞扬的漂亮甩尾，稳稳当当地停在了村委会对面。车没有熄火，发动机还在工作着，车上的人也没有下来的意思。驾驶室的电动车窗“嘚”的一声放了下来，透过车窗，一支燃着的软中华伸了出来。车里的人用中指和大拇指夹烟，食指轻磕，弹了弹烟灰，又一个帅气的甩手腕，食指和大拇指重新夹烟送进了车内，叼在了嘴边，动作一气呵成，宛如蜻蜓点水。

与闫行的第一轮较量，大镇败下阵来。但哪个好汉不是几顺几逆？哪个英雄没吃过败仗，这常胜将军世上有吗？大英雄秦琼也有过病倒了卖马，关二爷还走过麦城哩！失败算个屁，吹喇叭的跌倒——先让老子缓口气儿，下一次瞅准时机接着干就是了。看来，大镇深受单田芳评书的影响，及时自我净化、及时自我完善、及时自我革新，并给自己开了个民主生活会，自我剖析及时总结了自己的失败与不足。大镇这次总结的经验就俩字——稳住。稳住值黄金、稳住能胜利，天时地利人和，三者缺一不可，指导思想和中心工作就一条，沉住气等。就这样，经历了一次自己个儿的民主生活会之后，农村社会闲散青年大镇的“王子复仇记”开始了。那句话怎么说来着，“不怕流氓会打架，就怕流氓有文化；不怕流氓有文化，最怕流氓有耐心。”人家大镇就是一代会打架有文化有耐心的流氓，有出息啊！

此刻，奥迪车里大镇狠狠地吸了一口烟，却也没有着急吐烟圈，两只眼睛盯着村委会的方向，停了足足有十五秒，随后气球被戳破一样地长舒了一口气，从嘴里、两只鼻孔里冒出一溜烟的大团烟雾，瞬间淹没了眼前的二层小白楼。

大镇没有下车，汽车还在那发动着，他就这样嘴里叼着烟，两只眼死盯着辛庄村委会，随后猛吸了几口烟，烟叶经由空气作用快速地燃烧着，他从嘴里吐出了长长的烟圈，狠狠地将烟蒂弹向了村委会的方向。“噌”的一声关上车的电动窗，狠劲儿把油门踩到底，一声长嘶驶离了村委会，要的就是这么个风驰电掣的推背感。

高永镇在等闫行，这个让他在村里折了面子的外来户。

“外来户”闫行没能感受到大镇的烟圈儿和推背感。这会儿，他正坐在电脑前面，两只眼睛盯着电脑屏幕，电脑屏幕上停留着一个搜索页面，显示着普通人评烈士的网页信息。新闻多，政策少，基本都是些缅怀战争时期牺牲烈士的纪念类新闻，还有一条《被烧死副区长要评烈士引纷争 市民评价烧死活该》的奇葩新闻。闫行看得认真，不时还用笔在本子上做着记录。

刘金锁晃着头，从门外走了进来："干嘛啦，闫行，看你整个脑袋都扎电脑里了。"

闫行看刘金锁进了屋，打过招呼，又看了看手表，已经十点一刻了。他站起身子活动了活动，不知不觉在网上已经查了快一个上午的普通人评定烈士的信息了。

刘金锁瞟了一眼电脑屏幕，问："小行，你这查嘛呢？"

"哦，锁子叔，我在网上搜搜普通人评烈士的信息。"闫行喝了口水。

刘金锁从鼻孔里长长地出了口气："小行，你这热心助人的心肠好是好，但也要用对地方啊！你说她巧燕一个辛庄村上访专业户，给咱村添了多少麻烦，给我这个村里的治保主任添了多少负担。你帮她干嘛？再说了，能帮她的村里已经都帮上一大圈了！"

闫行见刘金锁有点生气，给他倒了杯水："锁子叔，您以前不也常教导我嘛，多给村里大伙儿服务。再说了，这水是有源的，树是有根的，我刚来咱村一些事还不清楚，这不还得向您请教拿主意嘛？"

刘金锁一只手接过闫行的水杯一只手拉了把椅子，觉得刚才苦水倒得有点儿多，表情缓和了不少："闫行，不是我刘金锁说你，你也别介意，我们农村人啊，就是这么个直肠子，没有嘛弯弯绕，有嘛说嘛。"

闫行点了点头："锁子叔，您看啊，如果咱把巧燕姨上访这事给解决了，以后您这治保主任的工作不也好干多了吗？我看这巧燕姨上访不是图钱，我和她聊过，我就想给她男人要个说法，评个烈士，毕竟咱村里人不明事理的也在传，这遭雷劈的都不是好人哩。原本做了好事，却没有个好的名声，这放在谁的身上，谁也不乐意啊！"

刘金锁叹了口气："闫行，你想的我们以前都想了，你还没做的我们以前也都做过了。"他拍着自己的大腿，"我也不是不知道她巧燕心里的心结，但是你想啊，这烈士是我刘金锁上嘴唇一碰下嘴唇，唾沫粘家雀儿，说给评上就能评上的吗？那上面有政策、政策里面扣着条条框框呢，那常贵祥的事迹能扣上几项？再说了，这烈士前面还要加上俩字——革命！我的乖乖，这革命烈士，哪是这么容易就能当上的哩。前几年我们村里、镇上、区里的都去努力过，事迹材料也是递了很多次，问题是这事迹材料不够格就是不够格啊！我能有嘛办法，你就是逮住蛤蟆攥出团粉来，我也没招啊！"

闫行也叹了口气，看着刘金锁着急的表情说："您说的是，我在网上也了解了一下，评定烈士有很严格的标准，区里镇上不批，也有人家的道理。"

"要不说这就是巧燕不讲理了呢？也是气迷心窍，变成了女疯子、神经病，接长不短地就去镇上、区里的瞎搅、瞎闹。"

刘金锁晃了晃头，接着说："你要说这烈士评不下来的，我们也不是没给她家男人使劲儿，现在给评了个见义勇为，她可逮着理了，继续不依不饶地去镇上、区里的瞎搅、瞎闹。”

刘金锁说到兴奋处，唾沫横飞、连连晃头、拍得大腿“啪啪”直响。一个基层农村综治干部的苦水有多深，从刘金锁晃头的频率就能感觉出来。

苦水倒多了容易饿，中午闫行和刘金锁吃完饭，推着自行车往外走。四爷爷跟了出来：“闫行，干嘛去啊？大中午的，出去晒臭油啊。”

闫行回了回头：“四爷爷，我去巧燕姨家看看，干点活儿，就当锻炼身体了。”

四爷爷嘬了嘬牙花子：“暑假踢球，开学种地，以后啊，我在村委会开个小菜园，闫行你再跟着你四爷爷我‘学农’得了。”

闫行哈哈大笑：“四爷爷，赶紧看您的《今日说法》吧，马上开始了。”说着翻身上车，向着大堤的方向骑去。

四爷爷叹了口气：“还是这年轻人有活力啊！”

板房前，巧燕正坐在已经荒了的玉米地前发呆。闫行把自行车放在了一边，撣了撣额头的汗水，走到了她面前。

巧燕并不看闫行，仍自顾自地发着呆。闫行也没说话，走到巧燕身边，两只手提了提裤腿，俯身蹲在了玉米地前，像极了一个地道的农民，就差手里拎上一根旱烟袋，肩上再来条白毛巾了。一男一女，一少一老，俩人都在玉米地前，托着腮发呆。

长年的上访经历让巧燕这个原本缩手缩脚的农村妇女变得

不再腼腆，大阵仗见多了，人也变得淡定了。对于闫行的突然闯入，巧燕反倒省去了人与人之间那俗气的客套与礼仪，甚至连打招呼都给一并省略了。两个人在玉米地前发了一会儿呆，闫行腿都有点蹲麻了。

他站起身子，直了直腰板，踢了踢腿：“巧燕姨，您在这玉米地前瞅嘛呢？给玉米地相面呢？”

巧燕面无表情，细语轻声地传递生活的压力与艰辛，守着土地的人最该知道土地的脾气秉性，更知道这土地的金贵。随着一声长叹，巧燕说：“我在愁冬天这地里种啥？家里还供着个大学生呢！这要是撂荒了从哪儿抓钱啊！”

闫行连忙接上话茬儿：“姨，要不您可以建个大棚啊，温室大棚，高级点的，带自动卷帘机的那种，一按电钮就能自动‘嘎啦嘎啦’地把草帘子给卷起来。冬天到了，种点反季节蔬菜，或者种点草莓，再弄个采摘。”闫行表情笃定地比画着卷帘机的动作，在眼前这片玉米地里做着规划，仿佛一座温室大棚已经拔地而起，而闫行此刻正在领着巧燕进行农业新技术新品种的参观。

巧燕也从马扎上站起身子，摆了摆手，似乎对闫行的前景规划并不感兴趣，并对闫行的盲目热心产生了怀疑：“行了行了，小村官，你呢也别没事成天地在我这中年妇女这儿熬鳔了，你这感情牌打得够够的了，我巧燕心领了。我和村里不过话，你啊，回去告诉高树泽、刘金锁他们，我啊，以后也不上访了。都六年了，能解决早就解决了，小胳膊拧不过大粗腿，这六年我这个农村妇女拉下脸这告那告的，我也算对得起我爷们儿了。”

都说这嘴上没毛办事不牢，巧燕对闫行的大棚建议根本就没有入耳更别提入心了。闫行着急了，加快了语速：“我说巧燕姨，你咋就这么相信我是村委会派过来的呢？你说我图啥？我这感情牌打得也太持久了吧？要是真打感情牌，我这都亏本了，连个吆喝都没赚上。我闫行向来言行一致，我就是想帮帮您，帮您致富，帮着咱村致富。”

巧燕看着闫行，淡定依旧：“穷惯了，想富都不知道嘛滋味哩。”说着拎上马扎朝板房走去。巧燕说的也是大实话，穷确实是穷惯了，穷都生了穷根儿，大穷下了小穷，穷都开始传辈儿了。人活的就是个盼头，就是口气，提着这口气才能讨生活，这口气要是泄了、萎了、蔫了、提不起来了，那也就完了，没啥意义了。

闫行转身跟了过来：“姨，听说您在学校食堂工作了几年，怎么今年又想着回来这大堤下面种地了？”言下之意似乎在说，您在这城里待得好好的，学校食堂上班不用风吹日照、不用脸朝黄土，夏有空调冬有暖气，您咋就回来了呢？您去城里学校食堂守着自己闺女多好？咋就回来辛庄大堤下面守着自己的土坷垃改行“修理地球”了？

巧燕没回头，也没有细想闫行的话外之音，随口说了句：“今年我男人牺牲整整六年了。”巧燕一字一顿，把常贵祥的死说成了牺牲，又把“牺牲”俩字说得很重。

闫行也注意到了这点，看来巧燕姨的执念深着哩。“姨，叔的事我也知道一些，老实讲，能不能评烈士国家是有明文规定的，不是我们村里、镇上、区里的多跑几趟就能跑下来的。再说了，叔都走了六年了，您这心结是不是也该放下来了?”

一提到自己的男人，巧燕显得很激动，转过身子面对闫行，像是在吵架又像是在控诉:“我男人从小喜欢当兵，可家里没人没伍的没能当成。当农民认命了吧，可后来又当了个村里的民兵，心思又活络了，他整天开心得不得了，拿个民兵当事干。那天，要不是他一个电话，洪水就漫过大堤了。他用自己的命救下了全村人，但临了就给评了个见义勇为，你说这讲理吗?公平吗?还有村里那帮白眼狼，要不是我爷们儿，他们家肯定被水淹了，现在却还有脸在村里挺着个草包肚子传闲话，说什么遭雷劈的都不是好人。”巧燕一赌气把马扎狠狠地摔在地上，“他们还要不要脸!”

闫行也不知道怎么安慰巧燕姨，岔着两只手，没处搁没地放的。

巧燕并不需要安慰，能够有人让自己倾诉就够了，她接着说:“我把这些话啊，翻来倒去地都和高树泽、和镇上、和区里都给说绝了、说烦了、说腻了、说干了、说醋心了，但现在这帮货该传闲话的照样传闲话，该不要脸的照样不要脸。唾沫底下压死人哩，让我爷们儿死了死了也落不得个安生。”

话是拦路虎，也是开心锁。一个马扎摔得让人了然了、明白了、透彻了，马扎摔得也就“摔得其所”，现在问题的症结就是常贵祥“死得其所”的问题。闫行理解了巧燕姨的心结，上不上访、告不告状，去镇上、去区里闹不闹的只是个形式，在目的和意义面前，形式本身毫无意义。巧燕只想在村里表明一种态度，一种挺直腰板、硬气做人，给亡夫证明的态度。意义一旦达成了，形式就成了个空壳子，没有继续下去的必要了，也许意义会输给时间，也许一切终将被时间消解，最后被冷却和淡忘。

闫行看了看表，该回去上班了："姨，您别激动，这话啊都是唠嗑唠出来的，今天听您一说，我明白了不少。叔的事，我这小村官也帮不上嘛，我回去琢磨琢磨。您看啊，我也不会种地，这眼看着冬天也要来了，您看您这土地、水源什么的都是现成的，我闫行啊就拿我的工资和劳力入股，和您合作，咱娘俩一块建个大棚，种地。"说着，闫行嘿嘿一笑，"我想咱娘俩，一定能有效益。"

巧燕听了闫行的话，笑了，笑的时候把眼角的鱼尾纹堆得很深，把头上的白头发都给笑散开了。巧燕的眼睛不明亮，没有神儿，瞳仁浑浊，她说："看不懂你啊，我也不听广播，不看电视的，啥时候国家出了个你们'大学生村官'这么个政策？你看你这个大学生村官还能发挥大作用呢？这几年吹牛、跺脚、拍胸脯的干部我也见了不少。"

闫行也笑了，是那种自信的笑，右腿一蹬，上了自行车，两手一起握住了车把："咱们农村人讲究个实际，我和您学学建大棚种地也是实际啊，土地是咱农民的命根儿，这土地里弄好了也长金元宝哩！"闫行心里也在感慨着，日子也该折腾折腾了，折腾折腾挺好的，折腾折腾就有了活络气儿，国家都有了容错机制，我们不怕尝试，我们接受失败，退一万步讲，也比现在这么不咸不淡地讨生活强吧。不是讨生活，看不到希望、没有盼头儿的那就是在混日子。

闫行回到了村委会，把车子放好，直接上二楼到了高树泽的办公室。

高树泽也刚进屋。“书记，我中午又去巧燕姨家了，有几个想法和您汇报一下。”

老支书看着闫行，点点头：“你说。”

闫行站在高树泽对面，盯着支书的眼睛：“书记，我想巧燕姨上访的心结不是能不能给她男人申请个烈士的称号。我今天和她聊天，觉得巧燕姨的心结，是村里一些人的迷信思想，一些人的风言风语，说什么遭雷劈的都不是好东西。”

高树泽叹了口气，两道眉毛皱了皱：“闫行，你说的其实我也知道，但是都是村里的人，本乡本土的，嘴长在人家自己身上，别人说什么、怎么说，我也管不了啊，我不可能拿着胶带把别人嘴给挨个封上啊。”

闫行也叹了口气：“您说的也是。嘴长在人家身上，人家说嘛咱也控制不了。”

老支书伸出右手，五指岔开理了理花白了的头发。

闫行接着说：“书记，还要和您汇报个事，今年是巧燕姨男人牺牲的六周年。”闫行也特意用了“牺牲”，“她现在回到咱村里在大堤下种地，我想着和巧燕姨一起建个大棚，冬天种点反季节的蔬菜，或是种点草莓什么的，搞个城市果园采摘，就当弄个试点，如果效益好的话，也可以在咱村里推广，您能同意吗？”闫行眼巴巴地看着老支书，“哦，书记，我想占用自己工作外的时间，我不会耽误工作的。”

高树泽爽朗地大笑，站起身子，转过了桌子，走到了闫行的面前，大手用力地拍了拍闫行的肩膀：“小行，给咱村老百姓干事，我一百个支持。别说什么耽误不耽误工作的，你能踏实下来给咱辛庄出力干事，就是最好的工作。”

闫行认真地点点头。

高树泽补充道：“对了，闫行，建大棚的时候什么钢架、大棚钢管、纵杆、塑料膜什么的，要买的话，让小锁子带着你去，你没买过，别上当。建大棚的时候，让小锁子再给你找几个利索人，帮你们建大棚。巧燕好几年没和我们村委会的人说过话，我和锁子也就不露面了，省得见面大家尴尬，你需要钱的话和我说。”

闫行摆了摆手：“不不不，书记我有钱，这不都发着工资嘛。”说着闫行指了指裤兜，“回头让锁子叔带着我去买材料。”

4

天气渐渐凉了，人们开始换下了单衣。大堤上树木的叶子已经泛黄。闫行没有食言，老支书和刘金锁也都在建大棚的事情上帮了不少忙。现在，在巧燕的板房前，闫行曾经比画过的地方，一座钢架结构的大棚正悄然矗立在玉米地的原址上。它静静地待在那里，它代表着希望，就像侍弄庄稼一样，经过培土、施肥、开沟、落种、保温、发芽、分株、浇水等一系列繁复的流程之后，农民们就该盼着收获了。

巧燕开朗了很多，这会儿从板房里走了出来，双手叉腰，站在大棚外面喊："闫行，快出来歇会儿，大棚里怪闷的，你歇会儿再干。"

"姨，马上就好啦，我这一会儿就把这点彩椒种子撒完了！"大棚里，闫行穿着个跨栏背心，正大哈着腰几粒几粒地把彩椒种子按在土里，以一个标准的庄稼汉姿势，像撒金豆子一样小心翼翼。

放上几粒种子，用浮土压一压，闫行就碎着小步往后退一点，继续放上几粒种子，用浮土压一压，继续碎着小步往后退。一垅地下来，闫行已经累得直不起腰来了，干啥都不容易哩。但闫行打心底里高兴，他在体会着劳动的快乐。

闫行正在大棚里忙活着撒种，就听到大棚外面有人说话。

"妈，咱家嘛时候多了个塑料大棚啊，嘛时候建的，土里自己个儿冒出来的？咱家哪来的钱啊？"

闫行把余下的种子收好，直起了身子，长长地出了口气。猛地直起身子，闫行有点头昏脑胀，眼冒金星，一阵眩晕掠过，闫行自言自语着："哎，还是缺乏运动啊。"

闫行走到了大棚的门边，小心翼翼地掀起了塑料膜，斜着身子从大棚里往外钻，没注意迎面撞上一个轻巧的身影，抬头，竟然是一个漂亮的姑娘。姑娘正想通过大棚的门边往里进，闫行正往外出，一出一进地差点撞了个满怀。一看这个姑娘，文雅中带着几分学生气，少用化妆品的皮肤有点粗糙，脸上泛着阳光般健康的颜色，头后大辫子一甩一甩的，倒也利索干净。

闫行看着姑娘，姑娘此刻也在打量闫行，四目相接间闫行的脸上是不好意思，姑娘的脸上却写满了好奇。闫行这会儿比较狼狈，和帅气是八竿子打不着了。他穿着的跨栏背心已经湿透了，脱下来都能拧出二两水，浑身上下热汗直淌，从脑瓜顶开始冒着腾腾的热气，他的皮肤又白，这会儿就像个刚出锅的大白馒头。几秒过后，姑娘脸上也由好奇变成了不好意思，小声客气地冒出俩字："你是?"姑娘声音很小，却把"是"拉成了长音，久久萦绕。

巧燕接过了话茬儿："小蕊，这就是我在电话里和你说的，辛庄的大学生村官闫行，咱家的'合伙人'!"巧燕的脸上露出灿烂的笑容。没给辛庄前加"咱"，却在自己家"合伙人"前加了"咱"，以示亲近。

闫行这会儿大大方方地冲常蕊打着招呼："哦哦，你就是小蕊啊，以前也没听巧燕姨提起过你呢。"

闫行没听巧燕姨提起过常蕊，常蕊却在电话里天天听母亲念叨着闫行。常蕊耳朵都快磨出茧子了，巧燕天天就是那么几句翻过来调过去、折着跟头的罗圈儿话。感情老妈不到五十岁就开始了漫长的、絮絮叨叨的小老太太生涯，弄得常蕊关于闫行的事迹都能"全文背诵"了。但穷尽了全天下所有夸人的好词儿，巧燕的中心思想无外乎也就那么言有尽、意无穷的五个字——这孩子不错。

闻名不如见面。今天见到了闫行，常蕊心里有感激、有激动，脸上却是一脸的不好意思，两只手却自觉不自觉地张了张，伸向了闫行，两个青年人的初次见面，竟准备要握手。给闫行弄了个措手不及，这礼节有点忒正式了吧？自己手上都是土，又拿着东西呢，多埋汰啊。可姑娘把手伸过来了，闫行连忙把手里的农具放到地上，又赶紧把双手在自己的跨栏背心上前前后后、手心手背都好好地蹭了又蹭。能蹭下去吗？有汗，就当洗了个手。闫行这才伸手迎了上去，和常蕊两只手握在了一起，顺便摇了摇。

巧燕在一旁乐出了声："哈哈哈，这俩孩子可真逗，第一次见面就握手，这是会见外宾啊，还是领导人出访啊！"一听这话，两个人连忙都缩回了手，闫行也弄了个大红脸，连忙岔开话题："小蕊啊，你这是放假了？哦哦，十月一了，你歇七天吧。哦哦哦，对，大学生十月一就是歇七天。对了，我和巧燕姨合伙建的大棚，准备先试种彩椒，如果侍弄得好的话，准备年前就能上市了。"

常蕊被闫行给逗乐了。闫行说着"上市"的时候，表情一本正经，却又格外夸张。

闫行继续补充着："我说的'上市'不是公司上市啊，我是说我和巧燕姨的彩椒上市，上市场卖的意思，简称'上市'。"

闫行在一边自问自答着，常蕊也插不进去话。三个人站在刚刚建好的大棚前，有说有笑地聊了起来。远处，高永镇两只眼睛盯着闫行，狠狠地吸着嘴里的软中华，高档烟叶和空气混合后发出“滋滋”的声音。他还在等机会，他需要一个由头开启与闫行的第二回合较量。他沉得住气，他有的是时间。

晚上，板房前炊烟袅袅，铁锅里刀铲铿锵。巧燕留闫行在家里吃饭。破天荒的第一次，能吃到巧燕姨亲手炒的菜，闫行也不拘束，高高兴兴地吃了起来。饭菜并不丰盛，金秋时节蟹子正肥，但是囊中羞涩啊。家常便饭以青菜为主，但巧燕今天心里高兴，女儿回来了，闫行也在，守着俩孩子，一家人可不得好好吃顿饭。表现在手头上就是炒菜技艺的超水平发挥，颠仨炒俩的都不在话下，大学食堂主力替补大师傅的功力得到了充分体现，不，那能叫充分体现吗？那都淋漓尽致了。一盘醋熘土豆丝做出了大学食堂的“乡愁”，俩孩子都开始怀念起以前的学生食堂来。

晚饭过后，巧燕轰常蕊和闫行出去转转，硬是说让常蕊送闫行回家。

闫行连忙摆摆手：“不用啦，不用啦，我这一个大老爷们儿，还要一个小姑娘送我回家。再说了，我家就在村委会，也没几步道啊。”

巧燕收拾着碗筷：“你们啊，出去转转，消化消化食儿。十五的月亮十月一圆。”十月一是阳历，十五那是农历，巧燕这边生拉硬套的也不对拢，差着行市呢。

常蕊已经没有刚和闫行见面时的尴尬了，一顿饭下来，两个人熟络起来了，毕竟都是年轻人。闫行推着自行车和常蕊肩并肩走在夜晚的乡间村路上。

世界很大，经由一根网线就能千里相连；近在眼前，有时却也隔着山水千重。闫行心里装着人呢，哪能还有别人的位置？巧燕姨刻意制造的机会虽是好意，但闫行心里挺愿意做个痴情郎，守护着自己的梦溪小蒋。尽管爱情的前路渺茫，一眼望去尽是山水千重难相逢。更何况他和蒋梦溪连爱情都不是，又没有确立关系，暧暧昧昧的，可情情爱爱的谁又说得清呢？

夜晚的乡间村路上，路灯昏暗，有的地方干脆就没有路灯。路灯少了就显得一席夜空里，星星月亮格外明亮，远处一轮明月正挂在天边，黄黄的很是皎洁。

闫行推着自行车，常蕊跟在闫行旁边，两个人就这样走着，相对无言。常蕊不时地偷偷瞅向闫行。闫行正在抬头看天，乡村的如洗碧空是城市里没有的。

常蕊首先打破了沉默，话题自然是从闫行的工作开始。

“闫行，你这大学生村官是个嘛官啊？嘛级别？管什么的？”

闫行推着自行车：“哦，大学生村官啊，就是个考试，没啥级别，白丁一个。如果是党员的话，考上了就是村支书助理，不是党员就是村长助理。”

常蕊点了点头，若有所思地像是在回忆：“哦哦，大学生村官？助理？我记起来了，我看学校里也贴过招聘的公告，搞过几次宣讲会。”

闫行放慢了车速，以一个学长的身份给着常蕊建议，尽管他俩不是一个学校的。“哦？那你今年大三了吧？毕业也考一个呗？正好考回西沽区，离你妈也能近点。”

常蕊摇头，脑后的大辫子刷刷地甩着：“哎，我妈肯定不会同意的，她拎着我的耳朵告诉我多少次了，让我一辈子也别和政府，别和村里打交道。我明年毕业直接投个简历去企业吧，尽快多赚点钱，让我家也改善改善生活。”

“你学的什么专业啊？”

“会计。”

“不错哩，会计应该挺好找工作的。哈哈，告诉你个秘密。”闫行突然不知从哪儿来了一股子神秘劲儿，“我来咱村里工作前，放弃了一个去北京留企业的机会呢！”

常蕊双眼圆睁，被闫行勾起了好奇心，毕竟北上广对于一个大学毕业生的吸引力，已经大三了的常蕊很清楚，而且闫行还用了一个更具吸引力的动词，“留”。常蕊接着问：“什么企业啊？留北京？”

闫行哈哈大笑，脑海里浮现出牟鹏飞的形象。牟鹏飞的话语依然在耳边萦绕：“行哥，你想过你自己适合做销售吗，卖挖掘机？就你那一本正经、循规蹈矩、老成稳重的性格？就你那憨厚耿直的天性？就你那不会应酬说话的一张笨嘴？”

“留北京，卖挖掘机。”闫行告诉常蕊，言简意赅，内容丰富。

听到这些，常蕊大张着嘴，一脸惊讶。

以后的日子里，闫行变得越发勤奋。每天天不亮就要早起，去给收菜的大车送货，虽然辛苦，但是他特别珍惜地里的这份收成。就是再忙心里也是喜滋滋的。年轻轻的下地，不应是一份苦差事，而是应该用自己的头脑把它变成一份俏职业。民以食为天，到多晚咱老百姓一日三餐都离不开这粮食和蔬菜。种地的年轻人越来越少，那以后谁来种地呢？

可这话又说回来，要是嘛事没有，您躺那躺着挣那么多钱，您说那可能嘛？

所以，人活就要活一个勤奋呐！

5

这天，夜已经很深了，闫行坐在农家书屋里，拿出手机，拨通了一个电话。

“喂，鹏飞，那个事办得怎么样了？”

“哦，这么晚了还没睡！已经办得差不多了，正想着明天一早和你说呢。你提供的材料很详细，记者已经把稿子写完了，估计这几天他们编辑就能审完稿。不出意外的话，应该下周二见报。”

闫行兴奋地拍了拍大腿：“好啊，鹏飞同志，你可帮了我大忙哩。”

牟鹏飞打了个哈欠：“咱哥俩这关系你还客气个啥？不过呢幸亏我有个学姐在报社上班，我这来来回回也前跑后颠儿地搭进去不少人情什么的。”

“没牺牲色相吧？”

“别放屁了，把你的屁给我憋回去。”

闫行哈哈大笑：“咱哥俩没的说，回头请你吃饭。挂了啊，鹏飞，早睡。”

牟鹏飞：“喂？喂？啥时候吃饭啊？来个准话儿倒是。嗬，说完正事就给我挂了，没去辛集镇几天，西沽话倒学得挺快。”牟鹏飞撇了撇嘴，把电话放在了桌子上。

蔬菜大棚无疑是劳动人民最好的发明。在这里，可人的萌芽肆意生长，没有四季的变换，永远一片春意盎然。彩椒种子已经在大棚里发芽了，几个尖尖的、嫩嫩的小绿叶破土而出，向上生长着。站在大棚边上往里看，一片绿油油的小叶子就像排着队一样，整整齐齐地在土地上集合列队，生机勃勃的，很是喜人。

巧燕正拿着镰刀，蹲在大棚里，除着大棚里各处长出来的杂草。远处，闫行骑着自行车飞一样地向大棚赶来。闫行两只手抓住车把，腰部用力脚下加紧把车子蹬得飞快，右手里还攥着一张报纸。到了板房前，闫行顾不上把车子放好，纵身一跃就从车子上跳了下来，没承想右脚被自行车横梁给绊了个趔趄，差点儿摔个大仰壳。顾不得这许多，闫行手里攥着报纸四处找巧燕姨，一看板房里没人，他几个大步来到大棚前，人还没进大棚，声音先到了：“巧燕姨，见报了，见报了，终于见报了！你快出来看看呀。”闫行有点激动，声音变得颤抖。

巧燕正在大棚里干活，听见闫行的声音，肯定有啥事，要不这孩子平时也不这么着急忙慌的啊。她赶紧放下镰刀，起身往大棚外面撵，这时候闫行正往大棚里进，两个人就在大棚的门口撞了个满怀。

巧燕被闫行撞得向后退了几步，踉跄着差点儿踩着彩椒苗。“咋的啦，这孩子，你这是被狼给撵了，火急火燎的，出啥事了？还是咋的了？”

闫行顾不得说别的，赶紧把手里的报纸往巧燕姨的手里塞。

巧燕看闫行脸上笑得很灿烂，一只手接过了报纸：“咋的啦，闫行，你买彩票这期开奖中了？我平时也不看报纸的，你给我看嘛呀？”

闫行深吸一口气，平复下激动的情绪，一字一顿地说：“巧燕姨，贵祥叔的事迹上报纸了，上了咱《天津日报·西沽版》，现在啊，贵祥叔的事迹全西沽人都能看见哩。”

“是嘛？在哪了？我看看，闫行，给我找找，在哪了？在哪写着了？”巧燕先是把两只手在衣服上蹭了又蹭，蹭去了手上的浮土，然后眼眯着，努力让眼神聚拢，双手捧着报纸，两只眼睛努力地找寻着、阅读着，从未有过的认真，从未有过的专注，就像一个虔诚的基督徒正在捧读着一本《圣经》。

一张报纸，巧燕翻了一圈，又倒过来看了一遍，就这样翻过来调过去地看了两遍，还是没找到，她一脸焦急地把报纸又塞还给了闫行：“闫行，你还是给我念念吧，我这眼睛老花了。再说了，小学二年级毕业，有的字也认不全了。”

闫行应了一声，把报纸展开来，翻到了报纸的第三版，以一个标准男播音员的腔调大声念着，带着感情，带着激动，带着激昂，带着巧燕六年来的愤懑与不甘：“《优秀民兵铸典范　防洪卫士显忠诚》，这是题目哩，巧燕姨。”

“嘛内容呢？”

“我们从没忘记，时间也从没忘记，虽然已经过去了整整六个年头，但是他作为一名基干民兵的忠诚与担当却让我们时刻铭记，并为之感动，就有那么一部分人，宁愿为了大家的利益，甘愿牺牲掉自己的利益，甚至付出生命的代价……”

闫行从题目开始，字字铿锵地念着报纸上的专题报道。站在一旁的巧燕不错眼珠地认真听着，生怕漏掉任何一个描写她已故丈夫的感人细节。听着听着，两行热泪从脸颊流过。曾经的过往，点点滴滴，雪泥鸿爪，一幕幕一桩桩统统化作了这眼泪千行。如果说巧燕用六年2190多天的时间最终换取了这篇两千多字的报道，那么此刻，她在认认真真地听完了这两千多字的报道之后，她觉得自己过的这六年来的每一天都值了，够本了。人活一口气，佛为一炷香，她这六年来的“要强”今天终于把这“强”给要来了。

报纸报道后，西沽区电视台也对常贵祥的事迹进行了跟踪采访，接着报社又趁热打铁地写了评论员文章。恰逢西沽区正在全力创建全国文明城区，年末，西沽区将“感动西沽·十佳人物”的称号授予了已经“牺牲”了的“最美民兵”常贵祥。就这样，“最美民兵”常贵祥的事迹与社会主义核心价值观一起传遍了西沽区的大街小巷。从此以后，村里再没有人将常贵祥与“遭雷劈的没有好人”联系在一起了，小一辈的辛庄人心里更愿意相信，常贵祥是个大公无私，为了大家伙儿防洪抗灾牺牲了的最美民兵，每每提起常贵祥，每个辛庄人脸上都写满了骄傲和自豪。

6

不大的会议室里，黑压压地坐满了人。主席台上，张辉书记在讲着话，闫行坐在高树泽后面。主席台后面的横幅上写着“辛集镇农村农业经济发展推动会”。会议室里，高婷、乔丽颖、张立发也跟着各自的村领导来参加会议，坐在了各自村领导的后面。

张辉在主席台上讲着话，话筒的声音很大，坐在角落里都能听得真真切切。主席台下的人们拿着笔记本，用笔不时地记着什么。笔头刷刷点点，人人一脸严肃。

张辉在主席台上讲：“辛集镇各村要加快推进‘一村一品’和休闲农业发展，全力助推，积极促进农民增收致富。”

台下的人认真地听着。闫行瞅了瞅高树泽，只见老支书正襟危坐，双眼眯缝着，不是睡着了，而是因为老花眼，需要眯着眼睛才能看清发的材料。台上张辉还在一点一点地讲着话。第一点、第二点、第三点，听起来好像不长，可是这三点里面，每一点里还有三小点，三三得九，大标题里面还套着小标题哩。高树泽宽宽的额头上，在几缕白发的映衬下，脸上写满了岁月与沧桑。

台上，张辉说：“‘一村一品’啊，是一个品牌概念，通俗讲就是以咱各村为基本单位，紧盯市场的需求，充分发挥本地在自然资源、传承传统上的优势，通过大力推进规模化、标准化、品牌化和市场化建设，使每个村都拥有至少一个市场潜力大、区域特色明显、附加值高的主导产品或者产业，从而大幅度提升咱们农村经济的整体实力和咱们农民的收入水平。就比如啊，你们大蒋村以前种冬瓜的多，就可以搞个冬瓜品牌嘛，成立个冬瓜农民专业合作社，中央一号文件都提倡、鼓励和支持承包土地向专业大户、家庭农场、农民合作社流转。”

张辉书记的冬瓜举例让闫行想起了刘金锁的“冬瓜论”，提起这冬瓜，“一村一品”咱辛庄村有啥呢？彩椒？土豆？大白菜？老玉米？唉，话到嘴头又咽了回去，留下来种地的人太少了，年轻人、壮劳力都出去打工了，指着土地讨生活，祖祖辈辈的也没留下嘛金谷子啊。一句话给辛庄村下个结论——没人没钱更没“品”。

张辉在台上讲了半个多小时，其他的镇领导又做了贯彻落实和具体部署，最后张辉书记一声“好了，散会。”会议结束了，人们收拾好各自的本、包、笔、水杯，走出了会议室。

走出去的时候，张立发几步追上了闫行，拽了拽闫行的胳膊，把他拽到一边，压低声音对闫行说：“闫行，听说你够能整事的哩，又是自己搭工资出劳力地建大棚，又是去报纸上发稿子登报道的。”

闫行听张立发这么一说，连忙摆手：“没有，没有，我就是工作之余做点事。咱小村官不就得做点村官该干的事嘛。”

张立发讪笑着，拍了拍闫行的肩膀：“行了，行了，没来几天都学会打官腔了。说，你是不是都在辛庄如鱼得水了？”

这回轮到了闫行尴尬一笑：“立发，你这如鱼得水是怎么讲的啊？”

张立发冲着闫行坏坏地笑着，表情“猥琐”却也能看出是真诚地替闫行美得慌，言下之意大有让闫行自己理解，张立发这边省略一万字之嫌。

远处一辆奥迪车里，赵庄村的治保主任赵德明从车里大声冲着这边喊：“小张，走了啊。”

张立发应了一声，小步快跑着上了奥迪车，却也抓紧最后的时间给闫行甩下句：“哥们儿，注意身体啊！别太累！”

闫行被张立发弄得一头雾水，神神秘秘的，张立发净整这些五迷三道、没啥营养、不咸不淡的，他自己做好自己就行了，身正不怕影子斜。

都说这“身正不怕影子斜”，没错，那是上半句，下半句呢？“心清也惧论理歪”。闫行不知道，随着常贵祥的正面事迹在西沽区和辛集镇传扬开来的，还有一股子小道消息也在辛庄村的大地上随风播撒。“外来的大学生村官闫行，经常深入凡人不理的辛庄村寡妇巧燕家，忙前跑后，嘘寒问暖，亲密无间。十月一的时候啊，巧燕的姑娘也大学假期回来了，三个人还在大棚前面一起炒菜吃饭呢，那情形啊，没法形容了，腻乎着呢，又说又笑的。临了了，巧燕闺女还和闫行一起‘压马路’呢！都说这寡妇门前是非多，可人家大学生村官闫行可不避讳，外来的和尚会念经嘛，本乡本土搞不定的，人家外来的闫行就把巧燕给搞定了。不仅帮着寡妇建起了大棚，还经常深入寡妇家里一起帮着干活儿哩。这还不算完，人家寡妇的大姑娘回来了，闫行顺便又和大姑娘搞到了一起。嘛？说我是胡咧咧？我有证据呢，这大晚上的他俩一起推着自行车‘压马路’就是铁证！你还别不信，苍蝇不叮无缝的蛋，无利哪个傻子起早贪黑地往大棚里钻啊！多热啊，四脖子汗流的。照我说，闫行这是皮裤套棉裤，必定有缘故。”

人家给闫行添油加醋传得是绘声绘色、有板有眼，当事人自己却一概不知，一耳朵都没听见。也难怪张立发压低声音和闫行嘀咕，看破不说破地让闫行自己理解，原来张立发这边省略的一万多字，内容丰富着哩。就有这么帮子无事生非，恨不得天下大乱的人，也不知道是哪个歪心眼子的王八蛋给闫行造的谣。

高树泽已经推上了自行车，闫行也快步地跟上了老支书，爷俩一前一后推着自行车走出了镇政府大院，两个人同时一偏腿，飞身上车，打道回村。

今天有点阴天，深秋没太阳的时候已经开始冻手了。老支书骑车显得吃力，见他身子往前倾着，每次发力全身都在跟着一起使劲儿，身子跟着车轮一起一伏，仿佛单纯大腿的肌肉群已经不足以支撑自行车前进的基本动力了。闫行跟在高树泽身后，脸上写满了心疼，“铁驴书记”老了，人老先老腿，自然规律没办法。就怕这人老了，心也跟着老。

刘金锁今天有事，没有去镇上开会，见高树泽带着闫行回来了，他接过了老支书的笔记本和包，随口问着：“二哥，今天开会说的嘛呀？”

高树泽回到了屋里，把外衣脱下，放在了椅子背上。“嗯，今天开会说的要搞‘一村一品’，一村一个农产品品牌。”

刘金锁晃了晃头，咂摸咂摸滋味：“嘛？‘一村一品’，可着咱整个辛集镇18个村也没几个品牌啊，哦，对了，咱辛集镇啊，小沙窝村有个沙窝萝卜合作社，一到冬天，可着整个公路线，到处都是卖沙窝萝卜的，连杨柳青的田间地头边上都卖沙窝萝卜，每家还都摆的是正宗的沙窝萝卜。”

闫行也跟了进来：“书记，您说这‘一村一品’咱辛庄搞点嘛好呢？会上张辉书记也说了，区里镇上的都有扶持政策。”

刘金锁接过了话茬儿：“嘛玩意儿，又搞一刀切、大帮哄了？说搞‘一村一品’，就呼啦一下子全是萝卜、土豆、西红柿、冬瓜了？指着土里刨食儿的，有嘛干头，要我说啊，咱村就一条明路——集资建厂房！学学人家赵庄村，看看人家现在过得是嘛日子，天天小车开着，小酒喝着，小烟抽着，那感觉可带劲儿哩！”刘金锁最后那句“可带劲儿哩”特意学着用了河南方言说出来的，不自觉地头又晃了一晃，晃得很带劲儿。

高树泽听了刘金锁的话，不置可否。

刘金锁说到了兴头上：“那俗话都说得好，要想富，先修路；要想富得久，必须厂子滴有。”刘金锁一激动，这日本话都溜达出来了。

闫行和高树泽都看着刘金锁在一边规划着辛庄未来的厂房，一边挥着大手摇晃着头，激情澎湃、唾沫星子四处飞溅。

听锁子讲完了，老支书摇了摇头，站起了身子，又叹了口气，操着一口西沽普通话，对闫行说，又像是在自言自语：“咱辛庄啊，总结起来以前是九个字——人走光，村很穷，钱难挣。今天啊，经锁子这么河南话、日本话地一通说哩，又多了三个字——没心气。”

接着高树泽又转过身子对刘金锁说：“锁子啊，集资建厂房的事，你以前也提过，我知道，咱们都看着赵庄村集资建厂房挣着钱了的眼热眼红，但是咱辛庄村也要讲究个实际嘛。人家赵庄村守着公路线，靠着国道，人家建厂房就有厂子过来租，咱辛庄没有人家的交通便利的优势哩。”

刘金锁晃了晃头：“二哥，您说的我也知道，可咱现在干嘛都不容易啊，万事开头难。说一千道一万，咱这头应该是咋开，怎么着，我觉得咱辛庄也应该活泛活泛了。”

老支书点了点头：“是啊，咱辛庄也应该活泛活泛了，俗话说‘无农不稳，无工不富，无商不活’，镇上也给咱指了‘一村一品’的发展路子，咱是农村，也应该在这‘农’上好好下下功夫。”

刘金锁显然是不同意，继续为自己的明路争辩着：“都说这西沽区的盘子大，要通盘考虑，说搞这‘一村一品’就大帮哄地‘一村一品’，但这大盘子里也还一个个的小碟子呀！哦，你们让我有大局意识，统一布局，等咱这大盘子里上了菜，你端着自己的小碟去你自己屋里吃去了，你们把大盘子蒯了个盆干碗净，让我吃嘛？大白馒头蘸菜汤儿吗？照我说，还是我指的那条明路——集资建厂房。说一千道一万，还是咱自己个儿发展自己个儿。”

闫行站在一旁听老支书和刘金锁说着，自己却插不进一句话去。闫行心里也没了准主意和真章儿，老支书说得对，刘金锁也有道理，唯有一点是明确的，辛庄是该活泛活泛了。

吃完晚饭，闫行骑车来到大堤下巧燕姨的板房前，大棚里亮着灯，巧燕正在大棚里面忙活着，闫行掀开了塑料膜进了大棚。

人勤地不懒，大棚里彩椒苗又长高了很多。

“姨，您吃完晚饭了？”

“嗯，随便吃了点。我说闫行，和你说了多少次了，让你晚上下班来我这儿吃饭，咱娘俩一块儿吃饭还能做个伴儿。”

闫行笑了笑，接过了巧燕手里的镰刀，哈下腰除着地里的杂草。随口说：“您歇会儿，我来弄。以后啊，我肯定来，这样啊，您晚上吃饭也就不自己就乎一口了，好歹还能炒个热菜。”

巧燕直了直腰：“可不是嘛，我自己吃饭也没劲儿。对了，过几天啊，再去买点化肥，这彩椒长得才有劲。咱种地啊，不比他们城里种草种花的，庄稼一枝花，全靠肥当家。”

闫行点着头，盘算着过几天去买化肥。忽然想起了什么似的，他直起身子问巧燕姨：“姨，您知道咱以前的辛庄集团吗，听说可厉害了，全西沽区第一家农民自己办的乡镇企业，这辛庄集团是干嘛的呀？”

巧燕“嗯？”了一声，问：“咋啦，怎么突然冒出辛庄集团来了？多少年都不提的事儿了。”

闫行随口说：“今天去镇上开会了，说给每个村推‘一村一品’，我就想到咱辛庄集团来了，听说以前可辉煌了，以前高书记还上过天津电视台呢，足足采访了好几分钟哩。”

巧燕笑了：“那你直接问高树泽啊，以前的劳动模范，辛庄集团总经理，问我干嘛？我又不是写历史的，我也不会传闲话。”

闫行冲着巧燕做了个鬼脸：“那我哪好意思直接问啊，虽然我没来咱村多久，但这不明摆着嘛，辛庄集团是咱辛庄村的一个痛。”

巧燕姨也叹了口气：“要说啊，辛庄集团最辉煌的时候是2000年前后吧，辛庄集团啊其实就是辛庄饮料厂。那时候，高树泽谈了个大项目，给一个河北的饮料大厂做代工，那叫啥，有个什么词来着？”

闫行答：“贴牌生产。”

巧燕姨说：“对，就是给别人生产。你就看吧，当时的饮料厂大门口，厂门外装货的汽车都排成了长龙，货车司机哪儿的都有，嘛地方的方言都给凑齐了。辛庄村全村男女老少几乎能动的都去辛庄集团上班了，我以前也在饮料厂干过。”

闫行接着问：“那后来咋说黄就黄了呢？”

巧燕姨摇了摇头：“市场的事我哪知道啊，反正那家河北的厂子黄了，辛庄饮料厂就跟着黄了呗。一开始做冰红茶，后来冰红茶不行了，辛庄饮料厂就自己开发了个酸奶什么的。”

闫行好奇地问：“酸奶？好喝吗？”

巧燕说：“好喝个屁，贼难喝，一帮土坷垃做的酸奶能好喝到哪去，都没批量生产就黄了，后来又做罐装纯净水，后来纯净水也卖不出去了，再后来辛庄集团就黄了。”

闫行叹了口气：“是啊，现在大街上有康师傅冰红茶、娃哈哈营养快线，早没有那个河北的牌子了，更别提咱辛庄饮料厂了。”

巧燕补充着：“不过说实话，高树泽不适合做买卖，他这人啊直肠子，不会弯弯绕。辛庄集团虽然倒闭了，但高树泽也没亏着自己村里的老百姓，顶多大家算个没工作，继续去种地务工吧，不像有的村，说是集资建厂搞建设干啥的，挣着钱的见不着分红，黄了赔了的，挨家挨户地还要背账还账哩。”

听了巧燕姨的一番话，闫行想象着以前辛庄饮料厂门口汽车排队的繁荣景象，想象着老支书接受天津电视台采访时的意气风发，想必当时老支书除了两道浓眉，更是目光炯炯、神采奕奕，当时还没有人叫他“铁驴书记”，当时大家对他的称呼应该是高总经理、高厂长、高书记，“铁驴书记”那是辛庄集团辛庄饮料厂倒闭后的话了，虽然骑“铁驴”是高树泽自愿为之，但想必他内心经历过的比谁都要更加煎熬。农民是不是就该守本分呢？守着自己的土地，侍弄着地里的庄稼，指着春种秋收讨生活？一帮农民非要自己鼓捣个土坷垃酸奶，这不是舍本逐末自讨苦吃嘛。到底是不是这么个理儿呢？闫行并不知道。

第六章

1

一个晴朗的冬日早晨，一辆黑色帕萨特稳稳地驶进了辛庄村委会的院子，车门一开，张辉书记下了车，径直上了村委会二楼。

高树泽从屋里迎了出来："张书记，你咋亲自来了啊，有嘛事，你给我打个电话，我去镇上给你汇报。"

张辉哈哈大笑："咱全区有名的'铁驴书记'，我哪敢有事没事地把您往镇上调哩，这大冬天的，您蹬着自行车，寒风料峭的我哪落忍啊。"

高树泽连忙把张辉让进了自己的办公室："闫行，赶紧给张书记倒水。"

闫行赶紧给张书记倒了杯水，见张书记要和高树泽说话，闫行准备退出去。

张辉说："闫行，你也坐这儿，一块儿听听。"

闫行应了一声，拿了个本子坐在了边上。

张辉把外衣脱下放在了椅子背上，也不拐弯抹角，直接说：“老支书，前些日子咱镇上开了农村农业经济发展推动会，咱镇上的18个村里，我看有的村这‘一村一品’已经动了，您这个辛集镇的老先进、老模范可不能落后哩。这不嘛，今天我正好下村，来看看您，听听您的想法。”

高树泽叹了一声：“张书记，你也知道，我们辛庄啊，村小，各家各户散落着，干嘛的都有，是出去打工的也有，种地的也有，单干养猪的也有。”

张辉接过了话茬儿：“咱辛庄啊，从来就不缺能人哩，您就说这养猪的黄文登，养了200多头猪，也是种养殖大户了。咱中央一号文件不都提了嘛，明确鼓励扶持专业大户、家庭农场、农民合作社等新型生产经营主体。我看咱辛庄啊，弄个养猪专业合作社就挺好。”

老支书认真听张辉书记说着，不时地点头以示赞同。当张辉书记说到黄文登的时候，高树泽摇了摇头，叹了口气，说：“黄文登啊，确实是我们辛庄的养殖大户，单论养猪这一块，黄文登这孩子确实是个能人。不过啊，这孩子挺贼的，不实在。”

张辉听高树泽这么说，反倒被逗乐了：“能从咱老书记您嘴里说出这人不好的，着实是不多。不过啊，老书记，我觉得咱辛庄搞个养猪专业合作社挺好的，可行。一方面啊，咱村里有养猪的基础；另一方面啊，市里区上的也正在准备着手清理散养的垃圾猪、泔水猪什么的，咱们辛庄趁着这个机会搞个正规的、成规模的养猪专业合作社，不是挺好吗？我觉得是个机遇，咱辛庄就要把握住，老支书您老掌舵稳当，我看啊一定能干成。有嘛困难，资金啊、技术上的，咱镇上帮着跑，帮着解决。”

高树泽点着头：“张书记您就别往我脸上刷色儿了，让我考虑考虑。”

张辉打趣道：“老支书，您这是咋啦，还没从辛庄集团里走出来啊，可不能一朝被蛇咬，十年怕井绳哩。”

高树泽摆了摆手：“哪的话啊，我高树泽就是匹老马，党让我拉车，我就往前挪着走。没有嘛怕不怕的，只是这养猪什么的，我们也得摸摸市场，搞搞调研，看看销路什么的。当年辛庄集团黄了，看着村里老老少少的从饮料厂往家走，有的去了别的村、别的地方打工，我这心里啊不是滋味。我没嘛可避讳的，有好的机遇我也不会放弃的，‘铁驴书记’别的没有，这股子艮劲儿还在。”

张辉站起身子，两只手握住了高树泽的两只大手：“老支书，这市场啊就是这样，有赢就有输，没嘛大不了的。活着干，死了算。这回啊，咱都稳稳的，咱镇上铺路，您老亲自坐镇，把着方向盘开车，把咱们合作社搞起来，搞好，搞成个典范。”

张辉书记的登门造访给了高树泽很大的信心。人家张辉书记一口一个“老支书”地叫着，高树泽的心里热乎乎的。是啊，自己老是老了点，但这老字后面还扣着“支书”，支书就该干点支书该干的事。张辉走后，高树泽让闫行叫着刘金锁、胖姨，连同四爷爷都来他屋里开会。他集结了辛庄村委会全部智慧的几个人坐到了一起，共商大计。

胖姨听说镇上鼓励辛庄办养猪合作社，首先开了口："二哥，我觉得这事挺好的，你想啊，这领导都这么重视了，话都明说给咱了。再说了，那顺口溜说得好，'规划规划，纸上画画，墙上挂挂，橡皮擦擦，最后全靠领导一句话'。这领导都给咱拍板了，我觉得行呢。"

刘金锁接着说："您还别说，这几年啊，咱村养猪的黄文登那小子确实挣着不少钱呢。中国人啊，也离不开个猪肉。衣食住行的，咱最讲究个吃，现在啊，更讲究个吃得健康。而且我看啊，咱村那几个小打小闹的自己养猪喂泔水的也长不了，现在城里人、农村人都金贵了，都讲究个健康，合作社弄个正规点的养猪场我觉得有干头。可是这养猪合作社怎么搞，咱也不摸门啊。"

闫行补充道："张辉书记不是说了吗，'镇上铺路，咱高书记开车'。"

四爷爷站得高看得远，毕竟每天晚上半个小时的《新闻联播》那也不是白看的："干吧，二哥，你也别有顾虑，我天天听新闻看电视的，这中央一号文件年年都说咱农业农村农民的，镇上给脸咱要兜着哩。干吧，再说了，就是咱辛庄集团黄了，你高树泽不也没让咱本乡本土的吃着亏嘛。我举双手赞成，咱搞合作社。"

老支书高树泽听着大家的意见，两道浓眉紧锁着，两只大眼又开始有了神："行，咱搞养猪合作社。还是那句话，和以前一样，咱村里啊，党员、干部先带头，先给群众做个样儿。"高树泽挥了挥大手，沧桑的脸上满是笃定。

思想的问题统一了，接下来就是钱的问题了。北方四季分明，冬天该冷的时候就格外冷。秋天走得慢，冬天来得急。冬天就像个物件儿，"咣当"一声掉下来，带着寒气儿哩。

与天气形成鲜明反差的是辛庄村成立养猪合作社的热情。辛庄养猪合作社采取"自愿加盟，资金入股，按劳力发工资，定期给股东分红"的模式。闫行，这个辛庄大学生村官，别人眼里的小村官，不想在这场轰轰烈烈的辛庄大事上做个局外人，老支书都给下指示了，党员、干部先带头。但思想觉悟是一回事，物质基础又是一回事。闫行工资有限，财力不济，就是有点工资，也都帮着巧燕姨买了化肥、农具、种子了，于是他开始琢磨着借钱。找谁借呢？牟鹏飞，这个浪漫的理想主义者肯定有存款，但是考虑到自己一时半会儿肯定还不上，还是算了吧。不是闫行不好意思借，而是牟鹏飞根本不好意思催他还。这年头，谁不用钱啊。还是找姐姐吧，姐姐前面加个"亲"字，亲姐亲姐，这至亲骨肉不见外。

为了不让四爷爷、锁子叔或者高书记他们知道自己借钱的事，闫行拿着手机从村委会里走出去打电话。冬天里，在外面喘口气都能看到明显的哈气，一团团的白雾在嘴边围绕着。闫行把两只手放在嘴边哈了口气，借着哈气的热量，用力地搓了搓手，然后用手心又焐了焐耳朵，没几分钟，闫行的耳朵已经冻红了。

闫行掏出手机，拨通了一个电话。“喂，姐啊，你干啥啦?”他说着家乡话。

电话里，传来了闫行姐姐的声音:“咋啦，闫行，多长时间也不给我、给家里打个电话的，你最近忙啥呢？你那边冷吗?”

闫行用力吸了吸鼻子:“没事，姐，我们这边还行，不算冷。”

那边接着说:“咋的啦，有事吧？有事说事，我看你没事才想不起来给你这个老姐打电话呢!”

“姐，我有事，我要借钱。我要向你借五万块，你还认你这个弟弟就把钱借给我吧。”闫行急切地向姐姐恳求道。

“咋的了，你那边是出了啥事了吗？需要这么多钱?”姐姐着急了。

“也没啥事，姐，我们村要成立养猪合作社，我想入股一起干。”闫行斩钉截铁地说着。

“唉”，闫行姐姐先是在电话那边叹了口气，然后接着说，“钱我可以借给你，可我就是不明白，你放着正经工作不干，好好的大学生去农村，先是跑到西沽区一个村里当村官，现在还要找我借钱入股干什么养猪合作社，咱爸妈省吃俭用地培养你这么个大学生，到头来你可倒好，非要去农村！咱家也是农村的啊，你为啥非要跑去天津建设新农村去？明明是人家村的猪场，关你什么事?”姐姐也是大实话，恨铁不成钢啊，只能无奈地数落数落闫行。

闫行咽了口唾沫：“姐，大学生村官也是我的事业哩，从小你就最疼我了，给我买各种好吃的，嘿嘿。”山东大汉开始撒娇了。

“我也不是开银行的啊，一下子哪有这么多钱。我合计合计。唉。算了吧，把给你小侄女存的上大学的钱先取给你。”

“哈哈，小侄女才刚五岁，离上大学还早着呢！等养猪合作社分了红，到时候我连本带息地给她包个超大红包!”

见目的已经达到，闫行哈了口热气，这十多分钟也没白白挨冻，临了了闫行不忘嘱咐姐姐：“老姐，先别和爸妈说啊，我怕他们担心。等以后干成了事，我带着咱全家参观养猪合作社，哈哈。”

闫行骑车到银行，取了姐姐打过来的钱，回到了村委会。胖姨正在统计养猪合作社的入股情况，闫行从书包里拿出来个用报纸裹了好几层的大信封。五万块钱在闫行手里拿着很重。他把钱拿在手里捏了捏，放在了桌子上。

“姨，咱养猪合作社，我也入一股。”

胖姨正在账本上写着账，看见闫行进来，没有理会。听到了闫行说话，胖姨抬起头，看了看他，又瞅了瞅桌上的大信封。

胖姨放下了笔：“闫行，你也入股?”

闫行点点头：“是啊，树红姨，我闫行也是咱辛庄村委会的干部啊，高书记不是说了嘛，党员、干部先带头，先给群众做个样。”

胖姨倒也实在：“闫行，这养猪的事啊不好说，八字还没一撇，你不怕赔钱？本钱有去无回？”

闫行咧咧嘴：“咱村大家伙儿一块儿努力，赔不了。”

2

黄文登是辛庄村养猪的一把好手，自学成才、无师自通，在实践中摸索，在实践中学习，在实践中壮大，能够干成事想必下过一番苦功夫。闫行决定去他的猪舍看看，顺便也看看这位被高树泽说“不实在”的黄文登到底是个啥样。

还没到跟前，远远地闫行就闻到了一鼻子猪粪味儿，浓浓的，刺鼻子还熏人，你要早晨吃得多，现在都能吐出来。闫行舒了口气，调节了呼吸，继续往前走。

到了猪舍前面，大门虚掩着，闫行不好直接进去，站在大门口喊：“老黄大哥在吗？我是咱村委会的闫行啊。”

喊了几声没人应，只听见里面叮叮咣咣的，黄文登貌似在猪舍里干活儿，闫行也不好多喊多催，就这样原地立在了大门口。赶上黄文登家猪舍的大门口也没个门楼牌坊，真冷啊。猪圈没有门楼牌坊的也正常，但黄文登这儿连个房檐都没有，闫行立在大门口，这大冷天北风呼号的，冻得他直跳迪斯科。三顾茅庐暂时谈不上，闫行是第一次来黄文登家，可是这“程门立雪”闫行算是够了格，求学心切的闫行对黄文登体现出了充分的尊重。这会儿黄文登正忙于猪舍事务，闫行缄口噤声，不便打扰。

约莫过了足足有五分钟，从里面走出一个人。见他不到40岁的样子，黄白净子（天津方言，指人白净，皮肤光滑）不像个干活儿的农民，如果换上一身衬衣领带，再架上一副金丝眼镜，倒像个坐办公室的白领，还是那种高级白领哩。但“高级白领”现在左手拎着铁锨，右手里夹着根橡胶水管子，下半身穿着一码黑的水裤，应该是刚打扫完猪舍，水裤还湿着。见他嘴上也没闲着，叼着根烟，左半边的腮帮子不时地鼓着，往嘴里吸着气，发出牙疼般“吸溜吸溜”的吸气声，再用左半边上下牙床子叼住烟嘴，倒换过来再从右半边的腮帮子里往外呼出气，从而完成了一整套十分“销魂”的吸烟分解动作。伴随这一气呵成的吸烟动作的是不时冒出的呛人的白色浓烟。烟雾袅袅，掺着劣质香烟的蓝光和呛人的霉味儿。

“谁呀?”来人叼着烟上下打量着闫行。

“黄大哥，您好！我是闫行，以前我到咱村里挨家挨户转的时候，您见过我哩。”闫行脸上堆着笑。

“哦哦，了然，了然。村委会新来的小村官啊，知道知道。”说话间，黄文登叼着香烟的脑袋点了点，和闫行打过招呼。“刚听门口有人吵吵，过了一会儿又没动静了，以为人走了，感情这老半天你一直在这儿站着啊。”

“听您在里面忙着，我就没一直在门口叫您。”

“找我有事吧？嘛事，你说？我这还忙着呢。”说着，黄文登指了指自己的猪舍，又瞅了瞅自己的水裤。

“哦哦，黄大哥，您看啊，您是咱十里八村的养猪能手，咱村其他几个散养户没法和您比。我这不来学学嘛。”闫行谦虚谨慎，声调压低。

“哈哈，你这个大学生还找我这个初中没毕业的学习？养猪没嘛学的，受大累的活儿。”黄文登腾出一双手，吐出个优雅的烟圈，脸上却显得很得意。

“要学，要学！黄大哥，您看啊，咱辛庄不是准备成立一个养猪专业合作社嘛，报名入股都好几天了，也不见您动静。您是咱村的养猪能手，您看看能不能加入咱们辛庄的养猪合作社啊？有了您这技术保驾护航，咱合作社一定能干好。”闫行恭恭敬敬。

黄文登摇了摇头，连带着嘴里冒着火星子的烟头也画了个圈：“你叫闫行啊？前几天锁子也来找过我，我啊不是不想去，是没钱入股，这叫嘛，‘心有力而余额不足’。还有啊，你看我这养的这点猪，小门小户的成天也走不开不是？我黄文登本小利薄、人微言轻的，就不参加咱们村里的合作社了。我自己干啊挺好，落个自由自在。”黄文登对着面前的大学生接连用了几个成语，表达语意恰当贴切，在文化人面前显摆了自己个儿的学问，他心情美丽，表现在外就是这烟抽得更带劲儿了。

闫行继续努力说道：“咱村里建合作社区里镇上都有支持，镇上的畜牧兽医研究所也都给咱支持，以后销路咱也有保障哩。”

“我自己干，咱镇上畜牧兽医所的小韩不也定期给我发药打针什么的嘛，参加你们合作社啊，意义不大。”黄文登的一支烟眼看抽到了烟屁股，他索性把烟屁股夹在手里，冲着闫行挥动。

闫行还想继续说，黄文登一摆手，将烟屁股一竖放到嘴边对准闫行，做了个噤声的动作，自己给闫行来了段激情澎湃的讲演：“我说你这小村官咋这么磨叽呢，非要我参加你们合作社，就好比我现在手里就有这么一小把米。”说着黄文登从水裤的内兜里又摸出一支烟，用抽完的烟屁股对准手里的新烟，对火点着了，狠狠地吸了一口，从鼻孔里冒出两股呛人的白雾，双手给闫行比画了一个捧米的动作，继续说，“你看啊，就好比我现在手里就有这么一小把米，我自己吃能吃饱，还能吃上一碗干饭。‘咔嚓’一下你让我把我手里这一把米扔到你们这合作社的这口大锅里。大家伙儿是乐了，我呢？我可能连碗稀粥都喝不上，顶多混上碗清汤寡水的米汤哩。”

黄文登比喻得很形象，脸上现出满意的神色。最后，黄文登又饶有兴致地补充了一句：“小村官啊，实话跟你说吧，这市场经济都多少年了，你还跟我这整这儿大锅饭的事哩？”

黄文登确实是屁股后面挂暖壶——有一定（腚）的水平（瓶），他用一根烟的工夫，给闫行做了个形象的比喻，讲明了道理。说完这些，黄文登转身回了自家的猪舍，丢下闫行一个人愣愣地站在原地。看着黄文登转身远去的背影和留下的袅袅白烟，恍惚间，闫行竟然感觉黄文登自有一派仙风道骨。都说这“小隐隐于野，大隐隐于市”，黄文登隐于猪舍，那都是有板有眼、有腔有调、有车有辙，在着哲理呢！

3

外面下着雪，村委会里，刘金锁正拿着一个大茶缸子喝水，里面是大叶的乌龙茶。高树泽手里拿着一份表格，是养猪专业合作社目前的参股情况，越看表格上的数字越皱眉："不是很理想啊，参股的人不多，加入合作社的人也不多啊。"

刘金锁吹了吹冒尖了的半茶缸子茶叶，小口吸溜着喝水，晃了晃头："嘛叫不多啊，那简直就是寥寥无几哩。"

胖姨接过了话茬儿："人家闫行一人一掏就是五万块钱，现在都成合作社的大股东了。"

高树泽摇了摇头："镇上帮忙给咱们建猪舍，咱要建就建一流标准的，摸着石头过河，咱先干着吧。"

后来的日子里，辛庄村建起了标准化的猪舍，准确地说是养猪场。小村官闫行从村委会住进了养猪场。再以后的日子里，闫行主动请缨，负责养猪场的材料入库记录和工程监管。然而，他干了比这个职责更多的工作，从喂料、查情、打疫苗、人工授精到和养猪场的职工一起从货车上搬运上百斤的饲料……几乎猪场里每一件事，闫行都要从零开始学习，每一件事他都做得很认真，小村官有了个当"猪倌儿"的雄心。

养猪场一点一点地建起来了，慢慢地步入了正轨。四爷爷的月份牌一页一页地撕着，眼见就到元旦了，闫行找到了高书记，说是请假回老家。这些日子，村委会的几个人都给忙坏了。几个人天天往养猪场跑，盯着工期，看着进度，买着猪苗，跑着畜牧兽医所。

高树泽听闫行说要回家，立马准了闫行的假。看着日渐消瘦的闫行，老支书心里不落忍，拍着闫行的肩膀："闫行，元旦回老家好好歇歇，你最近前跑后颠地也瘦了不少，回老家舒舒服服地过个元旦。"临走还不忘嘱咐，"村里没啥事，你也不用惦记，也不用着急回来的，在家多待几天。"

闫行应了一声，回到农家书屋里简单地收拾了一下，没拿什么行李，刘金锁准备送闫行的，被他婉言推辞了。坐公交车多方便啊，也没嘛行李。闫行背上包坐上公交车，径直奔向火车站。

元旦三天假期，闫行赶在第三天的下午才回到了辛庄。公交车上还好，人挤人的，还有点热乎气。下了公交车，外面就剩冷了，冷不丁地刮来一阵西北风，冻得闫行上下牙床子直打架。这北风呼号的，闫行却自顾自地脱了羽绒服，光板穿着件旧毛衣，把自己的羽绒服裹在怀里的一个大纸箱子上，把箱子裹得严严实实的，生怕钻进风去。

闫行的"行为艺术"没有引起路上行人的注意，倒也不是没人注意，因着一路上就没什么行人，大过节的，天也冷，没事谁出来挨冻啊。下了公交车，闫行把包背在身后，整理好随身物品，把手里的箱子紧紧抱住。箱子里竟不时地传出几声

“哼哼唧唧”的声音，那声音就像婴儿的啼哭，“哇哇”地喊着饿，要着水或者又拉了，总之是有情况。感情闫行箱子里是个活物哩。这会儿闫行吸了几口寒气，对着箱子说话：“乖啊，快到了，别着急，到了就给你们喂奶吃。”说话间，他大步流星地向着辛庄村委会走去。

一路上闫行脚下加紧，生怕让箱子里的“孩子”等太久、冻太久，最后干脆一路小跑着进了村委会。顾不得上二楼，径直到了四爷爷的门房，先暖和暖和再说。四爷爷正在屋里看电视，看见闫行忽地一下从门外跑了进来，顺便带进来一股子凉风。

四爷爷被闫行吓了一跳：“咋的呀，闫行，你这孩子，大冷天的不穿羽绒服，你这练啥功呢?”定睛又一看，看着闫行把羽绒服裹在怀里的一个大纸箱上，裹得严严实实的，里面肯定有“宝贝”。

闫行顾不上和四爷爷打招呼，解开羽绒服直接把大纸箱子放在了四爷爷的电暖气旁边。把箱子给安排妥当了，闫行这才长长地出了一口气，放下了背包把羽绒服重新披到了自己身上。

四爷爷看着闫行这孩子今天行为古怪，站起了身子：“怎么了？闫行，这箱子里是嘛金贵东西啊，你从老家带来的特产?”说着四爷爷凑到了箱子旁边。老头儿年岁大了耳音却不聋，听见里面传出了“哼哼唧唧”的叫声。

四爷爷一脸好奇：“哟，活的呀?”

闫行也靠着电暖气取着暖，话语间却卖起了关子：“四爷爷，您打开箱子看看里面是嘛？”

四爷爷的好奇心上来了，哈下腰，两只手小心翼翼地打开纸箱子，借着白炽灯的光亮，伸着脖子往里面一瞅：“呦，两只小黑猪崽。”四爷爷往里这么一探头的工夫，四只猪眼也齐刷刷地望向了四爷爷。两只小黑猪崽在纸箱子里闷了一天，虽然闫行中间投喂了一两次，但这大冷天又冷又饿又黑的，而且两只小黑猪也是平生第一次坐长途汽车出远门，难免有些瞌睡，打蔫儿加发怵。这下好了，守着四爷爷的电暖气这么一烤，四爷爷又打开纸箱子让俩小黑猪重见了光亮，俩小黑猪用猪脑子一合计：“这不会就是咱们的‘妈妈’吧？”于是它俩拼命地扯着两个短粗胖的猪脖，蹬着八只猪蹄，嘴里哼着只有猪能听得懂的《世上只有妈妈好》，摇着小尾巴，探索着这个美丽新世界，扒着纸箱子的边缘竟然纷纷想要投入四爷爷这个老头子的怀抱。动物界的印随行为在两只小黑猪身上真真切切地发生了。这会儿两只小黑猪正探着两个猪嘴找寻着“妈妈”身上可以流淌出甘甜乳汁的乳房哩。

闫行见两只小黑猪和四爷爷还挺亲，得意地笑了笑：“好不容易费了半天劲儿才花钱买回来的，这俩小黑猪崽一公一母是一对，弄得我都坐不了火车，半路上坐大客车才回来咱辛庄的。”

四爷爷也很稀罕，暂时抱不上重孙子，先抱抱这俩“猪孙子”过过瘾。他伸手亲切地摸了摸俩小黑猪崽儿的猪头、猪身、猪屁股："闫行啊，这小黑猪是你老家的特产啊？咋的呀，晚上你给我们做烤乳猪吃？"说着四爷爷嘬了嘬牙花，又咽了口唾沫，"烤乳猪是好，问题是咱村委会没有烧烤的架子什么的。"

闫行赶紧把纸箱子合上："四爷爷，您可别逗了！我这好不容易费半天劲把这俩黑猪带回来，您就这么舍得给我烤了、炖了？再说了，这俩黑猪和您多亲啊，见面就往您老怀里扎。大小您也是个爷爷辈儿的了，咋就这么舍得出这俩'孙子'呢？"

俩小黑猪哼哼唧唧的，明显是饿了。闫行赶忙把书包拿了过来，然后打开书包，从里面取出一个挺大的奶瓶，带硅胶奶嘴儿的那种的。四爷爷看着闫行竟然又从书包里掏出了一大袋奶粉，只见闫行熟练地把奶粉倒进了大奶瓶里，又用四爷爷的大暖壶冲了一大瓶的奶，最后闫行小心翼翼地把奶粉摇匀，甚至倒出来一滴在自己的手背上，试了试奶水的温度。

四爷爷正在大跌眼镜的当口，闫行已经用大奶瓶给纸箱里面的两只小黑猪崽儿喂奶了。

老头儿惊讶的表情转变成了哈哈大笑："闫行啊，你这是养宠物了？我老四活了这么大岁数，第一次见猪喝奶粉，还用奶瓶？真是奇闻一件啊！"

闫行熟练地给两只小猪用奶瓶喂着奶："四爷爷，您知道吗？这两只小黑猪可是咱辛庄未来的宝贝哩，我是好不容易才淘换来的。"

闫行给两只小猪喂着奶，脸上充满着无限喜爱："这两只小猪啊，是我们山东的里岔黑猪。里岔黑猪是山东的优良地方猪种，素有‘南太湖，北里岔’之说。这要是养好了，一斤猪肉能卖到六十多块钱呢！四爷爷，咱这边猪肉多少钱一斤啊？”

“13块8，这不过元旦嘛，我前天刚买的猪肉。嘛玩意儿？六十多块钱一斤？乖乖，这黑猪的猪肉能卖那么贵呢？”

闫行兴奋地点了点头：“咱村不搞养猪合作社嘛，我想着借着放元旦假期，回趟老家，烦人脱壳卖人情的，花高价买了这俩小猪崽儿回来。希望这里岔黑猪在咱辛庄也能扎下根来，开枝散叶，人丁兴旺。”

四爷爷也喜爱地摸了摸小猪：“嘛人丁兴旺，还大学生呢，这叫‘猪丁兴旺’。”

4

消息没长腿，却比谁跑得都快。

此后的日子里，闫行走在村路上和大家伙儿打头碰脸，村民见着闫行问得最多的就是俩黑猪。俩黑猪代替了乡村八卦，成为乡亲们茶余饭后的谈资。

“闫行啊，俩黑猪长得咋样啦？”

“闫行啊，黑猪成天地还用奶嘴儿喝奶粉吗？”

“闫行啊，啥时候吃猪肉啊，别忘了叫着你秦大爷我啊！你秦大爷我就好口嫩的。”

“闫行啊，这黑猪住哪儿啊？你可得看好了，天天喝奶粉的，多金贵啊，别给丢了？”

甚至放寒假的小孩都会跑到村委会来趴着窗户“偷看”黑猪。就连闫行的足球小队长高超都凑过来“参观”黑猪了。有一次，高超甚至跑过来一本正经地问了闫行这么一个问题：“闫行哥，这黑猪也像咱的老母猪一样，会拱地不？”

闫行一开始会觉得哭笑不得，后来被大家伙儿东问西问就习惯了，闫行自己转变思路，开始主动地炫猪。

天气好的时候，闫行甚至开始了“遛猪”。走地鸡都知道不，这辛庄散步猪也请了解一下！

黑猪长得很快，元旦的时候闫行用纸箱子搬来的两只小猪崽，过了一个来月，已经开始可着辛庄满村跑了。闫行牵着黑猪带给巧燕姨看，把黑猪牵着去给秦大爷看，又遛着黑猪去找小高超。这回大家伙儿可算见到了黑猪的“庐山真面目”，村里人们对闫行打招呼的方式又变了。

“闫行啊，出来遛猪了？”

“闫行啊，嚯，这黑猪长得真快啊。”

“闫行啊，这黑猪的肉瓷实不？”

“闫行啊，啥时候杀猪吃猪肉别忘了叫你秦大爷啊，秦大爷盼着吃你这黑猪肉都盼得眼蓝哩。”

冬天的阳光照在人的脸上显得挺暖和。远处，红色的小砖墙砌得很结实，一排排整齐的猪舍已经建好了。

辛庄村养猪专业合作社的猪舍在镇上的大力支持下建好了。高树泽和刘金锁盘算着，等年后开春就去买猪苗。

闫行也赶着两只黑猪参观了猪舍。

高树泽看着两只黑猪已经从小猪长成了半大猪，他操着一口西沽普通话说："闫行，等一开春，咱们辛庄养猪专业合作社一开动，你啊也把这两只黑猪赶过来养，我们大伙儿都盼着你这六十多块钱一斤的猪肉呢！"

刘金锁也笑了，晃着头说："对对对，以后啊，咱们分两拨儿养，一拨儿黑猪，一拨儿普通猪，这叫嘛来着？差异化养殖。"

高树泽继续说："慢慢来吧，现在啊咱的养猪合作社，村里大家伙儿参与得不积极，等着第一拨商品猪出栏，大家伙儿看见收益了……"

"就肯定抢着加入咱养猪合作社了。"闫行抢着说。

这天，闫行很开心。从巧燕姨的大棚转了一圈回来，彩椒的长势很喜人，真是功夫不负有心人，现在就盼着等过年价格好的时候采摘上市了。

回到了村委会，闫行又给两只黑猪喂了食。这会儿，俩黑猪正在一楼和四爷爷一起"看电视"呢！四爷爷和俩"孙子"关系融洽着哩！

眼看快过年了，闫行坐在村委会二楼的农家书屋里，打开电脑，盘算着过年回家买票的事儿。

是啊，十月一没回家，想着元旦回家，也没回成，去了趟青岛，费了老大劲淘换来俩黑猪。"千忙万忙的，你闫行比个国家领导人还忙哩？"这是闫行老妈在电话里的原话，闫行打定了主意，说什么过年时也要回趟济南老家。给老爸老妈老姐带点十八街麻花和狗不理包子。

想到这儿，闫行敲着键盘，在电脑上查看春节回济南的余票。突然间，就听见村委会外面一阵大乱。平常晚上四爷爷是不会锁门的，农村哪有那么多讲究？路不拾遗不敢讲，夜不闭户倒是经常的事。现在村委会门口的大铁门被人拍得啪啪作响，大铁门上多少年了的铁锈都给拍下来了，虽说这拍门不要钱，但也不带这么玩命拍的呀？是出了人命，还是有了冤情？

正在门房看电视的四爷爷不知道出了什么事，由于晚上外面黑，他赶紧找到开关把村委会大门口的门灯打开，披上衣服来到了村委会大门口。门没上锁，也就不用开门。闫行也不知道出了啥事，反正肯定是有事，赶紧穿好衣服快步从二楼下来，来到村委会大门口。

闫行和四爷爷一前一后地来到了村委会大门口。影影绰绰的，闫行看见十来个人堆在了村委会门口，路边上还用竹竿子穿着两只猪。

闫行拢眼神定睛一看，被竹竿子穿着的两只猪都是几百斤的成年猪，但是猪不是活的，已经死了，嘴里泛着白沫。

不远处，大镇叼着烟，双手插在裤兜里看着村委会这边的动静。从夏到秋，从秋又转了冬，小半年的光景，他终于等来了机会。他哪能忘了呢，哪会忘了呢？对闫行，他是鞋窠里的黄豆粒——时时刻刻都垫（惦）着哩。

老天有眼，该我大镇出手了！见闫行和四爷爷出来了，大镇猛吸了几口烟，把烟屁股狠狠地摔在地上，然后又用锃亮的大皮鞋狠狠地踩了踩，踩得烟屁股火星四溅。高永镇深吸一口气冲着闫行走了过来。

四爷爷上岁数了，一辈子老实巴交的，哪见过这阵势，看着眼前的场景，老头儿有点蒙。闫行看着村委会门口堆着的这十来个人，个个面露凶光、凶神恶煞的。细一打量，原来就是村里那几个小门小户散养泔水猪、垃圾猪的人。

闫行上前一步，把四爷爷挡在了身后，嘴里依然是客客气气："各位叔叔、大爷、大哥，您们这大晚上的，来咱村委会干嘛啊？这还抬着俩死猪？"闫行指了指路旁边竹竿子上穿着的两只猪。

一个光头中年男人凑到了闫行面前，阴阳怪气道："我说闫行啊，你小子这俩大眼珠子还挺好使啊，知道这是俩死猪啊。"

另一个矮胖的车轴汉子也凑了上来，吸溜了一下都快流过河的大鼻涕："大晚上冻手冻脚的，我们也没工夫和你闲扯淡拉的，明说了，闫行，我们的猪就是因为你死的！你给我们赔钱！照价赔偿，一毛钱都不能少给了！"

一说到赔钱，十几个人都凑了上来，光头中年男带领这帮人齐声喊着口号："赔钱！赔钱！赔钱！赔钱！"

闫行被彻底搞糊涂了，四爷爷这时候把闫行往后拽了拽，提高了几度嗓门："我说，咱村里的老几位，三老四少的，你们这没弄错吧？大晚上的，你们养的猪吐了白沫，死了，和我们小村官闫行有嘛关系啊？难不成，闫行大晚上的去给你们养的猪下药了?"

四爷爷虽然一辈子老实巴交，但这看问题还是能看清个子午卯酉，一句话点到了问题和矛盾的关键。眼看着光头中年男和矮胖车轴汉子就要被问住，理屈词穷之际，高永镇出场了。

人群外面，大镇大喝一声，先来了个高八度，甭管占理不占理，气势上先压人三分。“放屁，当然有关系了。”只见大镇右手插裤兜，用左手分开人群，几步来到了闫行的面前，近在咫尺，鼻毛可见。

大镇和闫行四目相对，明显比闫行高一头的大镇斜着两只眼睛紧盯着他。

闫行还是没明白，也没察觉到近在眼前的危险。他把四爷爷挡在了身后，没有理会高永镇，冲着人群说:“我说，各位叔叔大哥，你们的猪死了，和我闫行有嘛关系啊?”

光头中年男和矮胖车轴汉子没说话，大镇却脸贴着脸地看着闫行，接过了话茬儿:“我说闫行啊，你跟这儿揣着明白跟我们装糊涂呢？我说，你是不是阳历年从外地带了俩小猪崽儿回来?”

闫行也不示弱:“对啊，咋的了？我是带了俩黑猪。”

大镇奸笑一声，摇了摇头:“看把你给能的，咱们辛庄养猪的这几户叔叔大哥的，”说着他用手指了指那十几个人，“原本自己家猪养得好好的，可是阳历年你带回来俩猪之后，你看把你给能的，可着整个辛庄挨家挨户地遛猪。”

“遛猪咋啦?”

“毛病就在这遛猪上!”

“遛猪犯王法吗?”

“遛猪不犯王法，但你闫行遛猪遛出了问题。”

“遛猪能遛出嘛问题?”

“问题是这几位叔叔大哥原本自己猪养得好好的，你在村里遛猪之后，这几家的猪都染上了猪瘟，你看今天就死了俩猪，你说是不是你带着俩外来猪给他们养的本地猪染上了猪瘟?你是不是该赔钱!”这逻辑绕的，可着西沽区都绕到南斯拉夫去了，终于让大镇给圆上了。真是脑洞大开呀。从闫行遛猪到本地猪、外来猪的一交叉一掺和，交没交叉不知道，掺没掺和也没细讲，反正闫行是可着整个辛庄村遛了猪。猪瘟可不是说着玩的，本地猪隔着猪圈用鼻子一闻外来猪走过的空气都能给传染上。再绕到这儿染上了猪瘟，最后终于说到了赔钱上!老话说这“好马长在腿上，好汉长在嘴上”，大镇有才，都可以当编剧去了!

见大镇把这歪理七拐八绕地给讲通了，光头中年男和矮胖车轴汉子赶忙应声附和，连吵吵带喊地又带头在人群中齐声嚷着口号:“赔钱!赔钱!赔钱!赔钱!”就好像这大镇是本家、是“苦主”，光头中年男和矮胖车轴汉子这伙子人反倒成了他从劳务市场雇过来喊口号、站脚助威、摇旗呐喊的水摸儿(天津方言，在路边等着找临时活儿干的民工)。

水摸儿们气势压人，闫行这时候简直是百口莫辩，他刚想着说几句话辩解下，或者说明天一早请镇上畜牧兽医所的人来给咱村这两只死猪看看。大镇看这火候差不多了，该他接锅了。于是他先声夺人，借着比闫行高一头的猛劲儿，左手上前一把薅住了闫行的脖领子。四爷爷怕闫行出事，连忙上前两只手抱住了大镇嘴里念叨，几近恳求："大镇啊，你这是干嘛呀，你又不养猪，不指着这个讨生活的。你这上纲上线地至于吗？你在这儿给谁出头，给谁拔闯（意为为他出头，打抱不平）啊？你可别再闹事啦！"

还没等四爷爷把话说完，大镇一晃左肩膀就把他晃到了一边。刹那间，他把原本插在裤兜里的右手飞快地伸了出来，手上握着一把明晃晃闪着蓝光的弹簧刀。大镇狼眼圆睁，不由分说，不等闫行反应，以迅雷不及掩耳之势，照准闫行的肚子捅了一刀，嘴里还骂道："闫行，去死吧。"然后大镇上来一脚，把闫行蹬倒在地。闫行是披着羽绒服出来的，这时候他用右手捂着的肚子上已经渗出了殷红的鲜血，染红了灰白色的毛衣。整套动作想必大镇已经在脑子里演练了许多次，从拔刀、出手、捅肚子到上脚踹，这一整套动作行云流水。

事情做完了，大镇才知道害怕。借着村委会门灯的昏黄灯光，他看见闫行栽倒在雪地上，灰色毛衣里渗出了大片的鲜血，这时候大镇脑子也凉了，凉得透透的。大镇赶紧把右手里带着鲜血的弹簧刀扔在了地上，慌慌张张地转身夺路逃走了。到底是个不成气候的小流氓哩。

十来个想要为死猪讨说法的养猪户见闫行受了伤、身上淌了血，带头的大镇都跑了，他们也都麻爪了，口号早就不喊了，起哄架秧子也得分个时间段节骨眼啊，于是赶紧各自作鸟兽散，凉锅贴饼子——蔫溜吧，领头的光头中年男和矮胖车轴汉子早就没了踪影。村委会大门口，昏黄的灯光下，空荡荡的只剩下两只竹竿子穿着的死猪，白白的死猪被昏黄的灯光衬托着越发惨白了。

四爷爷慌了，想要追大镇，但被闫行叫住，闫行的声音微小显得很虚弱："四爷爷，您别追了，大冷天的，您这么大岁数，别再绊倒了，摔一跤。"

四爷爷急得直转圈，闫行继续小声，一字一顿，虚弱无力地说："四爷爷，您赶紧回屋里，给锁子叔打电话，咱去医院，我这伤口有点大，捂不住了。"闫行用手捂着的伤口顺着手指的指缝又渗出了一股子鲜血。

四爷爷恍然大悟，用手拍了下秃脑门，"啪"的一声，清脆响亮："对对对，我马上去给锁子打电话。"后面的事情，闫行就不太知道了，因为失血过多，他有点头晕，脑子里昏昏沉沉的，耳朵也开始嗡嗡作响，眼前一阵眩晕，就失去了意识。

5

闫行醒来已经是第二天上午了。他缓缓地把眼睛睁开，眼皮慢慢地往上，适应着屋内的光线。雪白的天花板，淡蓝色的墙围，再用手轻轻一按，暄软舒适的一张床。闫行缓缓地转着头，目光所及，视野里出现了一条大辫子，再定睛一看原来是玲子。这会儿她正用右手托着下巴，在凳子上点头似的打着瞌睡。

闫行张张嘴，从嗓子眼下面传来一阵干燥的灼痛感。再次尝试，他忍着腹部刀口的疼痛，轻轻地振动声带，艰难地从喉咙里发出了一个词语：“玲子！”细微至极，但足以传到玲子的耳朵里。

玲子本来一直守着闫行，怕闫行要水喊疼的，哪敢睡着了？但守了一宿加半个早晨，时钟大针都快溜溜地转上一圈了，架不住困，上下眼皮直打架，不自觉地就用右手托起了下巴，下巴一旦有了支撑，这瞌睡劲儿就上来了。但玲子潜意识里还是醒着的呢，所以闫行轻声一唤，她马上就清醒了。

玲子赶紧起身来到闫行床边，给闫行的嘴角上抿了点水。守了一宿加半个早晨终于有了好的结果，玲子声音激动沙哑，眼圈泛红、眼窝噙泪，嘴角抖动着就差扑到闫行的怀里痛哭一场。

玲子大声喊：“醒了醒了，闫行醒了。”激动的声音吓了闫行一跳，腹部的刀口又有些疼了。

玲子一声大喊就像一个信号，见闫行醒了，大伙儿纷纷凑了过来。玲子把头最先凑到了闫行脸旁：“闫行，你可醒了。我这眼巴巴地守着你，瞅着你，见你一直昏迷，我还以为你要那啥了呢！”

闫行这时候还很虚弱，强撑着眼皮，微微睁开双眼，脸上肌肉收缩挤出一丝笑容，嘴里小声说着：“谢谢啊，小玲子，谢谢你关心。”又缓缓地把右手放到了自己左胸口，“我不能那啥了呢，我这党费还没交够，怎么能那啥了呢!”玲子被闫行给逗乐了。

闫行躺在床上，眼见着五六个脑袋围向了自己，堵住了眼前雪白的天花板。闫行头顶上的一线阳光被一簇簇眉毛、一双双眼睛、一个个鼻子，一张张嘴巴堵住了，其中的一颗大头还在不时地以均匀的速度有节奏地晃着。拢了拢眼神儿，闫行看见高树泽也正立在床前。

闫行挣扎着，想要坐起来，可是刚一动，腹部就是一阵绞痛。玲子赶紧把闫行按住了，小声说：“别动，闫行，你好好躺着。你这伤口四厘米，缝了六针，还好没有伤到内脏，你好好养伤吧。昨天晚上啊，可把我们大家伙儿都吓坏了。”闫行又看了看，见高树泽、刘金锁、胖姨、四爷爷都在。

闫行有些不好意思，轻声说：“唉，咱村委会大家伙儿都在了。”又转向了高树泽，“书记，给您添麻烦了。”

高树泽浓眉紧锁，脸上却是爱惜和不忍、愠怒与愤恨的复杂表情，当然了，前者是对闫行，后者是对大镇。“闫行啊，你这是嘛话?”高树泽又一脸怒色地转向了刘金锁，“锁子，你赶紧给辛集镇派出所赵炎打电话，昨天一晚上着慌着忙地给闫行往医院拉，也忘了报警打电话，你马上通知警察来验伤。这回抓着大镇，非让这小子坐牢不可。”

刘金锁“哎”了一声，拿出手机刚想拨通号码，被闫行给拦下了。“锁子叔，你先等会儿再打。书记，我看这事要不就算了吧，也别验伤了，又是刑事责任，又是坐牢的。咱啊，自己村里的事，咱自己村里解决吧，不通知警察了。”

玲子不干了，甩着大辫子直摇头：“闫行，你这是嘛话，你别这么厚道，你这都不是厚道，都成傻，都成窝囊了。”

刘金锁也晃着头：“闫行啊，你不能心太善，赶紧报警，抓着大镇给他个好看，让他这小子天天吆五喝六的，今天敢捅你，明天他还不闹翻天了。”

闫行挣扎着动了动身子：“小玲子都说了，我这缝了六针，又没伤到内脏。没事，我这皮糙肉厚，年富力强的，过几天就又能活蹦乱跳的了。书记，咱别报警了，行吗？我来辛庄没求过您啥事，这是我闫行自己的事，我自己能处理好，咱不报警，算我求您了。”

高树泽摇了摇头：“闫行啊，你这孩子这是因为嘛啊，不报警，你是咋想的呀？”

闫行挤出点笑容，却是发自内心的：“书记，我不是唱高调，都是本乡本土的，我也没嘛事，要是把大镇抓进去，以后抬头不见低头见的，这一个村的还怎么处啊。”

四爷爷插着话：“闫行，你别傻了，大镇这家伙是个白眼狼，他会领你的情？”

闫行说：“不图他领不领情的，我闫行图个自己心里踏实就行。再说了，这点伤也不严重，不至于走刑事责任。”

这时候，巧燕从门外跑了进来，慌慌张张、满头大汗、脸色煞白。巧燕一眼看见了高树泽，显得很激动，嘴里的牙咬得是“咯咯”作响，不由分说一把揪住了高树泽的衣领子，由于用力过猛竟拽了老支书一个趔趄，幸亏刘金锁手疾眼快，一把扶住了高树泽。几年来，“上访专业户”巧燕和辛庄村委会，和高树泽说的第一句话竟是：“挨千刀、打了车眼儿的，谁给我儿子弄成这样的？”在巧燕心里，闫行就是她的儿子了。在农村妇女巧燕嘴里，“挨千刀、打了车眼儿”，已经是她能想到的、能骂的出口的最恶毒的话了。

闫行见巧燕姨来了，赶紧轻声叫着：“巧燕姨，我没事，过几天就能下地了，咱娘俩还要到大棚里摘彩椒，等着春节上市去卖呢。”

巧燕那边已经泣不成声了。

第七章

1

闫行出院了，躺在村委会农家书屋里自己的床上。肚子上的伤口还没有愈合，伤筋动骨一百天，何况这动了刀子的伤口，哪能这么容易就好了？且得养呢。不过现在闫行能下地了，可以趿拉着拖鞋下个楼，去个厕所什么的，慢慢往前挪。

四爷爷用一个大头钉楔在墙上的月份牌撕得就剩五张了。除夕除夕，辞旧迎新之际，比这月份牌上代表旧一年的五张纸更寡淡寥落的只能是闫行的心情。过年过年，年倒是还能过得去，就是这老家是回不去了。咋回啊，趿拉着拖鞋、慢慢往前挪着去火车站？挤春运？用屁股挤那让人生无可恋、氧气稀薄，弥漫着火腿肠、卤蛋、泡面和脚臭味儿的硬座车厢？其实，这些对于闫行来说，都不是问题，闫行的问题是刀伤。细想起来刀伤也不是问题，问题的关键是为嘛自己会受伤。刀伤摆在肚子上，自己总不能扯谎说是猫挠、狗咬、鸡啄、驴踢的吧。哦，你在天津这么个鸟不拉屎的乡下村子里，干了个屁都不是的大学生村官，干了才半年不到，干进去五万块钱（闫行爸妈还不知道借钱的事），现在又干出来生命危险。说白了，闫行还不是担心父母担心他自己嘛，出门在外饥一顿饱一顿的没关系，报喜不报忧也都可以理解，上班挣了工资，不能给父母堂前尽孝就罢了，总不能成天里让父母替自己揪着心过日子吧。唉，盘算来盘算去，闫行还是决定过年不回老家了。唉，一声叹息，没办法，更没辙。

闫行把手机攥在手里来回转着，又不时地停下来把手机按亮看一看，又把手机关上，显得很犹豫。远处，辛庄村的年味儿越来越浓了，有的人家早早地把吊钱春联预备好，贴出来了，红盈盈地点缀在窗棂门楣上。村里不时地传来放鞭炮的声音。"噼里啪啦"的那都是土豪大款，小孩子们一般都是把整挂鞭炮给拆开了，药捻子拆散了，把小炮放在一个大铁盒子里，燃上一支香，一个个地单点单放。反正放炮是听个响儿，单点单放，一次次看着药捻子"呲呲"冒着火星子往里燃烧，一次次地捂住耳朵往远处跑，一次次听着这"啪"的一声响，这年就过得更有味儿，这瘾就过得更持久。

大镇在闫行这儿也过了瘾，比"噼里啪啦"放鞭炮还过瘾。很久以后，闫行才从大镇嘴里得知，其实他注意自己已经很久了，从闫行清了大镇租给搞传销的房子之后，他就在憋着气找机会报复闫行。他经常挂在嘴边的几句话是："我大镇不在乎这点钱，这点钱对我来说算个屁，我是栽不起这个面儿！闫行才来几天，懂个屁。”从闫行帮着巧燕盖大棚，从闫行抱了俩小猪崽儿回村，大镇都在暗处观察。直到有一天他瞎溜达，看见村里一户养泔水猪的人家里死了两只大猪，于是不养猪的大镇用两只死猪找到了报复闫行的理由。他的理由最终成为闫行不能回家过年的原因和由头。用天津话讲就是“拥给嘛”。闫行拥给嘛（为啥）回不了家，还不是拥给大镇嘛。

躺在床上，闫行放下拨弄了快半个小时的手机，电量都给干进去十分之一了。他双手摊开，手心朝里，几个月的田间劳作已经让闫行的手掌关节处横生了几处茧子。他使劲儿地搓了搓自己的脸，然后躺在床上深深吸上一口气，又一股脑地将胸腔一下子倒空。

再次从床边拿起手机时闫行没有犹豫，把手机按亮后直接拨通了一个电话。电话“嘟嘟嘟”地响着，伴着“嘟嘟嘟”的等待音，闫行的心跳开始加快。

电话接通了。电话那边传来了一个熟悉亲切的声音。

“妈，我是闫行啊。”

“闫行，这孩子，多少天了，也没想着给你妈来个电话。”

“妈，我这不忙嘛。”

“忙忙忙，我儿子也长大了。行了，吃晚饭了吗？晚上吃的啥呀？自己出门在外的别舍不得花钱。”

“妈，我知道，您看您，打个电话的工夫又唠叨上了。我可好了，村里的人对我也都挺好的。”

“嗯嗯，咱老闫家的人啊，勤快，人一勤快，就错不了的。

你爸啊，年货都办得差不多了，你最爱吃的猪蹄子都给你做好酱上了。你车票买的哪天的呀？哪天回来啊？别赶三十当天啊，尽量往前赶。”

“妈，我爱吃的角瓜炒肉片呢？”

“这孩子，给你预备好了，等你回来就给你炒角瓜炒肉片。赶紧地，眼看还有四五天就过年了，不行提前请个假，你看你，打上班就没回来过。”

“妈，今年我就不回去了，这不村里建猪舍盖大棚嘛，我这还要盯着点呢。大学生村官，责任重大。”

“谁家大过年的还干活啊？你赶紧给我回来。”

“妈，我真的走不开，等忙过了这段，我春天就回去。”

“闫行啊，辛庄离开你就不转了？咋的啦，年都不过了？你这孩子。”

“妈，对不起啊，我今年就不回家了，提前给您拜年。”闫行决然地挂断了电话。闫行妈妈那边“喂喂喂”的声音，手机再没能传出来，同样没能传出来的还有母亲的关切和失望。母亲也老了，字里行间言谈话语间流露出的是对儿子满满的思念，总希望儿子能陪在身边。现在母亲的前面又加上了一个“老”字，老母亲老母亲，还有什么能比的上一个“老”字更能贴切地涵盖母亲的不易呀。又是一声叹息，没办法更没辙。

电话这头的闫行已经泣不成声了，再不挂断电话，母亲就能听见自己的哭声了。伴着窗外一阵激烈的鞭炮声，闫行放声大哭，再也无须克制，装强装大。“父母在，不远游，游必有方。”想想现在的处境，闫行这“游必有方”的“方”连个眉目都还没有。闫行不顾肚子上伤口的撕裂疼痛，趿拉着拖鞋下了地，走到窗前把窗户关好，又慢慢地往前挪着走到门前，把门给反锁住，他回到床上盖着被子，蜷着身子，耷拉着脑袋，把头深深地埋进了两条大腿里哭。

虽然快过年了，但刘金锁没闲着。他去镇上的畜牧兽医所请来了兽医韩伟。韩伟斯斯文文的，鼻梁上架了副宽边眼镜，书卷气浓得像个高中语文老师，但身上却偏偏穿了一身墨绿色的兽医防化服。人家韩伟原本不想穿的，又不是去应付猪瘟、禽流感，用得着这么高度戒备、如临大敌吗？但无奈拧不过刘金锁。刘金锁生拉硬拽着让韩伟穿了这身行头：“大冷天的，穿上这身行头多暖和，我想穿国家还不给我配发哩。再说了，你穿着这身行头去我们辛庄，显得多权威哩。不方便走路是吧？没事，我都给你预备好了。嘛，工具什么的不好拿是吧？没事，这不有我了嘛，我这两只手今天就是给你韩伟预备的哩。”

感情刘金锁早都计划好了。这天一大早，锁子就嘱咐让村里几个基干民兵挨家挨户地把那几个养泔水猪、垃圾猪的人“请”到了村委会。不来没关系，你们就硬“请”。这么一硬“请”，哪还敢有不来的啊。

来都来了，刘金锁却没让他们十来个人进屋，以光头中年男和矮胖车轴汉子为首的这伙人，就在村委会的院子里，大眼瞪小眼地干杵着，挨冻。

这会儿，韩伟正蹲在地上检查两只死猪。大冷天的，死猪冻得邦邦硬。只见韩伟戴着口罩，套上手套，认真检查。半根烟不到的工夫，韩伟站起了身子，慢慢地摘下了口罩，告诉刘金锁，也冲着十来个人说：“很明显，这两只猪得了蓝耳病，一种猪常见的只能是猪感染猪的传染病。”

人群中的矮胖车轴汉子嘬了嘬牙花子，说：“我说嘛来着，就是我们的猪被传染了，才得病死了的。”

刘金锁朝矮胖车轴汉子瞪了一眼：“你先把嘴闭上，听人家韩伟把话说完。”又转向了韩伟，“小韩啊，你接着说，说清楚点。”

韩伟点点头，推了推宽边眼镜：“你们这些猪得的传染病和闫行没有任何关系，闫行阳历年带来的两只黑猪已经防疫过了，我亲自给做的防疫，所以啊，不可能是那两只黑猪传染的。”

那十来个人不服气地鼓噪起来，矮胖车轴汉子刚被刘金锁打下了气焰没敢吱声，光头中年男大声抢白了一句：“那咋可能呢，你们是不是穿一条裤子啊，闫行可着满辛庄地遛猪，再说了，我们猪养得一直好好的。”

韩伟都听不下去了，伸出双手，手心朝下重复做着下压的动作，示意在场的人们噤声：“行了，行了，都听我说，你们猪还养得好好的，我说我这畜牧兽医所的都来了多少趟了？你们养猪的猪舍消过毒吗，你们的猪防疫过吗？你们养的是泔水猪、垃圾猪，从来就没防疫过，而且我们所里想要给你们的猪防疫，你们还都躲着我们，你们的猪不得病才怪哩。”

人群中的这十来个人互相看着，面面相觑，光头中年男也没了气焰。刘金锁这时候冲着他们高声喝道：“区里镇上的已经明令禁止，不让养垃圾猪、泔水猪了，这下好了，等过完年，初七上了班把你们都给清理了。”

2

玲子放寒假来到辛庄，一头扎进了村委会。年轻人在一起永远有说不完的话，是爱情吗，咱不知道。

自从闫行作了春节不回家的决定，整个人蔫了很多。人蔫先蔫眼神，他现在发呆的时候多，说话的时候少。两只黑猪长成了半大猪，上不了二楼，暂时养在四爷爷的门房里，等开春养猪合作社进了猪苗就一起放到那里去。四爷爷倒喜欢养猪，用四爷爷的原话讲，“我这哪叫养猪啊，分明就是养宠物，人家城里人不也讲究养个宠物猪嘛，我这俩黑猪同宗同源，根红苗正，一个意思。”

闫行坐在电脑前发呆，囫囵个儿地往那一杵，胳膊耷拉着、背驼着，没了生机。玲子心里急啊，闫行这是咋了呀，像是把魂给丢了似的。又不能像之前闫行香港项目被否的时候，玲子给他讲佛经故事了。现在想想，玲子觉得自己当时太幼稚，简直了，讲个佛经故事就能激励闫行，这锅心灵鸡汤熬得太淡。那咋整啊？话是开心锁、茶为醒脑汁，玲子给闫行泡了杯从城里带回来的好茶叶，小车不倒直管推，先聊聊吧。

玲子凑到了闫行面前："咋的啦，小村官，眼睛睁得跟十五的月亮一样圆，过年不回家了？你这是一心扑在工作上的节奏啊。"

闫行没精打采地摇摇头，指了指自己的肚子："小玲子，你看我这身打扮，咋回老家呀？"

玲子扬了扬嘴角，又撇了撇嘴，看了看闫行的肚子，说："也是啊，说你这是光荣负伤吧，也不太算，你这也不算是多光荣的事。对了，差点给忘了，我今天正式通知你啊，我爷爷可说了，你过年来我家啊，到时候别等着我费事再来请你啊。"

闫行咧咧嘴，苦笑道："小玲子，你可别嘲笑我了，我这几天行动不便，四爷爷、锁子叔又一向有点不靠谱，你这几天有空可一定把我的两只黑猪给照顾好了啊。"

玲子把茶缸子放到了闫行面前："哎呀妈呀，都啥时候了，还不忘你的那俩'兄弟姐妹'呢？四爷爷可都发话了，你这一刀，罪魁祸首就是那俩黑猪，冤有头债有主，正好赶上过年，不行烤一只再炖一只。"说着，玲子做了一个杀猪斩首的动作。

刘金锁咳嗽了一声，一脚门里一脚门外地从屋外跨了进来，"嗯嗯，谁呀，说我不靠谱来着。"

闫行脸一红，玲子吐了吐舌头。刘金锁没说话，拿起了闫行面前的茶缸子，吸溜着喝了一口，用舌头咂摸咂摸滋味。"呦，好茶啊，比我那100块钱一斤的铁观音好喝多了，要不说这一分钱一分货嘛。"玲子撇撇嘴。刘金锁一屁股坐在了椅子上："那个，闫行啊，都查清楚了，我今天一大早就把镇上畜牧兽医所的小韩给找过来了，小韩也检查过了，这两只死猪得了传染病，是他们养猪的自己不免疫不消毒的，和你那两只黑猪啊，没一毛钱关系。”

玲子抢着说：“这不是秃子头顶上的虱子——明摆着的嘛。”

刘金锁晃了晃头：“闫行，你放心，我啊，叫了几个基干民兵，这不赶上过年了嘛，只要他大镇在咱辛庄一冒头，我逮着他就给他狠狠地削上一顿，都不用报警，咱们自己村里家法处置！”说着，刘金锁一只手攥拳，狠狠地打在另一只手的手掌心里。

闫行连忙摆手：“锁子叔，您可别这么整，我这不都好了吗，您可是咱村里的治保主任，可别知法犯法。再说了，这大镇也跑了几天了，眼看过年了，您要不放出话去，让他回村和家里人过个团圆年吧，我不会追究的。”

刘金锁听闫行这么一说，眉毛立了立，晃着头，嘴里又叹了口气，张了张嘴，想说嘛却也没说出口。

这时候，从外面跑进来一个人。“闫行啊，我妈说了，过年了，你哪也别去，去我家，我妈咱仨一块儿过年。”

闫行一看，原来是巧燕姨的女儿，常蕊。

常蕊说完，红着脸看着闫行，像是等着闫行回话的意思，又像是等着闫行和自己一起走。闫行缓缓地起身，也显得有点不太自然，嘴里说着：“常蕊，坐坐坐，一块儿先坐会儿。”

刘金锁自觉自己个儿这灯泡的瓦数明显上升，站起身子，晃了晃头，看了看玲子，又瞅了瞅刚进门的常蕊，最后目光落在了闫行脸上。刘金锁撇了撇嘴，顺手拿了桌上的茶缸子慢悠悠地走出了农家书屋，在楼道里提高了嗓门，冲着一楼的四爷爷喊：“我的老四哥啊，哪天你也给我来一刀吧！塞翁失马，焉知有艳福，这艳福还不浅哩！”

屋子里闫行、玲子、常蕊三个人听见刘金锁在楼道里的怪叫，不约而同地笑出了声。玲子更是学着他的神态，晃了晃头：“这么好的茶叶，都堵不住刘金锁的这张破嘴。”

“嗯，破嘴。”

“还挺臭。”

“初一饺子初二面，初三合子往家转，初四烙饼炒鸡蛋”，年年如此，这是传统哩。小时候家家不富裕，小孩子们最惦记的也就是这大年三十晚上的一桌子好菜好饭了，有鸡、有鸭、有鱼、有肘子，还有炸羊肉串。晌午头就不怎么吃饭了，为了晚上能多吃点，提前做做准备。农村的年味儿比城市里浓，这点咱得承认。虽然没回老家，但闫行在辛庄也是着着实实地过了个好年，任谁都忙活了一年，过年过年，串串亲戚拉拉家常、娱乐娱乐，也该好好歇歇了。

但农村人都讲究个勤快，年过完了，眼瞅着河水慢慢解冻了，似乎一切又重新开始了，就像拧发条的老式闹钟，你吭哧吭哧地拧紧了发条，闹钟里时针分针“嘀嗒嘀嗒”地又继续走着。到了一定时候，走满了，“铃铃铃”的闹钟就又响了。这就是日子啊，不差分毫的日子。四爷爷的月份牌继续日复一日地撕下去，有黑、有绿、有红，人家月份牌自己个儿工作日、休息日分得清楚着呢，不急不躁，一天一张。这就是生活哩，热气腾腾的生活。

农村人永远忘不了的就是自己的土地，人勤地不懒嘛。这天晚上，闫行正在巧燕姨的大棚里干着农活儿。前几天巧燕大棚里的第一批彩椒已经赶在春节期间上市了。彩椒又被送到了西沽区的农贸市场，销售效果不错。闫行此时拿着剪子和镰刀收获第二批彩椒，大棚门口放了个竹筐，闫行和巧燕还有常蕊一起动手，把采摘的彩椒整齐码放在了竹筐中。闫行肚子上的伤口好了很多，营养跟得上，也是人年轻，这会儿他已经活蹦乱跳地收获着鲜红的、鲜黄的彩椒了。

彩椒大大的、嫩嫩的，颜色又十分鲜艳，表皮光艳艳的很是诱人。三个人有说有笑，体会着收获的幸福。

晚上，西沽区上灯火辉煌，过年的彩灯把西沽区装点得很漂亮。杨柳青元宵节灯展在全国都是有名的。在一个饭店内，大镇一家正在春节聚餐。想想这是春节后的第几次聚餐，估计大镇掰着十根手指都已经数不过来了。天天喝、日日聚，他都已经吃顶了、喝怵头了。

但大镇姐夫显然还有兴致，毕竟这“吨位”在这儿摆着了。能吃能喝的，大镇没办法就得陪着，吃着人家的嘴就显短，点就不高，就得给人家陪好，何况还是亲姐夫呢。餐桌上并排放着两个已经空了的白酒瓶子，大镇姐夫显然还没有要结束的意思，开了第三瓶白酒。餐桌的另一边，大镇的姐姐和她四岁的女儿在和老人聊着天。姐夫和小舅子两个人并排坐在了一起，老弟老哥地叫着，你干一杯，我陪一杯，推杯换盏间喝得很是尽兴。

酒足饭饱之后，一家人结账走出了饭店。大镇和他姐夫两个人互相搀扶着走出了大门口，两个人四条腿已经明显打晃了，不是罗圈腿，都能走出个弧形来。那句话怎么说来着，心里明白腿打摽儿。饭店门口并排停着两辆黑色奥迪车，夜灯一照，闪着乌亮的光，那叫一个高端大气上档次。两辆车一辆是越野、一辆是轿车，越野是大镇姐夫的，轿车是大镇的，他姐夫淘汰给他的。

家里的老人住在西沽区上，大镇站在饭馆门口被冷风一吹清醒了几分，先是打了一个酒嗝儿，五粮液喝到肚子里再经由排气的方式通过胃、食道，从嘴里出来，依旧散发着精酿的醇香。高永镇右手挥了挥，叫了一辆在饭店门口等人拉座儿的出租车，把老人扶上了车，看着一溜烟儿地开远了。高永镇舒了口气，散散酒精，把包放在了自己的奥迪车上。

“姐夫，要不咱也打车回去吧。你看咱俩都喝了酒，也没法开车了不是？”大镇看着姐夫，指了指停着的两辆奥迪车。

“操，你怕个六啊！大晚上的你还怕警察出来查酒？再说了，明天你起个大早过来取车啊？”大镇姐夫说话很气粗，因为人家财大。

大镇嘬了嘬牙花，像是被蜜蜂给蜇了一下，但他哪敢在姐夫面前奓毛啊，继续细声递话：“我这不担心喝酒开车不安全嘛，姐姐孩子也在车上，大年下的，而且咱回辛庄和赵庄，都要经过辛庄大堤，那边路灯少。”

“慢慢开呗，怕个屁啊，总比明天还要折腾回来取车强。上车上车，别废话了，大晚上的早点回家睡觉。大镇，我咋觉得你这过年过得长了一岁的，变得越来越磨磨叽叽了呢！”说着，大镇的姐夫一拉车门上了车，打亮车灯发动了车子。

大镇没办法，点上根烟，给自己打了打精神，散了散酒气，上了自己的奥迪轿车，跟在了他姐夫的奥迪越野车后。小胳膊终究拧不过大腿，何况人家气还特粗。

一路上慢慢悠悠地开，倒也没出啥事，大镇他姐夫也不是玩命的主儿，车上还坐着老婆孩子呢。车子一掉头，开上了大堤，眼看着就要到家了，大镇开着奥迪车慢慢地跟在后面也上了大堤，心却突然悬了起来，咚咚直跳，总感觉有点不对劲。大堤上的路灯比较少，大镇的姐夫打开了远光，开着车晃晃悠悠地往前挪着。

大镇在后面跟着，眼看姐夫的车子上了大堤就开始晃晃悠悠的，大镇怕出事，猛按着车喇叭，“嘀——嘀嘀”地提醒着前面的姐夫要注意安全。

大堤下，闫行他们在大棚里干着活儿，也听见了大堤上猛按喇叭的声音。夜色寂寥，这么一通狂按喇叭，隔着河都能传出二里地。

常蕊弯腰久了，直了直腰板：“这大晚上的，多没公德啊，把车喇叭按得这么响，隔着大堤都能传出老远。”

闫行也笑了笑："许是喝多了吧，大年下的，有钱烧的。"闫行又转头对巧燕姨说："姨，我看等开春了，您也搬回村里住得了。"

巧燕没接闫行的话茬儿："闫行，小蕊，时间也不早了，干完这点咱也收工吧。"

闫行"哎"了一声。

大镇的姐夫上了大堤，觉得握着方向盘的手有点打晃儿，左手抬起按了个按钮，驾驶室边的电动车窗摇了下来，外面的冷风一下子灌进了车里，大镇姐夫被外面的冷风一吹，感觉头"嗡"的一声，这酒劲儿就上来了，一下子有点天旋地转，头重脚轻。

大镇姐姐没喝酒，见他把窗户摇了下来，很是嗔怪："你这是干嘛啊，多冷啊，你不怕把孩子给吹感冒了？关上，赶紧给我关上。"

大镇姐夫天生妻管严，顺从地"哎"了一声。本该用左手按按钮关窗户，却鬼使神差地抬着右手去按按钮，这下子右手的胳膊肘碰着方向盘，方向盘便失去了控制，车子往右边一打轮儿，直接就奔着大堤下面冲了过去，大堤下面就是滔滔的河水啊。说时迟那时快，整个奥迪车借着惯性加着酒劲儿带着油门就冲下了大堤。只听见"扑通"的一声巨响。

跟在后面的大镇看了个满眼，被这惊人的一幕吓得酒劲儿一下子全都醒了，脑袋是"嗡嗡"直响，大脑是一片空白。顾不得许多，大镇赶紧一脚急刹，停了车子，哪还来得及熄火灭灯。就像屁股底下加了个弹簧，大镇一下子从车子里面弹了出来。他想着第一时间冲下河去救人，但是蹦了三蹦没敢往下跳，不是不敢跳，因为大镇天生旱鸭子，不会游泳。

大镇急成了热锅上的蚂蚁，溜溜地直转磨磨，这时候一双手都不知道该放哪儿好了，直搓着屁股蛋子。对呀，大镇这时候想起了呼救，但见他扯着嗓子喊出了一声，“救——救人啊，救人啊，有人落水了。”声音都喊劈了。

闫行正在大棚里干活儿，就听见大堤上“扑通”的一声巨响，他知道不好，肯定是有东西落水了，听这动静这么大，八成是辆汽车。

闫行反应真快，不由分说，左手里的镰刀还没来得及放下，几个箭步就从大棚里跑了出来，纵身几步跑上了大堤。半年多的田间劳作，已经让闫行变得孔武有力、脚步如飞，尽管身上还负着刀伤，但对二十多岁的小伙子闫行来说这点伤不打紧，何况还涉及救人呢。时间紧迫啊，迟上一秒钟，说不定就是一条性命。这时候巧燕和常蕊也一前一后地跟着闫行上了大堤。

闫行上了大堤，拢眼神一看，一辆奥迪越野车冲下了大堤，此刻正在水面上一点一点地往下沉。闫行转头一看，大镇傻在了一边，估计都给吓傻了吧。

来不及多想，闫行迅速脱掉了羽绒服，左手紧握着镰刀，看大镇还在那边傻站着，闫行急了，大声呵斥着：“高永镇，你赶紧和我下大堤，你在大堤边上给我搭把手，我下河去救人!”说着闫行跑下了大堤。

大镇见是闫行，也顾不得说啥了，说啥好呀，前脚刚捅了人家一刀，现在人家转过头来救人，他干嘎巴嘴说不出一句话。听见闫行大声呵斥着自己，大镇应了一声，跟在闫行后边下了大堤。

闫行来到大堤下面，借着月光，看见奥迪车已经淹到车的机盖，都快没过天窗了。

时间紧迫，救人要紧。闫行深吸了一口气，“嘣”的一声，跳进了冰冷的河水。刚一下水，闫行浑身打了个激灵，就感觉到河水冰冷得刺骨，一股股寒气就像一把把小刀子一样往自己骨头缝里扎，疼啊。闫行呛了几口水，仗着平素自己水性好，稍微调整了一下，在水下睁开了眼睛。他拼了命地朝着奥迪车的方向游了过去，几个划水踩水，一个轻盈转身，闫行就来到奥迪车的前面。这会儿整个车都淹没在了水面下，幸亏车的密闭性好点，不过再过上一会儿水压不断压迫，估计整辆车马上就会被灌喽。现在车门内外水压不一致，导致车门根本就打不开，汽车车头沉，车头大头朝下，前挡玻璃不好砸，左右两侧玻璃又太小，这可咋整？时间可不等人哩！眼见着水一点点地往车里灌，闫行仔细地观察着车，一眼看见了天窗，对，天窗够大。

闫行当机立断，在水下挥起镰刀，用镰刀头猛砸奥迪车的天窗。接近几声钝响后终于汽车天窗出现了裂缝，又终于汽车天窗被打破了。闫行在水下没办法换气，憋住一口气费了九牛二虎之力把车的天窗砸碎，这时候大镇急得在大堤堤堰上直蹦高。这一切都发生在电光火石的几秒钟之内，让人来不及多想，也让人来不及后怕。巧燕和常蕊也下了大堤堤堰，常蕊报了警。

幸亏车是全景天窗，天窗够大，足够进出一个人，闫行用镰刀砸碎了天窗，一个踩水浮上了水面，深深地吸了一口气，又冲进了冰冷的河水中。

常蕊关心闫行，在堤堰上喊着："闫行，你千万小心啊，你这肚子上的伤口还没好呢。"

见打破了天窗，闫行赶紧从车的天窗把双手伸进车里，先把四岁的小姑娘抱了出来。由于缺氧加惊吓，小姑娘已经昏了过去。闫行单手抱着小姑娘，迅速地向堤堰边上游去。大镇在堤堰边上接应着，闫行把小姑娘托起，举给了大镇。大镇双手接过了孩子，见孩子已经昏过去了，他哭出了声。闫行没有多说，大吸了一口气，又扎进了冰冷的河水，向着车游去。一会儿工夫，闫行又把大镇的姐姐拖向了岸边。大镇和常蕊两个人一人一只胳膊，把大镇的姐姐拖上了岸。

这时候，闫行已经体力不支了。他脸色煞白、脚下灌铅、感觉天旋地转，耳朵直嗡嗡，肚子上伤口缝好的针经过这么剧烈的运动又开始往外渗血，冰冷的河水这么一泡，发出阵阵撕裂的灼痛。不行啊，车里还有一个人呢，不能放弃啊。大镇已经哭得像个泪人了，对闫行说着："还有一个。"带着感动羞愧又乞求的复杂心情，多方综合，他就剩下哭了。闫行忍着疼痛，大口大口地喘着粗气，没说话，顾不得调整一下，冲着大镇点了点头，抹了一把肚子上的渗血，又一个猛子扎进了河水里。

这时候，大堤上响起了警笛声，两个警察飞也似的跑下了大堤。终于在两个警察的帮助下，闫行三个人合力又把大镇姐夫的胖大身躯从车里救了出来，拉上了岸。

闫行已经没有力气上岸了，他太累了，浑身上下每块肌肉拧着劲儿地突突颤抖，他是被两个警察生拉硬拽着揪着衣领，扯着胳膊，硬拉上了堤堰。

闫行被拉上了堤堰，直接就倒了，只剩下肚子一起一伏地吸着气，常蕊和巧燕心疼地看着他。常蕊找到了闫行的羽绒服给他披在了身上。

两个警察也累得够呛，都坐在大堤的堤堰上喘着粗气，连拧衣服的力气都没有了。这时候，大堤上又响起了救护车的声音，医护人员把大镇姐夫一家用担架抬上了救护车。

大镇傻了，僵在了原地，还没有从刚才的惊心动魄中缓过神儿来。几分钟不到的时间里，发生了太多太多，多到他的脑子一时无法接受，转不过弯儿来。就像是一场梦，躺在自家的热炕头上，一场大酒之后，昏昏沉沉的一个长梦。梦得不真切，却真实地发生了。只见他哆哆嗦嗦地从裤兜里摸出了小半包已经被揉得皱皱巴巴的香烟，大镇费了半天劲儿才从里面捏出一支，颤颤巍巍地又从裤兜里摸出打火机点燃了香烟，深深地大吸上一口。大镇憋了足足有一分钟，才把吸进去的烟从两只大鼻孔里喷了出来，顺带着从脖子后面长长地舒了一口大气。

巧燕和常蕊没给大镇好脸，两个人一人架着闫行一只胳膊，把他架着回到了大堤下面巧燕的板房里，闫行累得没有力气说话，径直抄起筐里刚摘下来的两个彩椒，大口大口地嚼着，用彩椒的鲜辣劲儿给自己驱驱寒气，闫行一边大口嚼着一边鼻子吸溜着，应该已经感冒了。

大堤的堤堰下，两个下水的警察也是冻得不行，却也没有过多停留，就带着大镇回派出所去做笔录了。

大镇和他姐夫，应该感到庆幸，庆幸闫行和警察赶到得及时，庆幸闫行的三次奋不顾身，也应该给自己庆幸，庆幸啥呢？庆幸当时醉驾还没有入刑，要不然俩人都得吃牢饭不可。经过这一遭，大镇着实被吓着了，而且吓得不轻，更吓得羞愧，羞愧自己的没有人味儿。对闫行，大镇是服了，服得彻彻底底、五体投地。

3

都说当年“负荆请罪”里，老将廉颇是下了很大的决心才负荆登了蔺相如的门，最终成就了一段佳话。这当口，我们的半拉子小流氓大镇虽然不比老将廉颇，但也是下了很大的决心，自己给自己鼓劲儿，自己给自己加油，自己叫着自己的名字：“大镇，你一定要去，你必须要去，人家闫行豁出性命救下你一大家子，你要不去向人家赔个不是道个歉，你还他妈的能够得上一撇一捺嘛，去吧，去吧，一咬牙一跺脚的事。”

这天晚上，大镇开车来到了辛庄村委会门口。把车停好，他没有着急下车，坐在车里抽了根烟，好像在犹豫要不要进去。

没等一根烟抽完，大镇好像下定了决心似的，拉开车门从车上跳了下来。打开了后备箱，拿着大大小小的包装袋，关好车门，走进了村委会。

四爷爷正在一楼看电视，见有人进来了，他赶紧披上衣服出去看看。大镇正好进了门，两个人撞了个满怀。

四爷爷有点吃惊，咋是大镇这么个煞星？“高永镇，你大晚上来干嘛？”四爷爷显得很警惕的样子。

大镇倒挺会来事，冲着四爷爷一龇牙，整整齐齐地露出上牙床子的八颗小白牙，恭恭敬敬、大大方方地把右手里的几个袋子交到了左手里，用右手把嘴里叼着的烟头给掐灭了。他的眼睛一改往日里的飞扬跋扈，罕见地又冲着四爷爷哈了哈腰，说：“对不住啊，四爷爷，上次在村委会门口用肩膀别了您一下，您没受伤吧？”

见大镇一口一个您的，又是点头微笑又是哈腰请好，倒像个头次登门的新姑爷，四爷爷有点懵，没反应过来，脸上没什么表情地说：“没事，没事。”

“新姑爷”大镇接着说：“对不住啊，四爷爷，给您这个。”说着，他用右手把左手里的两个袋子往四爷爷手里塞去，不要没关系，大镇可以硬塞。

四爷爷：“嘛东西啊，我不要。”

“没嘛，我们自家鱼塘养的虾和鱼。您拿着，以后啊，等鱼塘出鱼了，我再孝敬您老。”说着把两个袋子硬塞到了四爷爷手里，大镇接着说，“对了，闫行在楼上吗？”

四爷爷警惕地问："大镇，你找闫行嘛事？"

大镇摇了摇头，叹了口气："唉，这做惯了坏人的，冷不丁地做回好人，看来大家伙儿还都不适应哩。四爷爷，我能有嘛事，闫行昨天救了我全家，我今天找闫行赔不是、道歉、聊天、喝酒！"

说完，大镇拎着几个袋子自顾自地顺着楼梯向二楼走去，留下了四爷爷呆在一楼的身影。

闫行今天没有去巧燕姨的大棚里帮忙，昨天下了水，今天就头晕感冒，晚上常蕊给闫行送了饭，闫行这会儿吃完了，正躺在床上看书。听见一楼吵吵闹闹，高一声低一声的，闫行披上衣服，正想要看看。这时候，大镇一脚门里一脚门外地走进了农家书屋。

闫行见是大镇，脸上的表情显得有些吃惊。大镇看见了闫行，四目相对，反倒显得挺自然。大镇没说什么话，自顾自地把手里拎着的袋子放到了桌子上。

"那个嘛，闫行啊，今天晚上我没嘛事，找你聊聊？"

闫行眼神好使，瞅了瞅几个袋子里装着的有酒有肉，都是好吃的，知道大镇不是来找茬儿的。闫行也走到了桌子前面，却故意假装地板着脸说："我说，高永镇，你这大晚上的唱的哪一出啊？哦，不会是我昨天晚上用镰刀砸碎了你家奥迪车的天窗，今天你大晚上的来找我兴师问罪，要我赔你家奥迪车吧？"

大镇这会儿正把几个袋子里的东西一样一样地摆放在桌子

上，有五六瓶小二锅头，有烧鸡、有鱼、有虾、有猪头肉、猪蹄儿，还有花生米等几个下酒菜，一个个塑料袋地摆在了桌子上，弄得满满一大桌子。听闫行这么一说，大镇急了，连忙摆着手，好像被烫了一下似的："没没没，我说闫行啊，我大镇要是你刚说的那样的话，你说我还够个人嘛。你昨天救了我全家，没别的，今天我高永镇来向你那个嘛。"

说着大镇吧唧吧唧嘴，终于下定决心很吃力地说出了下面的话："那个嘛，我高永镇向你闫行负荆请罪，以前的事，对不住了。"说着，大镇竟然双手抱拳，然后将双手举过头顶，对着闫行深深地鞠了一躬，一躬扫地，然后就那样哈着腰、抱着拳、躬着身、撅着腚立在了原地，好像闫行不原谅他，他就这么撅着不起来了一样。

闫行见状，赶紧上前双手搀扶起了大镇，嘴上却打趣着："我说大镇，你这《三国演义》《水浒传》的看多了吧，都学会负荆请罪了。"闫行对他的称呼从"高永镇"变成了"大镇"。

俩人一人一句地聊着，闫行翻看着桌子上一个一个的袋子里的吃食，又拿起一瓶二锅头，拎在手里掂量掂量："大镇，你这整得还挺全啊，咋的呀，今天和我喝酒？"

大镇眼神不再犀利了，"新姑爷"劲儿又上来了，脸上堆满了憨笑："那是必须的，从今天起，你闫行就是我高永镇的哥们了。不是一般的哥们，是过命的铁哥们。"说着大镇用右手使劲儿地拍了拍自己的胸脯子，拍得"啪啪啪"作响。然后又对着闫行补充了一句："闫行，咱俩现在可是过命的兄弟了。"

闫行见大镇说这些，心里只觉得好笑，继续翻看着桌上的吃食："别说，你大镇这好酒好菜的，我还真饿了。"翻着翻着，闫行皱了皱眉，大镇注意到了闫行的表情："咋啦？不喜欢吃？我这就觉得你这儿没个锅碗瓢盆的，这虾啊、鱼的，都是白天在我家鱼塘里现捞的，天擦黑儿的时候才刚做好的，你尝尝都还冒着热气儿呢！"说着，大镇从上衣口袋里，寻摸出两双筷子，拿出一双递给闫行。

闫行接过了筷子，夹了一只虾。水煮虾的颜色很鲜亮儿，证明很新鲜，闫行拿到鼻子边上闻了闻，虾的鲜味儿很香。"酒是好酒、菜是好菜、鱼是好鱼、虾是好虾，可这问题是我现在这虾啊什么的也吃不了啊！"闫行摇了摇头，又把虾放了回去。

大镇不解其意，连忙问："咋啦？为啥吃不了啊？做得不好？"

闫行苦笑了一下，摇了摇头："没办法啊，年前肚子上挨了一刀，现在这伤口还没愈合呢，吃不了这虾啊鱼啊什么的发物，别再伤口发炎了。"

大镇狠狠地拍了下脑门儿："这事怨我，我把你这茬儿给忘了，忘得死死的。"说着大镇四下踅摸着，闫行不知道大镇在找啥，只见大镇从桌子边上，翻出来一把裁纸刀，是闫行平时用的。只见大镇把刀打开，露出了锃亮的刀刃。"那个嘛，闫行，要不你给我来一刀，或者你要下不了手，我自己来一刀也行，我大镇最烦欠别人东西，何况是你这个过命兄弟的人情呢！"说着，大镇作势就要自己往自己肚子上捅一刀。

闫行一个箭步赶忙上前紧握住大镇拿刀的胳膊，左手一把把他手里的刀夺了下来，扔在了地上："我说大镇啊，你就是二，也不带这么虎的啊。"

接着，闫行两只手按着大镇的肩膀，把大镇按着坐在了椅子上，自己也拉了把椅子坐在了旁边。"没啥，好虾好鱼的以后有的是机会吃，今天咱俩这顿酒是喝定了的。"

大镇嘿嘿地笑了笑。

闫行接着说："咱俩喝酒啊，得按我的习惯来。"

"嘛习惯？"

闫行笑了笑，站起身子去拿东西："今天啊，外面天儿冷，咱俩就来个，"说着闫行看着桌上的吃食儿，"来个猪蹄儿温酒论英雄。"

说着闫行就地取材，拿出来刘金锁平时喝水的大茶缸子，把里面的冷水倒掉，摆在桌子中间，然后，闫行拿了两个小二锅头，头朝上，并排放在了大茶缸子里面，又把暖壶拎在手里，对准大茶缸子，把大茶缸子里面倒满了热水。做完了这一系列动作后，闫行笑了笑，冲着大镇说："这叫——温酒。"

俩人坐着等了一会儿，闫行从茶缸子里拿出一瓶小二锅头，摸了摸瓶子，瓶身都有点烫手了。闫行把瓶盖拧开了，递给了大镇，自己又从茶缸子拿了另一瓶。就这样，俩人就着果仁儿、猪蹄儿喝了起来。喝完一口，闫行还把酒放回茶缸子里继续温。大镇酒量好，但也是第一次喝热酒，觉得好玩，热酒酒气浓，有点呛人。俩人就这样推杯换盏地喝了起来。

“酒是粮食精，越喝越年轻!”大镇喝上了劲头儿，他劝酒的方式也很特别，属于我先干了，喝不喝、给不给面子，你随意的那种。

闫行也难得坐下来放松放松，俩人一瓶小二锅头喝干了，闫行又重新放了两瓶小二锅头继续温酒。

一瓶小二锅头下了肚儿，肚子里有了底儿，脑门上见了汗珠，大镇和闫行俩人互相打开了话匣子。常言道这酒后吐真言，喝了酒这话就能敞开唠了。

大镇说:“闫行啊，我以前啊，就觉得你这人啊虚伪，虚伪，还是特虚伪那种！什么大学生村官啊？狗屁，装腔作势的，看村里开会清传销的把你给能耐的，上蹿下跳、前跑后颠的，辛庄都装不下你啦。可是打昨天啊你这么从大堤上，”大镇用手做了一个往下跳的手势，“这么从大堤上往下一跳，”接着他又双手一起竖起了大拇指，“我服了，真的，闫行，我服了你了！我是心服口服全部地服了你了!”说着大镇收回了大拇指，又来了个双手合十，朝着闫行拜了拜。

闫行也有点高了，赶紧拿筷子挡了大镇的双手合十:“你别放屁了，我又没死，你拜个屁啊。”

大镇收回了双手，接着说:“得咧，从今天起，咱俩就是兄弟了，盟兄弟。对，咱俩就是他妈的盟兄弟了！闫行，咱俩拜把子吧。”说着大镇把手又冲着闫行伸了过去。

闫行再次用筷子把大镇的手给挡了回去:“你别放屁了，又盟兄弟了，我这来辛庄来了大半年，听锁子叔讲了不少，村里以前就兴个拜把子。可是呢，这顺口溜说得好‘盟兄弟，盟兄弟，都是他娘的臭狗屁，隔河撒欢儿，打架的不去’。”

大镇打着酒嗝儿：“不行，闫行，我瞧得上你，从今天起，你必须是我兄弟了。”

闫行摆了摆手，说：“大镇，你瞧得上我，我可瞧不上你。瞅你天天吆五喝六的，开着奥迪，抽着好烟，嘴巴子都能撇到后脑勺上去了。但是，我闫行瞧不上你，光腚骑摩托——你嘚瑟个啥呀。”

听闫行这么一说，大镇竟然哭了，流泪了，扑簌簌的眼泪“吧嗒吧嗒”地直往下掉。大镇用手抹了抹眼泪：“我知道，你们所有人都瞧不起我大镇，我指着我姐夫包着鱼塘养着挖掘机的有点钱了。是，我姐夫他妈的也瞧不上我，要不我不让他喝酒开车的，他也能听我的，也不至于数落我一顿，最后还出事了。我爸死得早，从小我最烦别人瞧不起我，谁他妈的瞧不起我，我就打谁。”说着，大镇一饮而尽又干了一瓶小二锅头，“可是，我到我姐夫这儿就完全没咒念了，要不，昨天他听我的啊，也不至于出事。”

闫行有点生气，山东汉子脾气火爆，差点拍了桌子：“我说大镇，你这八尺高的汉子，站着比人高、躺着比人长的，你这有手有脚的，整天指着你姐夫讨生活干嘛呀？自己琢磨着干点嘛，多好。”

大镇擦擦眼泪，摆了摆手：“我能干嘛呀？高中没毕业，再说了，辛庄这地儿，鸡不飞、狗不跳，兔子见了都不撒尿的地方能干嘛呀！”

闫行这下急了，拍了桌子了都：“你放屁！辛庄咋啦，这可是你的家乡啊，我这个山东来的都知道想着法地建设辛庄，你这个辛庄自己个儿的后生，咋这么没出息呢！”

大镇不是英雄、但是明显气短，挠了挠头：“喝着喝着酒，你咋还拍上桌子了，我这不随便说说嘛。”

闫行酒往上撞、心口发热：“大镇，照我看啊，咱辛庄村里正在搞辛庄养猪专业合作社，要不啊，你也一块儿干得了。”

大镇一听，“啪啪啪”地拍着胸脯：“好啊，你闫行说嘛我就听嘛，你闫行指哪儿我就打哪儿，从今以后，我大镇跟着你闫行干了！”

闫行连忙摆着手：“大镇，你不是跟我干，你是给你自己干！证明给你姐、你姐夫，证明给全村人看！还有什么是比实现理想更令人值得骄傲的事情呢?”

大镇摆了摆手，又点了点头。窗外，夜已经很深了，桌子上已经斜躺着四个空瓶子了。

俩人继续喝着酒，聊开了、聊透了，从人生理想聊到了未来发展，从男人要干一番事业聊到了辛庄的美好前景，从闫行的蒋梦溪聊到了高永镇的没媳妇。这时候，闫行的手机忽然响了，高永镇离得近，一把把闫行的手机拿了过来，拢了拢眼神，直接接通了电话，随口说着：“您所拨打的用户已喝醉，请稍后再拨。”然后，“嘣”的一下，直接把电话给挂断了。

闫行急了："我电话，你咋接了？"

大镇笑了笑："别理他，继续喝酒，别影响到咱俩的酒兴。我看了，要是重要电话就给你了，来电号码上一大串数字，一看就是骚扰电话。没等他说话，我就给他挂了。"说着，大镇把闫行的手机放到了一边，"继续继续，别影响咱俩喝酒！"

4

书信摘录——闫行写给蒋梦溪的两封信（电子邮件）。

致小梦的第五十四封信：幸福的婚姻从婚礼开始

你幸福吗？最近，我在一对新人幸福的表情中找到了问题的答案。

他们是我的朋友。他们一个在天津，一个在日本。相识九年的时间里，他们打电话、聊视频的时间比拉着对方的手的时间多。最近他们终于消除了种种的不确定因素，让粒粒尘埃落地，决定步入婚姻，把余生献给彼此。

他们是我认识的为数不多的从初恋到婚姻，最终携手走到一起的情侣。未来，他们也必将延续现在的幸福，生孩子、养孩子、买菜、洗衣、做饭、退休、旅游、抱孙子……直到老去。看到他们，我感觉这捉摸不定的生活也有稳定的一面。

结婚是一件充满仪式感的事，婚礼现场处处充满着温馨，所有的亲朋好友聚在一起，共同见证这对新人的携手前行。虽然幸福在大多数时间里很抽象，但那一刻，幸福变得无比具体和真实，实实在在地就在眼前。

生活往往充满了幸福的想象，就如麦兜所说："今天吃麻辣火锅，明天吃酸菜鱼火锅，后天吃猪骨头火锅。"无论如何，总有一款崭新崭新的"火锅"在明天热气腾腾地等着你，让你对每一天都有美丽的期许。

我相信我们的未来也会是满满的幸福。

致小梦的第五十六封信：环球同此刷牙

不知道从哪份报纸的哪一版上看到这样一个简短的对话场景。一个男人拖长声音说："美国不是你们想象得那么好。"在他确认在场的所有人都已听清了这上半句后又大声地喊出了下半句："要比你们想象得还好。"

我没去过美国，想象着那应该是一组"快镜头"，让花花绿绿的美国在脑海中飞快掠过。在我的未经实践的美国印象里，那里应该是一片颜色丰富的花花世界。钞票是绿色的，皮肤是黑色或者白色的，国旗是花色的，白宫是白色的。就好像是一部好莱坞大片，用我们普通人的欣赏角度一句话概括——这里能够装下足够多的大场面。

挺好的，你去了波士顿，至少方便了我。我对波士顿的了解貌似只有高中历史老师在一个冗长的夏日午后讲的那一课——波士顿倾茶事件。你知道，我的数学一向是不灵光的，但我不必为我们的时差担心，因为我们的时差规规整整是12个小时，这样我不用掰着手指头就能算得过来，或者更不用再劳神去算什么时差，直接拿着手表看时间就行，因为手表是12小时制的，时间都一样，把我的白天换成你的晚上就行，我吃早点时你在吃晚饭。你的习惯是早晨起来刷牙，我一般都是晚上六点多吃完晚饭去，这下好了，环球同此刷牙。白天也可以懂夜的黑。

最近参加了一个同事的婚礼，属于那种传统的天津市的民俗婚礼。说是民俗婚礼，当然不是指坐着驴车轿子去出嫁，骑着白马去迎娶，就是在露天搭上一拉溜的红色彩棚，摆上几十张桌子，放上几十套一次性餐具，一众亲朋好友团团围坐，为了一个共同的目的坐在了一个桌子上，带着对一对新人的祝福，计算着自己随礼的钱数和餐饭的质量——开吃。

人生就是这样，就好比是一场目的明确的跨栏比赛，发令枪一响，大家各自出发。好比上学是一个栏架，找工作是一个栏架，结婚生子又是一个栏架，好不热闹。而大多数现代人的贫困感往往来自邻居的眼光，你还在一个栏架下踟蹰不前时，旁边的人早已跨过了山河大海，虽然实际上也没什么，但可能多少还会有些异样的感觉呢。

12小时的时差不多不少，寄望着我们能够环球同此凉热，我盼望着这一天的到来。

5

又是一年春回大地，辛庄村养猪专业合作社正式更名为辛庄春晖养猪专业合作社。9月，第一批商品猪出栏，同年11月，在区、镇政府的帮助下，辛庄春晖养猪专业合作社成功与二商集团达成商品猪供销协议，解决了销售问题。当年年底，闫行引进的黑猪在春晖合作社实现了规模化繁殖育种，距离黑猪出栏上市更进一步。这一年，辛庄春晖养猪专业合作社销售额达到400万元，利润近60万元。入股社员人均增收1500元，村集体增收30万元。这一年，大镇也改变了不少，不再横眉竖眼，人家说到做到，一心扑在了春晖养猪合作社上。

这天，天气晴朗，五月的阳光照在人们身上暖暖的。辛庄春晖养猪专业合作社的门口，村里的人们排起了长队，像是赶集似的。闫行和大镇摆了个长条桌子，桌子后面还拉了个横幅，横幅上写着“欢迎加入辛庄春晖养猪专业合作社”。玲子自告奋勇地接替了胖姨的角色，当起了临时会计和记录员。

高树泽和刘金锁站在了远处，看着闫行、大镇、玲子这三个村里的后生在那边忙活着。

刘金锁晃了晃头，抱着个肩膀：“看着这帮孩子啊，才一年多的光景，大事小情摔打的，个顶个的现在都长大了，开始顶戗了。”

高树泽也笑了，点了点头，背着手，感到很欣慰，脸上的皱纹堆得很深。

刘金锁继续说：“二哥，您都71了吧？”

高树泽点了点头。

“还干一届？要我看啊，您啊也该养老歇歇啦，我看闫行这小伙子就不错。”

高树泽摇了摇头：“锁子，你看闫行不错，我看闫行这孩子也不错，大家伙看闫行都不错。问题是人家闫行愿不愿意留在咱辛庄啊。”

刘金锁晃了晃头：“您要抹不开脸，我先和他聊聊。”

高树泽连忙摆了摆手：“再看看吧，这孩子实在，咱们辛庄别绊着这孩子前程。”

排队那边热闹起来。

“那个嘛，闫行啊，我现在再入股咱村这个春晖合作社，还算干股吗？”排在了最前面的一个大爷问。

没等闫行解释，大镇抢过了话茬儿：“都是本乡本土一个村儿的，嘛干股、稀股的，我们吃干的，还能给您喝稀的不成？”

闫行从桌子里抽出印好了的宣传单，站起身子双手递给了大爷：“您啊，看看这个宣传单，给您在外面打工的孩子也看看，我们合作社啊，不光能入股，还招工，上面啊职位需求和薪资待遇写得挺清楚的。您回家让您孩子看看，如果可以啊，守家在地地再来合作社上班，挣份工资，这多踏实哩。”

玲子也补充着：“大爷，给别人干，不如给咱村自己干，回家啊，赶紧给我在外面打工的大哥看看呀！”

这时候人群后面也乱了起来，两个大爷互相嚷嚷着。

一个大爷说："哎呀我说秦大爷，您也来排队入股啊，就您？"秦大爷胳膊肘顶了顶说话的那个大爷，示意他赶紧好好地排队。

前面那个大爷接着说："哎呀妈呀，我说秦大爷，就您这小时候口袋里有两毛钱都要去小卖铺里换成糖豆儿赶紧塞嘴里的主儿，都要加入咱合作社了？那叫嘛来着，狗窝里存不住饽饽儿。"

秦大爷先前的胳膊肘变成了大脖溜，"啪"的一声，嘴里说着："你个老不死的，就你阴阳怪气，怪话多，看我给你来个大脖溜的，你赶紧的，好好排队。"

排队的人一阵大笑。

大镇眼尖，看见村里的养猪大户黄文登远远地探头缩脑地看着合作社和排队的人群。

大镇和闫行打了声招呼："闫行，我去抽根烟啊。"

闫行点了点头。

大镇抬腿挤出了人群，伸了个懒腰，径直向探头缩脑的黄文登走去。

黄文登远远地看见大镇朝着自己走来，抹不开面儿想溜走，却见他已经快到眼前了，黄文登脸色一变，堆上了笑容。

大镇故意做了个很夸张的动作，嗓门也大，对着黄文登拱了拱手："呦，我当谁呀，这不咱辛庄的黄文登，黄老板吗？"

黄文登脸上堆着不尴不尬的笑，从裤兜里掏出了一盒烟，连忙又从里面抽出了一支，恭恭敬敬地递给了大镇："嘛老板不老板的，就是个穷养猪、下苦力的。”

大镇没有接烟，两只眼睛瞟了一眼：“嚯，玉溪啊，好烟，好烟，抽不起，抽不起。”

黄文登臊么哒地又把烟给收了回去，不好重新放回烟盒里，自己给自己点上了。

大镇从自己裤兜里利索地掏出烟盒，从里面磕出一支中华烟，“啪”地一下划燃了打火机，点上了。大镇深深地吸了一口烟，吐了个烟圈，冲着黄文登说：“我说，黄老板，你这一大早的来咱合作社门口晃悠什么呀？想抢我们生意？”

见大镇终于聊上了正事，黄文登赶紧切入正题。他脸上赔着笑：“大镇啊，这不咱村里都宣传了嘛，欢迎加入辛庄春晖养猪专业合作社。”说着黄文登用烟指了指合作社门口的横幅，“我想着我这小门小户的养猪也没意思，这不也想参加咱合作社嘛！”

大镇听黄文登这么一说，深吸了一口烟，直接把呼出的烟气吐在了黄文登的脸上。“我说黄老板啊，我说你这张脸是得有多大哩，你这张脸啊都够15个人瞧上半个月的啦。”

黄文登手里掐着烟，尴尬地冲着大镇挤了挤笑容：“我这船太小容易翻，想着登上咱村合作社集体的大船，集体的大船稳当哩，好在这一条大河里稳稳当当地徜徉哩。我这不响应号召加入咱合作社嘛，咱横幅可都给拉出来了，上面红底黄字可都写得清清楚楚‘欢迎加入’呢！”

大镇右手举起晃了晃，亮出了四个手指头：“我说怎么着也得有四次了吧，咱们养猪合作社刚成立的时候，四次找过你吧？闫行找了两次，我找了你一次，锁子找了你一次，你都不参加。你这大神仙，咋比三顾茅庐还多一回呢！呵，现在好了，看我们挣着钱了的，又主动地贴上来。你这老黄，狡猾，大大的狡猾。我看你这张脸啊，是从中间分成两半，左半边写着‘没羞’，右半边刻着‘没臊’。”

黄文登被大镇几句话呛得直翻白眼，自知亏着理又不好和大镇发作，当下想扭身就走，却被闫行从背后一把拉住了胳膊。

原来闫行见大镇去抽烟，半天没回来，远远地看见他和黄文登在远处比比画画地说着什么。闫行把手头的活儿交给了玲子，也抬腿大步赶到了黄文登面前。听见大镇对黄文登说了那些话，又见黄文登拔腿要走，闫行这才赶忙一把拉住了黄文登。

闫行转过身子狠狠地瞪了大镇一眼，大镇摊了摊手，自顾自地一边抽烟去了。

闫行转身看着黄文登。黄文登不太好意思，两只眼睛看着别处，目光不敢与闫行对接。面对闫行，黄文登显得不太自然。

闫行顿了顿，对黄文登说：“老黄大哥啊，您今天不来，我还要抽空去请您呢！”

黄文登以为闫行也要像大镇那样对自己冷嘲热讽地挖苦一番，听闫行这么一说，很惊讶：“请我？干吗！”

闫行认真地点点头：“是啊，去请您。老黄大哥，您看啊，咱辛庄养猪合作社是干起来了，但是这裤腰带勒脖颈的还是养猪经验啊，好多技术问题、管理问题的，我们也都不摸门哩。

虽说我们养猪合作社干起来了，全靠人努力、政策好，但这老少爷们儿的身家性命不能儿戏，我们还缺您这个技术大拿来帮帮忙啊。”

黄文登瞪大了眼睛，一时竟忘了弹烟灰，烟灰被风一吹，烫了黄文登一哆嗦：“人努力、政策好，我还能帮忙？”

闫行笑了笑：“没错！人努力、政策好，您老黄大哥来帮忙。您看啊，您是养猪的大拿，咱这合作社，我想着下一步咱重点推黑猪养殖，现在市场上跑步鸡、跳水猪的多火啊，人们现在吃肉都讲究个高端健康品位的，咱辛庄的黑猪也要弄出个名堂来呀。”

黄文登用力地点了点头，双拳一握：“对呀！咱就得走高端、正规、健康的养猪路线。”

闫行接着说：“我啊，已经和咱高书记汇报过了，您算技术入股，希望您加入咱春晖合作社。我闫行岁数小，前面请了您两次，今天算是第三次请您，我也算效仿古人，对您这技术大拿来个三顾茅庐了。”说到这儿，闫行竟然深深地给黄文登鞠了一躬。

黄文登像是被烫着了一样，身子一步弹开，脸上火辣辣的，嘴里“嗨”的一声，连忙双手搀扶起了闫行。

只见黄文登干吧唧嘴，半天没想出合适的词语来应对，最后挤咕挤咕地说出一句：“闫行啊，嘛也别说了。村里老少爷们儿只要瞧得起我，我黄文登就是豁出去我这腔子血，我也玩命给咱合作社干好。”

闫行哈哈大笑，一旁抽烟的大镇也咧开嘴大笑。笑着笑着他做了个抬腿踢人的动作，嘴上冲着黄文登说着："放心吧，以后我大镇这儿监督着老黄，我就是咱合作社的纪检委，你要敢偷奸耍滑缺德冒坏的，我大镇上来就对着你屁股蛋子，闷上一脚。"

三个人都笑了，笑弯了腰，笑出了泪，笑出了新希望。一旁的杨柳枝也随风飘扬、袅袅婷婷、笑靥如花，像极了一个漂亮姑娘，水灵灵的——好看。

这天刚一上班，高树泽就把闫行叫到了自己的办公室。

高树泽坐在了椅子上，闫行站在了对面的办公桌前，面前的桌子上，并排放着两个文件。

高树泽目光炯炯地看着闫行，可却没说话，示意闫行看看桌上摆着的两个文件。

闫行看了看，一个红头文件上赫然印着"关于做好基层党组织调整及换届工作的通知"，另一个文件是一份领导讲话，题目是"把优秀大学生村官推选到村党组织书记岗位上来"。闫行坐了下来，认真地把两个文件看完了。

高树泽看向闫行，眼神里充满着对他的喜爱，是那种长辈对晚辈的喜爱。等闫行看完，老支书开了口："闫行啊，我下面的话，不是镇上让我找你谈的，也不代表村党支部，不代表村里。"说着高树泽站起身子，绕过桌子，拍了拍闫行的肩膀，"我只是代表我自己，一个71岁的老头儿，想和你这个村里的后生聊聊。"

闫行笑了，笑得很爽朗，指了指桌上的两个文件："书记，您是想让我留下，参选咱村党支部书记？"

高树泽哈哈大笑，笑得更爽朗："闫行啊，作为辛庄的村支书，我希望你留下，我也放心你留下，你这孩子人品能力都不错，把辛庄交给你，我放心。可是，作为你的长辈，我不知道这样对你的前途好不好。"说着老支书叹了口气，"说实在的，你刚来的时候啊，我没指望你这个大学生村官能干嘛，也就是两年镀镀金，过渡过渡地再考走。"

闫行点点头："书记，我知道。"

老支书接着说："可是你闫行改变了我的想法，应该是我们大家的想法，我们辛庄大家伙儿的想法。但是作为你的长辈，让你留在咱辛庄，不知道是不是有点自私了，村官村官，能算个官吗？全国最小的官，兵头将尾，连个大头兵都算不上，比个芝麻绿豆还微小。但是，这架不住责任大，肩膀上扛着的可是一个村的老百姓哩。"

闫行看着老支书，看着他第一次这么吞吞吐吐、瞻前顾后，觉得有点好笑："书记，您这一早的把我叫过来，是想问我，我这大学生村官任期结束后，愿不愿意留在咱村里继续干？"

老支书摆摆手："闫行啊，你现在别做决定，也别告诉我结果。你啊，自己先好好地考虑考虑。一定要自己好好考虑，想好了的！"

"嗯。"闫行答应着。

闫行知道，老支书想让自己留下，但是高树泽也怕耽误了自己这个村里后生的前途。毕竟，闫行要是留在村里当了村书记，高树泽的现在就是闫行他自己的未来啊。一个村支书，一干一辈子。留村里干村官，不考公务员，离自己28岁当上处长娶蒋梦溪的宏大理想不就更遥远了吗？怎么能说是更遥远了呢，简直就是没法实现了。放着公务员的铁饭碗不捧，非要双手搂着这村里的塑料碗讨生活？多少人为了个编制、为了个铁饭碗前仆后继，千军万马挤这个“独木桥”呀？这场不亚于高考的考试，人家有着一个更为响亮的名字——国考。而闫行因为先考了大学生村官，有了两年基层工作经验，竞争就小了，考上的概率就大了，这“独木桥”走得就简单了。

但闫行现在满脑子想的、琢磨的却是另外一件事。

闫行在春晖养猪合作社里干着活儿，干活的间隙，他把高永镇、黄文登还有刘金锁叫到了一起。

闫行示意大家伙儿用鼻子闻闻，闻闻自己身上的衣服，闻闻周围的空气，又让大家伙儿互相再闻闻。闫行把自己的鼻子凑到了大镇衣服上闻了闻。大镇赶忙扭身躲着闫行，一脸嫌弃地说：“我说，闫行啊，你这是咋啦，大白天的，你得了猪瘟、蓝耳病，还是……”

闫行没理他，对大家说：“大家伙儿互相闻闻，大家身上是不是一身的猪屎味儿。”

黄文登笑了：“感情闫行让大家互相闻闻的，在这儿等着我们呢！这有啥啊，养猪的一身猪屎味儿，这再正常不过了。要是嫌猪粪味儿臭，换身衣服呗，整天干活儿，穿得像赴宴一样，把衣服弄脏了咋办?”

闫行接着问:“老黄大哥，那以往的这猪粪都是怎么清理的呢?”

黄文登见闫行问了专业知识，打开了自己肚子里的杂货铺，搜寻着存货，回答道:“以往啊，小门小户的小养猪场随便扔，正规点的就是挖个小沼气池子，直接用水冲，猪粪进沼气池发酵后直接排掉。其实吧，这猪粪特别湿，含水量大，排放掉吧污染环境，现在环保又查得挺严的。卖给别人吧，猪粪太稀，不好处理，价格还低，还会滋生大量细菌。所以，对猪粪进行预处理越来越重要。有企业生产了一套设备，就是把粪便和污水进行分离，粪便出来之后挤不出水，污水稀释一下可以给地里施肥，粪便和污水都可以产生效益，处理之后的干猪粪价格要高三倍以上，还能卖钱哩。”说着，黄文登挥舞着三个手指头。

闫行眼前一亮:“这感情好啊。”

黄文登一撇嘴:“感情好啊?这套设备的价格也感情好着呢。”

闫行打断了黄文登:“咱别在乎钱，咱要算大账啊。咱春晖合作社的目标可是万头养猪场啊。你得有眼光啊，你得往远看啊老黄大哥。”

大镇打趣着:“我跟你说啊，闫行，你可别让老黄算大账、往远看，人家老黄往远看，就心慌乱呢!”

几个人哈哈大笑。

这时候，高树泽也从镇上开会回来，直接骑着自行车来到了养猪合作社，71岁的“铁驴书记”依旧风格不改。见大家伙儿都在笑，高树泽问：“嚯，都笑嘛了这是？”

闫行、大镇几个人“书记、书记”地和高树泽打着招呼。

刘金锁晃了晃头：“也没嘛，这不嘛，刚给咱养猪合作社的猪粪找了个出路。”

老支书也笑了：“嘛出路啊，我听听。”

大镇补充着：“买机器，把猪粪干燥做成肥料，也不污染环境。”

老支书点点头：“不错啊，这点子好。谁想到的？”

大镇指了指黄文登，对着高树泽说：“还能有谁呀？咱合作社黄大仙，黄大拿想的主意，错不了。”说着，又一本正经地通知着黄文登，“老黄啊，自黄老板、黄大拿之后，黄大仙是你的新昵称，今天我大镇正式通知你。”

闫行笑了笑，作势要踹大镇一脚。“别乱给我们黄老师起外号。”

高树泽也笑了：“行了，行了，都歇会儿吧。”

闫行一边把工作穿的旧衣服脱下来，一边和老支书说：“书记，您看，咱猪粪的出路解决了，我现在在想，咱猪粪的销路怎么弄？”

老支书被闫行提起了兴趣：“说说，你是嘛想法。”

闫行把旧衣服放到一边，说：“书记，您看，这庄稼一枝花，都靠粪当家。咱养猪合作社产生了肥料，咱可以补到农田里。咱辛庄守着大堤，不缺水，而且辛庄是沙土土质，我看啊，咱完全可以种植点经济作物，由大田农业向精品农业转变。”

老支书两道浓眉一挑：“你再细说说。”

闫行让高树泽坐了下来：“书记，我上网都查好了，而且和区里、镇上农委的技术员都问好了，咱可以试种蓝莓。这蓝莓啊市场前景好、效益高，又易于管理，不容易生个虫病灾害。正好啊，巧燕姨是种地的能手，而且她的大棚也很适合。我想着在巧燕姨的大棚里先期试种蓝莓，弄好了，种植成功了，咱辛庄啊以后说不定再弄个辛庄蓝莓专业合作社。一个村两个合作社，咱村这日子以后就阔气啦!”

高树泽哈哈大笑，笑完，又自顾自地叹了口气，背着双手，走开了。像是对闫行说，又像是在自言自语：“哎，老了啊，真老了，脑子、身子的都跟不上趟了，年轻人好好干吧，我也该让贤了。”

闫行是个急性子，上午和老支书汇报完，下去就去镇上请来了农业专家，在巧燕的大棚里调试改良，试种蓝莓。镇上的农业专家来到了大棚前，讲得很细致，看得很仔细。巧燕和闫行认真听着，努力记着，像个小学生。这农业专家不服不行啊，人家代表着可是科学啊，科学技术可是第一生产力呀，任何时代，尊重科学、尊重知识一准没错。

专家从土地规划与平整、土壤改良、合理浇水、覆盖地表、如何施肥等方面详细地讲着，告诉闫行和巧燕应该怎么改怎么种，忙了一下午。

晚上，巧燕和闫行在大棚前面休息。

闫行蹲在了大棚前，巧燕坐在了板凳上。巧燕看了看大棚，又看了看闫行：“闫行，你这个小村官一晃都来了两年了吧。”

闫行回应着：“是啊，巧燕姨，两年一晃就过去了，真快，一眨眼的工夫。您看，这不常蕊今年都毕业了嘛！”

巧燕接着说：“你提常蕊啊，我也正想着说她。我想了，这孩子毕业啊，哪也不去，直接去你们养猪合作社当会计，她这大学就学的这专业，合拢！对口！”

闫行站起身子，连忙摆手说：“别别别，巧燕姨，我们这养猪合作社啊庙小留不住大和尚。再说了，您都拎着常蕊耳朵告诉她多少次了，让她一辈子也别和政府，别和村里打交道。”

巧燕被闫行噎得没话说，过了一会儿，自顾自地说：“唉，闫行啊，我让常蕊这不是给你干嘛，又不是给村里，给别人干。和你闫行一起，我放心。”

闫行笑了，去板房里给巧燕姨倒了杯水：“姨，我开玩笑的，常蕊能来咱合作社，我举双手欢迎还来不及呢！再说了，咱这蓝莓要是试种成功了，以后啊，您就是咱辛庄蓝莓专业合作社的首任社长呢！还愁常蕊当个会计的事？”

巧燕被闫行逗乐了，摇了摇头：“闫行啊，你可真会拿我这中年妇女开玩笑啊，真格儿的，我这中年妇女还能图个当官当长的？”

巧燕说到了当官当长，让闫行陷入了沉思。见闫行在一边愣神儿，巧燕关心地问：“咋啦，闫行，累了？”

被巧燕一叫，闫行回过神儿来了："姨，您说我以后要是离开辛庄了，您会想我吗？"

巧燕笑了："傻孩子，你是我儿子，你能去哪儿啊？走到天边你也是我儿子，还酸溜溜地问，会想你吗？"转过头巧燕想了想，又说，"孩子，你是说这工作的事儿吧？"

闫行点点头："是啊，大学生村官两年眼看到期了，我在想要不要考个公务员什么的考走。村里高书记也没明说，他想让我留下，竞选咱辛庄的村支书。"

巧燕霍然站起了身子："奶奶的，高树泽这是要来挡我儿子前途啊！一个村支书有个屁干头啊。我明天一早就去找他。闫行啊，好多人挤破了头，削尖了脑袋，也考不上个公务员啊！"

闫行赶紧拦下了巧燕："姨，您说的我都懂。您看啊，现在咱村里春晖养猪合作社刚刚起步，正巧这蓝莓又刚刚在试种，我在这么个裉节上一拍屁股走人了，别的不敢说，我自己也不放心啊！咱村里啊，我和您最亲，您给我拿拿主意？我也想听听您的意见！"

巧燕摇摇头："我一个农村妇女，也说不出个四五六的。也讲不出嘛大道理。"

闫行眼巴巴地瞅着巧燕，想听听她说啥。

见闫行非要听听自己的意见，巧燕理了理思绪，开了口："大道理咱不会讲，我就举个例子吧。你就说这生炉子吧，咱北方人冬天晚上取暖，都要生炉子。这生炉子，你可以少加点煤，但煤炉可不能灭了。老百姓啊冬天生炉子，把风门留上一道缝，这样，一块蜂窝煤就能烧上大半宿，省煤。慢慢烧虽然不热，但也不会熄灭。这火甭管大小，只要不熄灭，就有热乎气儿，就不冷，就暖和。可要是这炉子灭了，你想再把这炉子生起来，可就费了劲了。”

闫行听巧燕姨生炉子、蜂窝煤地说着，虽然朴素，都是日常琐事，但这日常琐事里，可能见着大真章儿，体现着大智慧呀。闫行听明白了，了然了，有主意了。

闫行冲着巧燕姨点了点头。

6

七月的天气说变就变。这天早上，天空乌云密布，几声惊雷过后便掉下了豆大的雨点，洁白透亮，落在地上水珠四溅，之后便下起了暴雨。

下着大雨，感觉不是雨珠打在地上，而是一条河从天上直接倾泻下来。但辛庄村村委会一楼的会议室里却挤满了人。

今天是辛庄村党支部换届的日子。一楼会议室外，并排立着各种各样的雨伞。收着伞骨，斜倚在墙边，“滴滴答答”地空着水。有花伞、有黑伞、有绿伞、有红伞，五颜六色；有弯把的、有直柄的，有长筒的、有折叠的，形状各异。

会议室里，辛庄村15名党员全部到齐了。今天是个庄严的日子，有两位老人是被孩子扶着进的会议室，闫行也在列，今天闫行特意穿了件白衬衫，胸前庄严地别着一枚党徽。

会议由镇上的张辉书记主持，镇上党办的齐姐负责发选票，党支部换届选举的流程走得很快，在场的党员填好了选票，齐姐依次把选票收好了。

然后刘金锁和胖姨推过来一个小黑板，胖姨把粉笔握在了手里，齐姐依次念着选票，进行现场唱票。

“闫行”“闫行”“闫行”……齐姐依次念着选票。

当齐姐把最后一张选票念完后，张辉、高树泽、刘金锁等在场的所有人全部起立，张辉书记带头鼓掌。

小黑板上的结果出来了，闫行全票当选辛庄村党支部书记。

张辉微笑着走到了闫行身边，高兴地对闫行说：“闫行啊，你这个新书记，给大家讲两句。”

闫行离开了自己的座位，走到了会议室中央，深深地给大家鞠了一躬，动作很慢，很缓，却很有力度。鞠躬后，闫行站直身子，深情地看着高树泽、刘金锁、胖姨，以及在场的各位辛庄村党员。

闫行一字一顿地说：“我闫行既不伟大，也不崇高，至于光不光荣，那是后话，请大伙儿看我的实际行动。我不想唱高调，对我来说，我就是找了一份普普通通的工作，自己做得开心的同时，也能让身边的大家伙儿开心，这就是我工作的价值。当然了，这份工作要能实现我人生的价值就更好了，这就足够了。我愿意留下来，也谢谢大家信任我，给我这个机会。谢谢大家，谢谢各位叔叔、大爷、婶子、姨的信任。两年的大学生村官，让我懂得了什么是实际，什么叫实事求是，什么叫群众。我闫行言必信行必果，我会在咱辛庄村里，在咱辛庄大家伙儿的口里，从‘小行啊’，到‘大行啊’，最后还要成为‘老行啊’，来到咱辛庄是缘分，能为咱辛庄做点事是我的福分。嘛也不说了，我争取努力干好。”

这天是一个大晴天。在辛庄村委会进行村委会换届选举。大镇是被闫行“押”来的，后面跟着黄文登。玲子今天放假，也来村里看热闹。

为嘛闫行要把大镇给“押”来呢，那还得从那天说起。

那天在养猪合作社里，闫行一本正经地对大镇和黄文登说：“大镇，老黄，咱辛庄村村委会换届，你们俩也报名参选啊。”

黄文登没说话，看着大镇。

大镇头晃得跟拨浪鼓一样，连连摆手，嘴里说着：“算了吧，我说闫行啊，就我大镇在辛庄这人缘，哪会有人选我啊，这不是秃子头上的虱子嘛，我要去参选，不等于自取其辱嘛。”

黄文登笑了笑，冲着大镇说：“大镇，你呀一定要参选，发挥你能瞎白话的优势啊，你啊整个大喇叭在村里广播，在牛皮上拴根绳子，你就抡起来吹呀！”说着，黄文登双手做着抡起来的动作，“这样村里大家伙儿就选你大镇哩。”

大镇冲着黄文登屁股上就是一脚：“老黄，你他妈的别欠抽啊。”

所以，这天闫行是“押着”大镇来的，后面跟着黄文登，参加辛庄的村委会换届。

村委会换届就慢了，上午11点整，投票结束。经过现场数票、唱票，刘金锁当选村委会主任，大镇当选辛庄村村委会委员，黄文登没选上。

结果一公布，大家伙儿就炸了锅。大家伙儿起着哄，没人理会刘金锁这个新村主任，却起着哄让大镇上台讲两句。闫行也笑了，用手指捅了捅大镇，示意他上台讲话。

玲子这时候凑到了闫行的耳朵边，小声对闫行嘀咕着："闫行啊，哦，不不，闫书记，我们大家伙儿一致认为，以大镇的水平，他是说不出什么有内涵的话来的。"

大镇没办法，这不是赶鸭子上架嘛，又是大姑娘坐轿头一回，在这么多人、这么重要的场合上讲话。只见他扭扭捏捏地上了台，一张老脸涨得通红，不住地期期艾艾，豆大的汗珠滚滚而下，不是热的，人家大镇那是正经八百地紧张呢。但他还是没把一句整话给憋出来。没办法，最后大镇说出来的是："我他妈的好好干，大伙儿以后瞪大眼珠子地监督我。只要我大镇在咱辛庄干一天，我一定带着大家闯出一片天。"

大镇说完，台下响起了一片掌声，有叫好的，有起哄的，甚至还有吹口哨的。

老支书高树泽走到了大镇面前，用一只大手使劲拍了拍他的肩膀："好小子，你今天也算成才了！其实啊，大镇，一年多来你在合作社和村里的卖力表现，咱辛庄村的大家伙儿都看在了眼里，记在了心里。以后当了村干部，你这说话可要改改了，别总像放炮一样，嘛都往外扔！"

这时候，闫行的手机突然响了，是一个陌生的电话号码。他接通了电话，可是什么也听不见。这当口，村委会正沉浸在一片欢愉的声浪中，大家伙说说笑笑、畅想未来，好不热闹。许多声音汇在了一起而变为一声“啊”的潮音，以辛庄村委会为核心，向四周扩散开来。

没办法，闫行手里握着电话，走出了村委会，走到了大道上，还是很吵，还是听不清手机里的声音。电话那头却丝毫没有要挂断的意思。没辙了，闫行继续往前走，一直快走到了辛庄村的村口，才终于听清了手机听筒里的声音。闫行站在辛庄村口，眼望着辛庄的树木花草、田埂村庄，电话里的声音终于能听清楚了，听筒那头传来的是一个久违了的让他激动不已的声音。那样的柔美，那样的清脆，仿佛透过声音可以清晰看见那张令闫行朝思暮想的俏丽脸庞。

“喂，不好意思啊，我这边太吵了，让您久等了，请问您是？”

“我是蒋梦溪啊，咋啦，两年不见，你连我的声音都听不出来了？”

“啥？你换电话了！”说着闫行看了看手机显示的号码。

“听说你干得不错啊，都当上村支书了？”

“啥？你听谁说的？”

“听说你干了养猪合作社？”

“啥？你咋知道的？”

“养猪这可不好干啊？”

“为啥啊，我们不也干起来了吗？”

“你知道猪周期吗？你知道如何抑制预防猪周期吗？”

“啊？啥叫猪周期啊？”

“那就要按照国际流行的做法，做全猪的生产链。”

“啥，全猪的生产链？不懂啊。”

“哎呀，啥也不懂，你这猪是咋养的？我回天津了，有空见面聊。”

“啥？你不是在美国留学吗？”

“两年不联系，你也没说给人家主动打个电话！”

“啥？我也不知道你美国的电话号码啊！”

“我去年给你打过一个呀，你说：‘对不起您拨的用户已喝醉’。”

“啥？那不是我接的你的电话呀。”

“你哪来的那么多‘啥啥啥’的，赶紧地，快来机场接我，行李沉死了。”

“啥？有点听不清呢！哦哦哦，下飞机了？行，我马上到。”

“对了，你在发给我的一堆电子邮件中，说过的话还算数不？”

“啥话啊？”

“你说你要给我写100封信，第九十九封信用于求婚，第一百封信在婚礼上现场宣读。你说的话还算数不？告诉你，我可是个‘恋爱脑’，原本我打算留学回来回老家的，是你天天地给我写信，我才决定暂时来天津发展的，你听好啦，是暂时发展呀！”

“那必须算数啊！必须的必！”

远处，一道阳光透过云层，透过远山，透过辛庄村道路两旁的大杨树，照射在了辛庄的大地上。

蒋梦溪两年美国留学，学成归国，参加了天津市西沽区的创新创业英才“113”计划。在蒋梦溪的帮助下，辛庄村的两个合作社整合打包，成功与天津市海河农业发展基金签约。再后来，闫行重启了辛庄集团，四爷爷的电视机里播放着2018年中央一号文件——《中共中央　国务院关于实施乡村振兴战略的意见》。

乡村振兴，多好的蓝图哩！听着就那么地振奋人心。就像那首家喻户晓的歌曲里唱的那样：“姑娘好像花儿一样，小伙儿心胸多宽广，为了开辟新天地，唤醒了沉睡的高山，让那河流改变了模样。”

后　记

为深入学习贯彻习近平文化思想，打造健康文明、昂扬向上、全员参与的职工文化，天津市总工会联合天津市作家协会、中国工人出版社开展天津市职工作家培育工程，深入挖掘中国职工文学起源地的深厚宝贵资源，创作职工文学精品，大力传承和弘扬职工文学，积极推动天津职工文学繁荣发展。通过培育工程，力求发现培育一批职工作家，点燃天津职工文学创作之火，推出讴歌新时代、颂扬主旋律、增强职工精神力量的现实主义小说作品，讲好中国故事、天津故事、职工故事，大力弘扬劳模精神、劳动精神、工匠精神，凝聚起为实现中华民族伟大复兴中国梦而团结奋斗的强大精神力量。

2023年4月培育工程启动以来，面向天津市职工征集5万字以上中长篇小说，先后召开两次专题工作推进会，举行职工作家培育工程座谈会，举办职工读书分享活动，基层工会认真组织，广大职工文学爱好者积极参与，共收到53部应征小说作品。天津市总工会、天津市作家协会成立专家评审组，推选出了10部小说作品，由此确定10名职工作家培育对象，随后邀请知名作家、评论家对10名职工作家培育对象作品进行指导，小说作品都在原有的基础上进行了结构和文字上的拓展完善，2023年底完成10部小说作品的成稿，经过中国工人出版社专业出版团队精心打造书稿，2024年4月出版发行天津市职工作家创作文丛。

感谢著名作家蒋子龙对培育工程的关注和支持，特别是蒋老逐篇审阅了文丛书稿，提出了修改意见，并亲自为文丛作序，倾注了大量心血，他对晚辈和新人的倾心扶植与关爱，让我们感动。全国总工会对天津市职工作家培育工程给予充分肯定，全国总工会宣教部专题听取汇报，提出指导意见，对丛书出版和推介也提出具体意见。感谢天津市委宣传部、天津市作家协会对丛书编辑出版的指导和支持。还要感谢王震海、狄青、张楚、邵衡宁、宋曙光、徐福伟、黄桂元（按姓氏笔画排序）等作家、评论家对职工作家培育对象进行了一对一悉心培育，对作品给予了一对一倾心指导，在此对各位领导和专家表示衷心的感谢。

由于编者水平有限，疏误之处，敬请广大读者批评指正。

天津市总工会

2024年4月